Le Diable vit à la campagne

Rachel Johnson

Le Diable vit à la campagne

Traduit de l'anglais
par Daphné et Henri Bernard

ÉDITIONS FRANCE LOISIRS

Titre original : *Shire Hell*
First published by Penguin Books, London, 2008

Édition du Club France Loisirs,
avec l'autorisation des Éditions de Fallois.

Éditions France Loisirs,
123, boulevard de Grenelle, Paris.
www.franceloisirs.com

ISBN : 978-2-298-05424-8

À mon père, pour tout

Les personnages

Mimi Fleming (*née* Malone) : ancienne journaliste de Notting Hill aux cheveux bouclés, désormais « femme au foyer » à plein temps dans une ferme du Dorset. Se bat contre une fringale permanente avec des scones faits maison et contre un rhume perpétuel avec une de ces grosses vestes matelassées qu'elle porte même au lit.

Ralph Fleming : uniquement passionné par la pêche à la mouche et les truites sauvages. Consultant en gaz et pétrole. Également professionnel dans l'art d'éviter les « nouvelles têtes ».

Mirabel Fleming : 13 ans, adolescente boudeuse qui trouve que ses parents sont genre totalement chacals et bouffons.

Casimir Fleming : 12 ans, ne vit que pour le cricket et Clarkson.

Posy Fleming : 9 ans, collectionne les échantillons de produits de toilette distribués dans les hôtels et croit aux licornes.

Les Fleming vivent à **Home Farm** avec **Ana de Pologne**, fille au pair de son état, et **Calypso**, la chienne.

*

Rose Musgrove : la Martha Stewart du Dorset. Projette de lancer sa propre marque de fromages, décore sa maison dans le style *House & Garden,* porte des tweeds de Ralph Lauren. Ne fait preuve de mauvais goût que lorsqu'elle choisit les maris des autres.

Pierre Musgrove : sculpteur dont le brillant avenir s'éloigne chaque jour. Utilise ses qualités artistiques pour rendre la vie de Rose impossible.

Ceci Musgrove : 13 ans, fille unique et parfaite.

Les Musgrove vivent à **La Laiterie**, dont s'occupe **Joan**, leur femme de ménage très convoitée.

*

Catherine Cobb : superwoman née en Californie, mère de quatre enfants, châtelaine de **Court Place**, directrice et propriétaire d'un magasin des produits de la ferme ultrachic.

Richard Cobb : mari et financier de Madame.

Serena Cobb : leur fille. Blonde. A un job dans la com d'un magazine.

Les Cobb ont trois fils, **Hector**, **Marco et Florian**. Vivent également à **Gstaad**, en **Toscane** et en **Californie**.

*

Ned Bryanston : propriétaire terrien local. Vit de son capital avec une seconde femme chère à entretenir.

Lulu Bryanston : ex-actrice-comédienne-mannequin. Se vante d'exhiber les écrivains à la mode au cours de son Festival littéraire annuel.

Jesse Marlon Bryanston : fils aîné du premier lit de Ned et de Judith (appelée dorénavant **Jude**, poète et lesbienne).

Little Ned et Fred Bryanston : 11 ans, jumeaux de Ned et de Lulu qui refuse l'idée d'avoir deux grands enfants et même un seul.

Celia Bryanston : mère de Ned Bryanston, elle exerce ses pouvoirs de douairière abominablement.

Tous les Bryanston, à l'exception de Jesse Marlon, habitent **Godminster Hall**.

*

Sir Michael Hutton : baronnet de vieille souche et revêche, marié à **Lady Elizabeth**, sans descendance.

Le siège ancestral des Hutton aux dimensions grandioses s'appelle **Hutton Hall, Hutton**.

*

Virginie Lacoste : Petite garce française au cœur de glace et cheftaine d'une affaire de petites culottes pour enfants qui ne regrette jamais nothing.

Mathieu Lacoste : mari sans saveur mais gros bonnet de L'Oréal.

Les Lacoste ont trois enfants, **Guy**, **Capucine, Clementine**, qui aiment **NouNou,** leur bonne, bien plus qu'ils n'aiment leurs parents.

Les Lacoste habitent **Lonsdale Gardens, London W11.**

*

Clare Sturgis : ancienne voisine de Mimi à Notting Hill, créatrice de jardins, elle a été enceinte sur le tard. Elle a acheté la maison en mauvais état des Fleming à Ralph pour y installer sa bonne à tout faire et sa nurse.

Joe Sturgis : son bébé qu'elle et son mari **Gideon**, brillant architecte, ne réussissent pas à inscrire à **Ponsonby Prep**, l'école de Mirabel, Posy et Cas (ainsi que de la plupart des adorables enfants des richissimes habitants de Notting Hill et propriétaires de super-yachts).

Les Sturgis habitent **Colville Crescent, London W11**.

*

Sophy Mills : herboriste hippy et mère célibataire de :

Noah Mills : bébé de père indéterminé, et de :

Spike Mills : 13 ans, élève bien équilibré à Acland et copain de Mirabel et de Ceci.

La famille Mills habite l'éco-village **Spodden's Hatch**, dans une yourte pitoyable près de la maison construite à la main par Jesse Marlon Bryanston, qui vit également là.

*

Gwenda Melplash : Gwenda la Terrible préfère les chevaux aux hommes, vit en jodhpurs et terrorise le **Centre équestre**.

*

Colin Watts : fils adopté d'une famille de bouchers, Colin fournit le bois grâce à sa propre camionnette, ce qui fait de lui un des célibataires les plus en vogue.

Il vit à **Stable Cottage**.

*

Henry Pike : seul résident de Honeyborne à être autorisé à entrer à cheval dans le Magasin.
Biddy Pike : sa femme s'habille en Boden et dirige des Camps de Poneys.
Flavia (Flaves) Pike et Harry Pike sont leurs deux enfants qui ne quittent jamais leurs chevaux.

*

Mr et Mrs Hitchens : maître et maîtresse du Magasin-Bureau de poste du village (d'où une source inépuisable de cancans).

*

Garry et Debbie : patrons du pub *Le Cerf*, où ils servent des bières généreuses et gardent un loup.

*

Docteur Ashburton : médecin généraliste, il chasse, râle et s'occupe du dispensaire quand il en a le loisir.

*

Esmond d'Oplinter : alias le Baron grivois, un Français courtois marié à **Jacqueline**, une femme hideusement laide mais plus aristocrate que lui. Ils vivent à Paris mais chassent dans le West Country deux fois par an.

*

Révérend Wyldbore-Smith : vicaire de **St Mary of All Angels**, et l'homme à contacter pour obtenir une concession dans le cimetière. Il vit dans le Rectory.

PREMIÈRE PARTIE

Mimi

Je suis assise dans la cuisine, la seule pièce chaude de la maison. Avec à portée de main une bonne pinte de café (du Wild Bean acheté à prix d'or à la station-service) dans un Thermos, je lis le journal. Ma chienne Calypso est vautrée sur mes pieds qui sont – j'ai honte de l'avouer – enfouis dans une chancelière électrique en fausse fourrure avec dispositif de massage à deux temps incorporé. J'ai acheté ce gadget au cours d'une de mes récentes crises de shopping en ligne (pour me dédouaner de ces innombrables arrivages de paquets, je me suis persuadé qu'il n'y avait aucune boutique à cent kilomètres à la ronde. Je précise : aucune boutique qui vende des jeans incrustés de pierres Swarovski, des vêtements écolos pour enfants en chanvre, de la lingerie signée Elle MacPherson).

La radio est allumée et j'écoute d'une oreille une émission destinée aux auditrices. Sujet du jour : le beurre de karité produit par un collectif féminin du Nord-Ghana.

J'oublie de dire que mes pieds sont glissés dans mes chaussettes de cachemire préférées : des Brora tricotées en Écosse que de multiples séchages sur la cuisinière Aga ont quelque peu endommagées.

Ma tenue ? Caleçons longs sous un « boyfriend »

jean de l'an dernier (d'après Mirabel, le jean slim est complètement out. Quelle chance !), gilet sans manches en laine mérinos thermique, pull des surplus de l'armée, foulard et gilet matelassé vert mousse agrémenté de boutons de cuivre dans le genre de celui qu'arborait Lady Diana avant de devenir princesse de Galles.

Oui, je porte une veste matelassée.

Dès qu'on s'aventure dans la campagne anglaise, on s'aperçoit que les vestes matelassées n'ont jamais cessé d'être à la mode. Pareil pour les cardigans tricotés main à boutons de bois, la broderie en fils de laine, les grandes dents chevalines, les chemises de rugby rayées rentrées dans des jeans taille haute trop serrés, le parti conservateur et les concours de la plus longue carotte du comté. Un fait rassurant dont je profite à plein.

Le téléphone sonne.

— Bonjour, dis-je tout en allumant mon ordinateur portable de façon à pouvoir pianoter pendant que je parle.

À l'autre bout du fil, un gazouillis que je connais bien :

— Mimi ? C'est Fenella !

Elle prononce son nom avec l'enthousiasme d'une grand-mère annonçant la naissance d'un premier petit-enfant.

Je rétorque avec la même allégresse :

— Saluuuut !

Fenella Prigeon est la rédactrice beauté de *Results Magazine*. Il y a des siècles, nous avons travaillé ensemble au *Telegraph*. La dernière fois que je l'ai vue, c'était dans un salon de thé à Burlington Arcade où se pressaient des filles genre lectrices du *Tatler* accompagnées de leurs toutous de luxe. Ce jour-là je retournais un maillot Vilebrequin, cadeau acheté avec amour que mon mari Ralph avait refusé après un seul coup d'œil. (Il avait ajouté que son vieux caleçon de bain, si on rafistolait l'élastique, ferait encore l'affaire pendant des années, merci beaucoup.)

Passant automatiquement sur le mode hypocrite, je me fends d'un « Comment vas-tu ? » enjoué, comme si j'avais vraiment envie de le savoir. Un de mes travers ! Il faut toujours que je m'adapte à mon interlocuteur. Avec Fenella, je la joue très papier glacé. Et j'en fais des tonnes.

Un faible soupir, proche de l'expiration, pour souligner l'ampleur de sa souffrance, me parvient :

— Oh ! Franchement, je suis crevée comme jamais. C'est complètement dément ici. Vraiment dingue.

Je me connecte et entre mon mot de passe tout en demandant :

— Ah bon ! Pourquoi ?

En fait, je sais pertinemment ce qui va suivre. En entendant Fenella jacasser, Ralph prétend que ce qu'ont enduré les poilus dans les tranchées de la guerre 14-18 était plutôt une partie de plaisir comparé aux tests de gels anticellulite et de crèmes contre les rides nasolabiales d'un magazine mensuel.

Fenella continue d'une voix brisée :

— C'est le numéro consacré aux spas. En six mois, je me suis collé pas moins de cinquante papiers (oui, tu entends bien : cinquante) sur des spas différents. Je suis même allée en Extrême-Orient et dans les Caraïbes, tu te rends compte ? Résultat, je suis totalement lessivée. Avant même de commencer à travailler sur le numéro spécial Adolescentes qui est, comme tu sais, un cauchemar sur terre.

— Ma pauvre !

— En fait, c'est la raison pour laquelle je t'appelle…

Et là, le ton de Fenella se fait enjôleur :

— Il y a un nouveau spa où tu pourrais aller en emmenant Mirabel. Tu n'auras qu'un petit article à pondre, mais tu pourras bénéficier de deux traitements gratuits.

Fenella sait bien que la perspective d'un voyage de luxe aux frais de la princesse est la meilleure façon de m'appâter. Immédiatement, je nous imagine, Mirabel et moi, quelque part à Bali ou dans les Maldives, enveloppées dans des moelleux peignoirs de bain blancs en train de nous faire masser au son aigrelet d'une musique New Age, tandis que des jeunes filles pleines d'un zèle silencieux s'occupent de nos doigts de pied.

— Écoute, Fenella, en ce moment je suis plutôt débordée. Des toooonnes de trucs à faire. Arriver à glisser dans mon agenda un déplacement, même ultra-rapide, à l'étranger me paraît improbable.

Je réagis comme la fille cool que je veux paraître à ses yeux :

— Au fait, il se trouve où ce spa ?

— C'est dans le Somerset.

Quel enthousiasme ! À croire qu'elle défend les débiles qui affirment que les vacances hors de prix dans une Angleterre pluvieuse sont dix fois mieux qu'un séjour bon marché au soleil de l'étranger.

Fenella poursuit :

— Dans une ferme écologique. Leur pain, leur muesli, leurs pizzas sont faits maison avec – une seconde, j'attrape leur brochure – de la farine d'épeautre. Oui, de l'épeautre. Apparemment c'est un grain très ancien, de la famille des poacées, que les personnes allergiques au gluten peuvent consommer. En tout cas, tous les soins de ce spa sont à base d'épeautre. J'ai pensé que, comme tu avais perdu ta rubrique dans le magazine et que tu étais à deux pas, dans le Dorset… Pour moi, impossible d'y aller avec ma charge de travail, avec ce supplément sur les traitements de cheveux bio qu'on prévoit pour le printemps. De toute façon, s'y rendre de Londres est inconcevable. On met plus de temps pour aller dans le Somerset qu'à Ibiza. Je ne peux pas te payer, mais tu n'as qu'à y aller en voiture, voir l'endroit, écrire un petit texte et voilà. C'est cadeau !

Je promets à Fenella de lui donner ma réponse très vite et raccroche en soupirant.

Au moins, c'est clair. Dorénavant, pour mes amies, mes anciennes consœurs, mes ex-voisines, c'est à peine si j'existe. Je suis devenue… disons… une poule de plein air.

Il est temps de voir la vérité en face.

Je ne suis plus à Notting Hill. Par conséquent je n'obéis plus à cette loi tacite qui veut que toute femme proche de la quarantaine se doit de peser moins de cinquante-deux kilos, de se chamailler avec des gens célèbres, de faire amie-amie avec des filles émaciées, d'emmener son chien à pedigree dans le nouvel institut de beauté/restaurant pour animaux de luxe de Westbourne Park Road et de clamer à qui veut l'entendre que, non, elle n'éprouve aucune jalousie à l'encontre de ses voisins banquiers qui touchent des bonus exorbitants.

Je ne vais plus à The Whole Food, le supermarché de grand standing sur Kensington High Street, où les top models du quartier font le plein de baies d'açaï et de snacks santé de la marque Food Doctor tout en se vantant de ne jamais mettre les pieds à la gym *(d'ailleurs, courir derrière ma progéniture remplace n'importe quel exercice physique),* de ne jamais faire de régime *(c'est ma nature d'être mince et pourtant j'essaie sans arrêt de grossir)* alors que nous savons, et qu'elles savent que nous savons, qu'il y a des années qu'elles n'ont rien avalé de consistant.

Quel soulagement, quand on y pense.

Oui, mais.

Car il y a toujours un « mais ».

Oui, c'est un soulagement mais, pour être vraiment honnête, même si j'aime l'herbe, la boue, et la vue de la fenêtre de ma chambre vers la moitié du Dorset et la mer au loin (à condition de me tenir sur la pointe des pieds), même si j'adore l'odeur fraîche et pure de la campagne avec son léger relent de purin, même si j'apprécie les soirées frisquettes, le silence, la paix, même si je suis enchantée de contempler les étoiles et la Voie Lactée et que je suis devenue copine avec les chouettes de la grange – et que je suis donc pleinement pénétrée par les beautés de la nature –, ma vie d'avant me manque. Londres, Notting Hill où j'habitais, et tout et tout.

Ma vie d'avant me manque parce que je l'ai quittée pour toujours. Comme tout le monde le sait, et se plaît à me le répéter, une fois la page tournée, c'est pour la vie. Comme si j'avais choisi de vivre dans le septième cercle de l'enfer plutôt que dans un village modèle du Dorset. La raison ? Le marché de l'immobilier à Londres. Inabordable. Quand on en sort, on n'y retourne pas.

Les enfants sont à l'école. Il est déjà dix heures et demie. Dans quelques heures la nuit va tomber. Si je ne sors pas Calypso maintenant, je vais être tentée de retourner au lit pour piquer un roupillon. Une perspective autrement plus attrayante que le binage du potager. Ma promenade du matin est toujours la même : le Magasin qui fait office de bureau de poste et d'épicerie, le pub local à l'enseigne du *Cerf* et la pelouse communale.

Ah, il faut que je présente *Le Cerf* : c'est le pub typique du Dorset, tout en cheminées crépitantes, personnages grincheux, odeur de vieille pipe d'avant l'interdiction de fumer, murs couleur nicotine, poutres basses, Badger ale.

L'établissement ne doit pas sa renommée à sa bière ou au confort de sa salle, et certainement pas à sa nourriture ou à l'amabilité des clients – parmi lesquels Colin Watts « le jeune », marchand de bois, grand fumeur de son état et fils du boucher (« jeune » uniquement par rapport aux autres buveurs), les membres des comices agricoles locaux, les fermiers, les maréchaux-ferrants et autres habitués. *Le Cerf* est fameux pour son tournoi annuel de mangeurs d'orties et pour son animal de compagnie.

Sur ce dernier sujet, Garry, le propriétaire des lieux, a un jour éclairé ma lanterne en me demandant si Calypso avait « des problèmes avec les loups ». Comme je ne réagissais pas, il a ajouté : « parce qu'ils n'ont pas la même odeur que les chiens ». Il m'a ensuite présenté la chose efflanquée et tremblante aux yeux pâles qu'il tenait en laisse. « Quelle sorte de loup est-ce ? » ai-je alors demandé d'une voix tremblante, en attirant Calypso contre moi. « Un loup loup, m'a-t-il répondu. Quand je l'ai attrapé en Alaska, il était gros comme ça », a-t-il ajouté avec le geste du pêcheur décrivant sa prise. Bref, l'animal s'appelle Cherokee, mais les enfants l'appellent Loulou.

Quant au tournoi de mangeurs d'orties, eh bien c'est un concours au cours duquel les gens absorbent autant d'orties qu'ils sont capables d'en avaler. Vous croyez que je plaisante ? Regardez donc les photos des concurrents punaisées à côté de la carte postale annonçant la prochaine réunion du Pudding Club : ils ouvrent un large bec tout maculé de vert.

Vous avez deux nouveaux messages.

Je suis en train d'étudier le site d'un club hippique à Honeyborne qui accepte des enfants de tous âges et de tous niveaux pour leçons d'équitation et promenades à cheval, mais impossible de résister : il faut que je vérifie mes mails. Ce qui me prend un temps fou. Exaspérant ! Mon ordinateur a sûrement un virus. Curieux comme une attente de quelques secondes a le don de vous énerver !

Le premier message vient du site du Gaz britannique. Je passe et ouvre le second. Il est envoyé par Clare Sturgis.

Rien qu'à voir son nom, mon cœur s'emballe.

Je commence à lire. C'est, d'un coup, d'un seul, le résumé de tous les cancans et potins de Lonsdale Gardens, l'endroit de Notting Hill où nous habitions. Tout ce que je voulais savoir sans jamais vouloir m'abaisser à le demander.

Qui lui a donné ma nouvelle adresse e-mail ?

Voyons voir. Elle espère que je vais bien… Je lui manque (tu parles ! Cette garce a manigancé derrière mon dos avec mon mari l'achat de ma maison, le foyer de mes enfants. Mais entre amis qu'est-ce que représente l'emplette d'une maison à deux millions de livres sur un square privé de Notting Hill, hein ?)… Mon ancienne femme de ménage Fatima (qu'elle a aussi piquée) se porte à merveille et nous enverrait son meilleur souvenir si une vilaine sciatique ne l'empêchait de travailler cette semaine… Trish et Jeremy Dodd-Noble ont un super-yacht flambant neuf… Anoushka est enceinte de son second (aïe ! La nouvelle fait mal ! La naissance du petit Darius m'avait déjà flanqué un sacré coup sur la tête dont je viens à peine de me remettre. Quand je pense qu'à l'époque son géniteur était censé batifoler en exclusivité avec MOI ! Passons !)… Des détails assommants au sujet de ses activités de designer de jardin qu'elle met entre parenthèses tant que son fils Joe ne va pas à l'école… D'autres trucs concernant son intérêt grandissant pour l'agriculture verte à toute petite échelle : elle veut s'impliquer dans la production de légumes bio et pourvoir ainsi à ses propres besoins… Londres étant désormais classée une zone inondable, l'obligation de conserver les denrées aux étages supérieurs… Maintenant qu'il est père de famille Gideon trouve la vie dans notre square privé « trop intense »… Comment ça se passe dans le Dorset… Comment va Ralph… Blablabla… Eh oui, voilà, on y arrive.

La raison de ce mail. La question évidemment entre guillemets, comme dirait Ralph. Je vais lui répondre prestissimo, pendant que je suis d'humeur à le faire. Ce qui signifie que la promenade de Calypso et l'entretien du potager sont remis à plus tard.

De : mimimalone@homefarm.com
À : claresturgis@gmail.com

Chère Clare

Merci mille fois pour ton adorable mail. Bon sang, ça fait troooop longtemps ! La dernière fois que j'ai mis les pieds chez Fresh and Wild – qui a, paraît-il, fermé – c'était il y a au moins cent ans. Et j'essayais de me persuader qu'une grosse tranche de cheesecake tofu/banane était un dessert 100 % diététique. Souvenir, souvenir…

Je suis ravie que tu aies repris contact et, même si

je lis entre les lignes que le motif réel de ta lettre concerne l'entrée de baby Joe au Jardin d'enfants de Ponsoby Prep School, je ne t'en veux pas le moins du monde. J'imagine que ton fils va sur ses deux ans. Que tu as dû l'inscrire quand tu étais enceinte. Et que la pratique de la saqueboute, de la flûte de Pan et du sanscrit n'ont plus de secrets pour lui.

Il faut pourtant que je t'avertisse.

Une maman de Notting Hill – Hélène, tu vois qui je veux dire ? mariée à un banquier de Goldman Sachs qui se faisait 5 millions de livres par an – s'est littéralement traînée à genoux en suppliant toutes les mères de famille, moi comprise, d'écrire des lettres de recommandation à Doc H. en faveur de sa fille Camille. J'étais d'accord avec sa démarche, mis à part deux points de détail. Premièrement, je ne savais pas à quoi ressemblait la dénommée Camille pour ne l'avoir jamais vue. Deuxièmement, dans la mesure où elle n'avait que quinze mois, je me voyais mal vanter ses mérites exceptionnels dans les domaines de la sieste et du lancer de purée. Simples broutilles qui n'avaient pas retenu l'attention de sa mère.

Une fois par semaine, pendant toute une année scolaire, Hélène a fait envoyer un bouquet de fleurs à la secrétaire du bureau des admissions – et cela avant même de figurer sur la liste d'attente. Tu imagines ? Finalement Doc H. lui a mis les points sur les i :

— En ce qui concerne le système d'entrée à l'école (où, soit dit en passant, il est plus difficile encore d'avoir une place que d'obtenir une table chez Ivy), c'est très simple. Nous acceptons cinq candidats par mois. Premiers arrivés, premiers servis.

Et d'ajouter :

— N'attendez pas cinq mois après la naissance pour commencer les démarches. L'idéal est de « programmer une césarienne » pour le 30 ou le 31 du mois (comme si les caprices de Mère nature n'avaient aucune raison d'être) pour être sûre d'être la première à recevoir le dossier d'inscription pour le premier du mois.

J'ai raconté ça à Ralph. Il a écouté en silence puis a déclaré en se tordant de rire :

— Il n'est pas plus facile pour Camille d'aller à Ponsonby que pour un type riche d'entrer dans le royaume de Dieu.

Sa plaisanterie, plutôt nulle, l'a fait rire pendant une heure.

Autre chose, Clare. Quand j'ai vu ton nom s'afficher, j'ai pensé « quelle barbe ! ». En fait, je suis ravie que tu m'écrives. Et enchantée (c'est la vérité vraie !) que Ralph t'ait vendu la maison à TOI plutôt qu'à quelqu'un d'autre.

D'après ce qu'on me dit, les Russes achètent comme des fous dans tous les squares privés de Londres sans même demander les prix. Alors j'aime bien l'idée que des gens raisonnablement normaux comme toi et Gideon (ah ! ah !) avec bien sûr baby Joe et Fatima soient installés dans notre vieille ruine au lieu de quelque financier bling-bling.

Vous me manquez tous et, un comble, maintenant que je suis une vraie Barbie des campagnes, le jardin me manque. Fatima aussi. C'est seulement maintenant que je m'aperçois de son efficacité.

Bon, il est temps que j'arrête d'écrire pour aller jeter un coup d'œil par la fenêtre de la cuisine sur les champs à perte de vue. Il pleut des hallebardes. Un temps à ranger le placard à linge et s'occuper de la maison. À vrai dire, c'est fou ce que je m'ennuie. En plus, Ralph est tout le temps absent. Clare, tu es un chou de t'être manifestée. Je me sens abandonnée. D'accord, Marguerite me passe un coup de fil à l'occasion et j'ai des nouvelles de Si en lisant le *Sunday Times*. Mais je sais bien qu'à vos yeux j'ai disparu du paysage.

Ici, ce que j'ai à offrir n'a rien de la maison de campagne luxueuse, avec confort cinq étoiles, chambres impeccables, personnel pour défaire les bagages, bouffe délicieuse, chauffe-serviettes éponge dans les salles de bains, protège-matelas en plume d'oie et figuration brillante d'invités spirituels que les gens de la ville sont en droit d'espérer. Nous vivons dans une belle et ancienne ferme au milieu d'une vallée éloignée de tout. Elle n'a pas de chauffage central.

Je peux – à peine – survivre sans cafés, boutiques de mode, magasins de déco, instituts de beauté, traiteurs chics, restaurants célèbres, cinémas, clubs, marchés authentiques et autres délices qu'offre Notting Hill.

En revanche, passer ma vie sans voir mes précieux et merveilleux AMIS des beaux jours (dont tu fais partie, bien sûr) c'est presque too much.

Bises

Mimi

P-S. Pardon pour ce mail trop long et ennuyeux. Tu parles d'une réponse rapide ! C'est pire qu'un manifeste du Parti démocrate libéral. Tu ne m'en voudras pas – maintenant que tu as Joe – si je te dis que je suis sans doute enceinte. L'œuvre de Ralph le surpuissant.

J'ai les nénés comme des montgolfières, des bouffées de chaleur et un horrible goût métallique dans la bouche. Signe qui ne trompe pas : au lieu de descendre joyeusement mon habituelle bouteille de vin blanc avant le journal télévisé, je peine à finir un seul verre. Les notes fruitées et beurrées du breuvage divin ont un goût de dissolvant. Et les chansons à la guimauve me font sangloter.

Ralph prétend que je me fais des idées. Il dit qu'inconsciemment je copie la pauvre Calypso dont la grossesse nerveuse a bouleversé toute la maisonnée.

J'envoie mon mail. Annoncer que j'attends un enfant à Clare, qui a essayé pendant dix ans de tomber enceinte, n'est sans doute pas très malin. Mais après tout, vu tout ce qui s'est passé, tant pis !

Rose

Je n'y vais pas par quatre chemins. À peine ai-je enlevé et accroché ma veste YSL pour éviter que Mimi, qui est maladroite comme tout, ne risque de la salir, je me lance :

— Pierre ne cesse de se promener dans la maison avec une bûche.

— Hum, dit Mimi.

— Quand je lui ai demandé pourquoi il serrait une bûche sous son bras, comme Paris Hilton son chien Tinkerbell, il s'est énervé. Puis j'ai remarqué qu'il transporte toujours la même bûche avec une écorce argentée qui se détache. Tu me croiras si tu veux : cette bûche m'est plus familière que ma propre fille.

Au lieu d'abonder dans mon sens, Mimi s'esclaffe.

C'est l'heure de notre rendez-vous de crise. Nous avons commandé une crêpe aux framboises pour deux et un café par tête à *Ce Nouvel Endroit*, le seul établissement dans un rayon de vingt kilomètres à servir du cappuccino. On l'appelle toujours *Ce Nouvel Endroit* bien qu'il ait probablement ouvert ses portes dans les années 80, à l'époque où en Angleterre la pause-café se composait avec un peu de chance d'une tasse de Nescafé et d'un biscuit sec. Rien à voir avec les délices actuels : latte mousseux à base de café du commerce équitable fraîchement torréfié accompagné d'une tranche de gâteau aux airelles à la farine de maïs sans gluten.

Je viens de déposer Ceci à Acland, l'école secondaire de Godminster qui est mixte, d'avant-garde, bien dirigée, prestigieuse et surtout complètement gratuite. En tant que soutien de famille, patronne d'une entreprise d'artisanat « maison » et femme d'un artiste à entretenir, ce point est hyperimportant à mes yeux. Mimi a emmené Mirabel, Cas et Spike dont la mère, Sophy Mills, est une hippie herboriste qui ne conduit pas et ne prend pas l'avion. C'est-à-dire qu'elle ne fait rien qui puisse nuire à l'équilibre fragile de la nature. Elle fabrique ses vêtements, produit sa nourriture et vit dans une yourte. Pas question de lui avouer que nous sommes venues en deux voitures. Bien sûr qu'on pourrait se charger à tour de rôle de la dépose des gosses en classe. Mais, c'est bien connu, rien de tel pour démolir une amitié. Pareil que de piquer le mari d'une copine ou débaucher sa nounou. Mais dans ce domaine, aucune urgence. Pour le moment.

Mimi a appelé hier après l'école. Comme j'étais dans l'office en train de stériliser une série de bocaux Le Parfait dans le lave-vaisselle spécial verrerie avant de les garnir de ma légendaire compote prune-rhubarbe, j'ai dû courir pour décrocher. Elle a attaqué sec :

— On a un problème sur les bras ! Tu es seule ?

Du Mimi craché. Ni « Bonjour, ça va ? », ni « Tu es occupée ? », ni même « Tu as l'air essoufflée, tu as couru ? »

Ceci étant dans sa chambre censée faire ses devoirs

et Pierre dans les champs à la recherche parfaitement inutile de silex, seule je l'étais.

— Oui, qu'est-ce qui se passe ?

— Écoute, a dit Mimi calmement. J'ai trouvé les filles avec des magazines. Terriblement inquiétant.

— Quelle horreur ! Quoi ? Des trucs de fellation ? Avec des animaux ?

— Non ! Pire ! On se retrouve à *Ce Nouvel Endroit* à neuf heures et quart.

Donc d'emblée, pour me soulager d'un poids, je commence à me plaindre de ma situation conjugale :

— On est devenu comme n'importe quel couple. C'est trop triste. Aujourd'hui on déteste ce qu'au début on aimait chez l'autre. Tout ce qu'on trouvait charmant et attrayant nous tape maintenant sur le système.

Mimi n'a pas l'air intéressée par l'état de mon mariage. Par contre l'histoire de la bûche la fait réagir :

— Oh ça ! C'est un vieux rituel dans les maisons de campagne.

Elle s'exprime comme si elle n'avait jamais passé de week-end à la campagne avec ses énormes petits déjeuners indigestes suivis d'une partie de chasse ou de croquet, ses séances de commérage sur des amis communs dont on mentionne les noms si fort qu'on peut les entendre dans le comté voisin, ses chambres glaciales, ses longues soirées avec orgies de whisky et jeu de Freda (un divertissement qui consiste essentiellement à courir autour d'une table de billard, modèle maxi de préférence, au lieu de se faire la conversation).

Le whisky et le jeu de Freda sont les éléments de survie essentiels dans une maison de campagne anglaise dans la mesure où ils empêchent les invités de mourir de froid.

Il y a un avantage à posséder sa propre maison de campagne, assez jolie bien entendu pour figurer dans les pages des magazines de décoration : cela vous enlève toute velléité de séjourner dans la maison des autres. De toute façon, cette manie de demander à des invités, même raffinés, de jouer à des trucs idiots après le dîner, genre cache-cache, m'exaspère. Rester camouflée dans un lieu retiré, le garde-manger de la cave ou le cimetière des chiens, jusqu'à pas d'heure ? Non, sans façons !

Mimi reprend :

— Si tu es invitée dans une grande baraque sans beaucoup de personnel, il est important d'échapper aux corvées que la maîtresse de maison ne manquera pas de t'imposer. Alors, voici l'astuce : tu te promènes de pièce en pièce avec une bûche, comme si on t'avait assigné la noblissime tâche de préparer un feu dans une des cheminées de la maison. L'idée générale est de ne pas tomber dans la catégorie des *Gastarbeiter* sans gages ou main-d'œuvre gratuite. Ce qui, crois-moi, arrive souvent.

Et Mimi me cite alors certains de ses amis, richissimes mais sans valetaille suffisante, qui attendent de réunir un nombre conséquent d'invités pour changer l'emplacement des meubles, monter des lits à baldaquins, nettoyer leur grenier. Sans parler de ceux qui rappellent à leur « équipe » qu'enlever les pierres de la propriété serait une manière sympathique de payer leur écot.

— Mais Pierre n'a rien d'un de ces pique-assiette qui hantent les châteaux écossais. Il est dans sa propre maison, où il devrait participer sans se plaindre en y mettant du sien. En fait, au lieu de collaborer, il serait plutôt une cause de travail supplémentaire. Je t'ai déjà raconté l'épisode de la confiture ? Un jour que je faisais mes confitures, il a déboulé dans la cuisine en me demandant de venir l'aider d'urgence à retrouver un truc qu'apparemment j'avais bougé de place. Je suis sortie de la cuisine une seconde et quand je suis revenue des flots de confiture s'échappaient en bouillonnant du chaudron…

Mimi m'interrompt tout en fourrageant dans son sac :

— D'accord, Rose, mais Pierre est quand même chez lui.

Des magazines qu'elle pose sur la table je n'aperçois qu'une dernière page de couverture montrant un torse avantageux et un maillot de bain blanc moulé sur un entrejambe protubérant qui semble sortir de la photo : la pub de la dernière lotion après-rasage Dolce et Gabbana.

Je ne relève pas le commentaire de Mimi. Elle et moi nous en sommes encore à prétendre que tout va bien dans nos vies et nos couples respectifs. Nous ne sommes pas assez intimes pour que je lui raconte tout ce qui m'énerve chez Pierre. C'est-à-dire tout ce qui me séduisait. Sa blouse de pêcheur. Ses mains souillées d'argile. Son statut de soi-disant artiste. Même son prénom que je trouvais craquant et même cool.

Désormais tout ça m'irrite au plus haut point. Et quand j'y pense, quelle prétention de la part de ses parents ! Pourquoi l'ont-ils appelé Pierre au lieu de Peter ? Il n'est même pas français.

Malgré moi je crache quelques-uns de mes griefs :

— Oui, il est chez lui, mais je suis la seule à usiner à La Laiterie, dis-je au moment où, après force jets de vapeur et projections de lait, nos cappuccinos sont apportés pleins à ras bord.

Le café se répand, je nettoie la table avec une serviette pendant que Mimi commence à siroter le sien sans faire attention au liquide mousseux qui coule sur le côté de sa tasse. Je me lève et, après un coup d'œil sans gourmandise aux gâteaux du comptoir, j'attrape quelques serviettes en papier.

Un homme avec un colley et une femme en foulard accompagnée d'un labrador et d'un terrier lisent le *Daily Telegraph.* En dehors d'eux, nous sommes les seules clientes de *Ce Nouvel Endroit.*

Dès que je regagne notre table je continue :

— Non seulement je suis le gagne-pain de la famille, mais je fais tout le jardinage, la cuisine, les courses et je m'occupe de Ceci. Mes chutneys et mes confitures se vendent très bien. Mes paniers garnis marchent bien aussi. Le *Waitrose Food Illustrated* et le supplément gastronomie de l'*Observer* ont fait des articles dessus. Est-ce que tu sais que j'ai dessiné les étiquettes kaki et bordeaux qui ornent les flacons de vodka aromatisée ? Et puis, je viens de lancer des mélanges de pétales de pommes et poires séchées à grignoter à l'apéritif en remplacement des chips. Et l'an prochain je vais produire mon fromage.

De toutes ces informations qui s'écoulent de ma bouche en un flot ininterrompu, rien n'est complètement exact. L'annonce du lancement de fromage est même prématurée. C'est vrai que je veux fabriquer mon fromage. Pas seulement parce que c'est pour le lait une étape vers l'immortalité. C'est aussi une manière de montrer combien je suis connectée au *terroir*. Et, avouons-le aussi, je suis terrifiée à l'idée que Cath sorte son Honeyborne Bleu ou son Court Place Cheddar avant moi.

— Tu es la Martha Stewart du Dorset, s'exclame Mimi en coupant la crêpe en deux et en s'attribuant d'office la partie croustillante. La reine du business « fait maison » ! Mais surtout, pas un mot à Ralph ! Il n'arrête pas de marmonner que, si on prenait une fille au pair et que je m'en donnais la peine, je pourrais me recycler en notaire de campagne. Au fait, je t'ai raconté que je suis allée au Magasin pour voir si Mrs Hitchens pourrait m'aider à résoudre ma crise ménagère ?

Avec Mimi, tout n'est toujours que crise et drame. Elle poursuit son récit :

— En poussant un petit soupir, elle a ouvert un tiroir sous la caisse d'où elle a extirpé un bout de papier corné et couvert de gribouillis qui avait l'air de dater de Mathusalem. Elle a ajouté mon nom à la liste de tous les gens du coin qui ont besoin d'une femme de ménage, pas depuis des mois comme moi, mais depuis des dizaines d'années.

Je ne pipe pas. J'ai évidemment une femme de ménage et Mimi le sait bien. Mais notre amitié n'a pas atteint le stade (et peut-être ne l'atteindra jamais) où je serais prête à l'ultime sacrifice de laisser ma femme de ménage travailler pour elle. D'ailleurs, après dix ans de gages dûment payés, c'est à peine si j'ose demander à Joan de travailler pour moi. Mimi sait également que réclamer même humblement le numéro de téléphone de la dénommée Joan serait trop demander. Donc elle s'abstient.

Mimi poursuit :

— Donc, pour en revenir à Ralph, je lui ai dit : « Quelle bonne idée, mon chéri ! » comme chaque fois que cette histoire de fille au pair revient sur le tapis. Et comme chaque fois qu'il parle de louer un cottage dans le Dartmoor pour les vacances de printemps. Je ne veux pas avoir l'air de dire non à toutes ses suggestions, tout en sachant que, de toute façon, il ne fera rien.

— Mais quelle drôle d'idée ! Pourquoi louer un cottage dans le Dartmoor alors que vous venez d'acheter une merveilleuse vieille ferme dans la partie sauvage du West Dorset, dis-je, enchantée que le sujet femme de ménage soit derrière nous. C'est vrai, ici vous êtes entourés d'un paysage extraordinaire et… euh… d'amis. Alors quel est l'intérêt de payer la location d'un cottage dans une région pluvieuse qui sera fourni avec draps en polyester et oreillers plats comme des galettes mais sans lave-vaisselle ? Vous ne voulez pas vous occuper d'abord de la ferme, l'arranger… euh… un peu, plutôt que de dépenser pour un loyer ?

Ce n'est pas que « Home Farm » soit une ruine, bien

sûr, mais elle a besoin d'un sérieux coup de rénovation. Les environs regorgent de maisons prêtes à être photographiées tant elles sont impeccablement décorées, avec paniers et gants de jardinage artistiquement disposés sur les étagères en chêne de la serre, jardins de fleurs à couper de toutes les couleurs, pelouses où pas un brin d'herbe ne dépasse, prairies plantées de fleurs sauvages, anciennes bâtisses recouvertes de glycine dans lesquelles se trouvent des sols en pierre d'époque, des somptueuses salles de bains, des cuisines rustiques au sol en dalles d'époque, installées avec *batteries de cuisine* complètes, cheminées en état de marche et fours à pain.

À l'opposé, Home Farm est restée complètement dans son jus. Je crois qu'il n'y a même pas de chauffage central – et une salle de bains seulement. Mais aux yeux de la famille Fleming ces inconvénients font partie du charme de la maison.

— C'est justement ma réponse. L'idée même d'une location me fait frémir. En particulier le genre de maisons dont le propriétaire prétend que « seuls des connaisseurs pourront l'apprécier à sa juste valeur ». Forcément parce que l'endroit en question s'avère être une masure avec des toilettes sans eau que la famille qui l'habite aime pour des raisons sentimentales et historiques. Pour les autres c'est tout bonnement l'enfer.

Le nez dans sa tasse, Mimi ajoute :

— Quoi qu'il en soit, il y a toujours le Big Problème. Pour le moment nous n'avons pas d'argent pour entreprendre des travaux à Home Farm. Quand nous avons vendu notre maison, plus exactement la maison de famille de Ralph à Notting Hill, j'ai cru qu'on roulerait sur l'or. Mais les administrateurs du trust ont tout récupéré en disant que ce qui restait de la somme après l'achat de Home Farm devait être placé pour assurer les études des enfants. L'augmentation des prix de l'immobilier n'a pas profité à tout le monde. En tout cas pas à nous. Mais tant mieux pour les enfants. Voilivoilà. Dis-moi, on se rentre ou on se lâche en commandant un autre « late » ?

Mimi rigole en prononçant « late » au lieu de « latte ». Les propriétaires de *Ce Nouvel Endroit* n'ont jamais pu l'orthographier convenablement, ce qui fait sa joie. Elle se lève, son sac à la main, et s'écrie :

— Quelle horreur de quitter cette douce chaleur. Retourner à la maison, c'est aussi agréable qu'aller se nicher dans un congélateur.

— Écoute, dis-je en posant mes mains sur les magazines, je suis au supplice. Dis-moi, qu'est-ce que c'est ?

Mimi s'affale sur sa chaise et commence à tourner les pages. Nous nous exclamons en chœur. Le labrador arrive vers nous en chancelant et remue sa queue.

Les magazines que nos filles de treize ans ont achetés en secret et épluchent avec soin alors que nous les croyons absorbées dans leurs Facebook et Myspace sont… des magazines de mariage. La panoplie complète :

Brides.

Modern Brides Wedding.

Sans oublier *Martha Stewart Weddings.*

Certaines couvertures montrent de délicates donzelles à la taille de guêpe vêtues de blanc et tenant des bouquets. D'autres proposent des pièces montées décorées de rubans en sucre et de festons crémeux ou des pyramides de choux recouvertes d'une dentelle de caramel. « *Le plus beau jour de votre vie* », annonce un titre. « *Le mariage dont vous avez toujours rêvé* », promet un autre.

Mimi et moi échangeons un regard horrifié.

Je pose enfin la question :

— Elles en disent quoi, les filles ? Tu leur as parlé ? Et comment ont-elles dégotté *Martha Stewart Weddings* ? Les deux seules filles des alentours qui pourraient avoir envie de ce magazine sont Serena et Cath Cobb.

— Je ne sais pas où elles l'ont acheté, répond Mimi. Quant à leur motivation, je l'ai obtenue après quelques tortures dignes de la Gestapo.

— Et c'est… ?

— Tout ce qu'elles désirent quand elles seront grandes, c'est que le jour de leur mariage soit le plus beau jour de leur vie.

Mimi revient vers notre table les mains pleines : nos tasses remplies à ras bord de cappuccino et une assiette contenant une autre crêpe. Il nous faut un remontant pour digérer le choc d'avoir deux filles qui, au lieu d'avoir des aspirations saines de leur âge (jules adultes, mauvaises fréquentations, rap de banlieue), rêvent de pétales de rose, de faire-part et de trousseaux vaporeux.

— Alors Pierre, à quoi passe-t-il ses journées ? Il travaille sur une commande importante ?

— Bof !

Il y a de la perfidie dans la question de Mimi. C'est clair : elle n'a pas aimé quand j'ai suggéré que Home Farm avait non seulement besoin d'un coup de jeune mais d'une sérieuse mise aux normes du vingt et unième siècle.

J'explique que Pierre conduit Ceci à l'école et la récupère une fois par semaine quand je suis à Godminster pour m'occuper de mon business de vodka et des autres produits étiquetés « La Laiterie ». Il fait aussi un peu de courses.

— N'oublie pas la bûche – celle qu'il transporte, ajoute Mimi.

Elle trouve cette histoire de bûche inénarrable. Ça m'horripile. Jamais je n'aurais dû lui en parler.

J'explique aussi que Pierre était – je veux dire « est » – un sculpteur de talent. Mais qu'il se consacre désormais à deux activités principales : la perte de temps et l'auto-diagnostic.

— Il passe la plupart de son temps dans ce grand abri de jardin qui lui sert d'atelier. Là, il boit des litres de thé, écoute la radio, observe les oiseaux, lit *The Independent, Art Newspaper* et d'autres magazines assommants qu'il adore, vérifie les symptômes de ses maladies imaginaires à l'aide d'un énorme *Dictionnaire médical*. Bref, il fait tout sauf gagner de l'argent.

Ce que je ne dis pas à Mimi, c'est qu'à l'occasion Pierre utilise un chalet d'aisance improvisé au-dessus d'un fossé, pour éviter de passer par la maison et de se voir donner un truc à faire. D'après lui, cela permet aux roseaux de s'épanouir. Une théorie que personne, pas même moi, n'a jamais cherché à réfuter.

— C'est exactement ce que Ralph doit penser de moi, répond Mimi. Je ne suis pas encore opérationnelle. Tout prend tellement de temps. Préparer trois repas par jour et maintenir un degré de chaleur et de propreté raisonnable – là, je parle de moi, pas de la maison –, c'est un boulot à plein temps. Il ne me reste pas une minute.

— On ne s'adapte pas du jour au lendemain, je suis d'accord. J'ai mis dix bonnes années à me sentir complètement chez moi. Toi, tu n'es ici que depuis quelques mois.

— En tout cas, je trouve que Pierre est le charme personnifié, dit Mimi. Il est tellement séduisant. Avec son côté nounours ébouriffé et sa masse de cheveux épais. J'adore les cheveux bruns. Heureusement que Ralph ne perd pas les siens. Ah, et j'adore quand il marche en pingouin avec ses pantoufles pour amuser les filles…

Là, elle commence à m'énerver sérieusement.

Je rétorque :

— Moi aussi, je serais séduisante si je ne passais pas ma vie à affronter des milliards de problèmes. Je paraîtrais dix ans de moins si quelqu'un s'occupait de moi, si je n'avais pas à m'échiner comme je le fais. Au fait, ce n'est pas pour être drôle qu'il a cette démarche en pingouin. C'est la sienne.

Je suis vraiment tentée de tout lui raconter au sujet

de Jesse Marlon. Oui, je meurs d'envie de cracher le morceau.

Jesse Marlon Bryanston, le fils de Ned – d'un premier lit – a commencé à se pointer tous les jours pour me donner un coup de main. C'est devenu notre petit rendez-vous secret. Mais finalement je ne dis rien à Mimi. Toujours est-il qu'après son boulot à Spodden's Match (en quoi ça consiste ? Il reste vague sur le sujet) et quand ce n'est pas son jour de travail communal (il transporte des tas de compost ou démonte et huile les appareils qui servent à débiter les troncs d'arbre en planches), il vient à La Laiterie.

Je fournis à Mimi quelques renseignements de base sur les Bryanston et sur Godminster Hall quand elle me demande qui est la rock star du village qu'elle a aperçue au magasin d'articles pour chevaux quelques jours auparavant.

— Un grand type avec des cheveux foncés, en jean avec tee-shirt orné d'un slogan agressif, dit-elle.

J'explique donc avec cérémonie que le jeune aux cheveux noir jais qui porte un jean et un tee-shirt publicitaire en faveur des petits commerçants ne peut être que Jesse Marlon, le fils aîné et l'héritier que Ned Bryanston a eu avec sa première femme, une poétesse du nom de Jude. En prononçant le nom de Jesse Marlon, je sens comme une petite pichenette au creux de l'estomac. Un signe qui ne trompe pas : me revoilà pincée.

J'enchaîne :

— Elle pouvait se permettre d'être poète. Pas parce que Ned est bourré d'argent. Tu sais bien qu'aujourd'hui hériter d'un capital ne mène pas très loin. En fait, le père de Jude a fait fortune dans un truc. Du mastic, je crois.

Et je lui brosse l'histoire des Bryanston dans les grandes lignes. Juste pour information, dans la mesure où Mimi est nouvelle dans le village.

— Donc, leur mariage a périclité peu après la naissance de Jesse Marlon, quand Ned a commencé à voir d'autres filles. Parmi elles, Lulu Fitch, vaguement actrice ou mannequin, qu'il a finalement épousée et avec laquelle il a eu des jumeaux, Ned Junior et Fred. Quant à Judith, je veux dire Jude, elle s'est envolée pour la côte Est des États-Unis où, en compagnie de Kit, elle dirige maintenant une retraite pour les écrivains dans la région des Catskills.

— Bon, alors, si je te suis bien, Lulu a pris la place de Jude, Jude vit en Amérique, Lulu et Ned sont mariés et ont produit des jumeaux. Question : Jude vient-elle de temps en temps voir son fils avec ce type… euh… Kit ?

Une mise au point s'impose :

— Avec elle. Kit est une femme. Elle est lesbienne comme d'ailleurs Jude. Oui, elles sont venues ensemble un été. Tout le monde était stupéfait. Elles ont une fille, Jeremy, qui ressemble plus à la Raiponce blonde du conte de Grimm qu'au garçon de sept ans qu'on imaginait. Très troublant. Bref, quand Gerard, le père de Ned, est mort il y a cinq ans, Ned et Lulu ont quitté le *cottage orné* pour s'installer dans la grande maison.

— Le *cottage* quoi ? demande Mimi, qui imite ma prononciation à la française.

— *Orné.* Toujours est-il que la mère de Ned vit avec le couple. Ce qui explique en partie la mauvaise humeur constante de Lulu. Celia, la mère de Ned, ressemble tout à fait à la Lady Bracknell de la pièce d'Oscar Wilde *L'Importance d'être constant*. Mais Lulu l'appelle derrière son dos « le Monstre », ce qui n'a rien de surprenant. Pour résumer, depuis la mort de son père, Ned a hérité de Godminster Hall mais aussi de sa mère. Lulu se plaint que vivre avec sa belle-mère est pire que de recevoir la reine en visite officielle, pire parce que, au moins, les membres de la famille royale savent y mettre la forme. Celia refuse fermement chaque tentative de relogement, que ce soit dans le pavillon de l'entrée, dans l'ancien pressoir ou dans un cottage de la propriété, proclamant qu'elle n'a aucune envie de jouer les douairières officielles et que si son fils et sa belle-fille veulent la chasser de Godminster Hall, contre son gré et contre la volonté du défunt, ce sera « les pieds devant ».

Comme je m'y attendais, Mimi absorbe tranquillement cette masse d'informations et de commentaires. Je sais qu'elle a une mémoire fantastique quand il s'agit de choses sans importance. Elle dit d'ailleurs qu'elle se souvient de tout ce qu'elle a lu dans des magazines genre *Heat* ou *Grazia*, mais qu'elle ne se rappelle rien de ses quatre années de fac à Édimbourg (c'est là où elle a rencontré Ralph).

— À l'époque, la visite de Lulu et de sa copine a fait frissonner d'émoi tout le village. Enfin, c'était un léger frisson ! Parce que, vu le succès incroyable du feuilleton radio *The Archers* sur la BBC, plus rien ne surprend personne. Ni les mariages d'homos, ni l'inceste, ni les coucheries en famille. Alors, tu penses, une petite histoire de lesbiennes !

— Un léger frisson… s'exclame Mimi en soupirant, c'est ravissant. Ça fait penser à un créateur de chaussures français. Je dois être en manque. Il y a si peu de magasins de luxe dans les environs.

Après un bref moment, Mimi reprend tout en rangeant les magazines dans son sac :

— En fait, je n'étais pas inquiète pour ces revues de mariage. Écoute, je ne l'ai annoncé à personne. Même pas à Ralph. Et je ne suis pas encore sûre mais je pense être…

Je lève les sourcils et Mimi acquiesce.

J'aime bien être dans la cuisine quand Jesse Marlon arrive. Cette pièce me va bien. Ce matin, la main sur l'anse en bakélite de la bouilloire, je me dis « Mieux vaut que ça arrive à Mimi qu'à moi ».

Il y a des femmes qui aiment être enceintes. Elles apprécient l'attention qu'elles suscitent, goûtent au pouvoir que cet état leur confère, se délectent de jouer les mamans poules entourées de leurs poussins et sont heureuses au tas de sable ou aux balançoires. Elles sont ravies de retrouver d'autres mères de famille au club d'activités des tout-petits, à la halte-garderie et confectionnent avec plaisir des nuggets de poulet, des bonhommes en pâte à modeler et plein d'autres figurines avec des cure-pipes et du feutre.

Pas moi. Le monde de l'enfance m'assomme au-delà de toute expression. Le « Mâmaaan, tu veux faire de la peinture avec moi ? » que glapit une tête blonde me terrifie. Et je ressens une immense gratitude envers Ceci, une petite fille modèle, toujours plongée dans un livre et se laissant habiller de robes à smocks comme une poupée. J'aurais pu avoir tout aussi bien un garçon type Action Man, qui aurait porté les cheveux ras et une tenue de camouflage. On ne peut pas prévoir avec les enfants. Et je déteste les surprises. Quant à la perspective d'avoir un autre bébé, juste au moment où j'inonde le Dorset de mes produits « La Laiterie », elle me glace le sang.

Tout en me demandant si Mimi veut « m'impliquer » d'une manière ou d'une autre, je débarrasse les bols de notre petit déjeuner pour Ceci et moi muesli aux amandes, airelles et cerises nappé de yaourt écrémé et saupoudré de graines de lin broyées et de myrtilles.

J'ai créé le décor à ma manière : posée sur le comptoir en hêtre, la cafetière étincelle sous un rayon de soleil pâle à côté de deux bols français en terre vernissée et d'une vieille boîte à biscuits en émail pleine de sablés au beurre. Même Sofia Coppola, avec son talent de styliste, ne ferait pas mieux. La cuisine est chaleureuse, paisible, nimbée de la lumière du jour qui se reflète sur la couleur des murs, un jaune que j'ai mélangé moi-même en pensant au soleil de Provence.

C'est une manie. Au contraire de Pierre, il m'est impossible de considérer les maisons comme de simples dortoirs. J'ai l'impression d'être atteinte de sensibilité esthétique aiguë. Il faut que j'arrange chaque pièce à la perfection, du torchon à verres en lin sur la barre de ma cuisinière Aga aux fleurs dans leurs vases en poterie lustrée : comme si je voulais impressionner quelque nouveau venu par mon goût aussi inné que raffiné. À l'étage, tous les lits des chambres sont garnis de draps impeccables, de couettes en duvet rebondies et d'une multitude d'oreillers. Prêts pour les invités. Dans les salles de bains, des draps en éponge blanche sont accrochés aux porte-serviettes chauffants et des savons neufs Roger et Gallet parfumés au muguet attendent dans les tiroirs. Je ne crois pas en Dieu mais j'ai foi dans le confort et dans le style. Pour moi le « look » est primordial. Par exemple, je ne prendrai pas de café, surtout après les deux tasses avec Mimi, mais j'aime la vue de la cafetière en verre et l'arôme des grains de café fraîchement torréfiés qui se répand quand on verse l'eau chaude.

Alors que j'attends Jesse Marlon, voilà que Pierre arrive avec sa bûche.

La barbe !

Ses pantoufles recouvertes de kilim couinent sur le sol en dalles d'ardoise dénichées en Bretagne. Il pose sa bûche avec précaution dans le casier à vin comme si c'était là sa place.

Je suis au comble de l'exaspération mais Pierre n'a pas l'air de s'en rendre compte. Comme d'habitude il est trop préoccupé par lui-même. Il se comporte comme si Ceci et moi n'existions pas. Comme si la nourriture dans les assiettes, les chemises repassées dans les armoires, l'essence dans la voiture, les sacs-poubelle dans les containers à ordures, se manifestaient par l'effet d'une baguette magique.

Floc floc, font ses pantoufles. Il se rend dans le garde-manger, prend des œufs sur une étagère, du bacon dans le réfrigérateur. Ce que c'est agaçant cette manie d'avaler un petit déjeuner anglais avec porridge et tout ! Il fait partie de ces hommes qui prennent au sérieux l'absorption de leur breakfast. Qui pensent qu'un matin, un seul, sans œufs frits peut produire une impression de manque appelée « l'effet de sous-alimentation du muesli ».

— Qu'est-ce que tu as fait de ma spatule ? demande-t-il avec un ton accusateur après avoir inspecté le pot où se trouvent tous les ustensiles, cuillers en bois, fouets, écumoires et la spatule spéciale dont il se sert pour remuer son porridge.

Il regarde même dans le lave-vaisselle que j'ai l'intention de mettre en route après le départ de Jesse Marlon.

Je réponds d'une voix aigre :

— Elle est dans l'évier.

Comme s'il ne savait pas qu'une spatule en bois ne va jamais dans un lave-vaisselle !

Où est ma spatule ? Dans l'évier. Voilà l'essentiel de notre dialogue du jour. Jusqu'à ce soir où Pierre me trouvera dans la cuisine en train d'écouter *The Archers* tout en préparant le dîner. Une fois de plus en train de faire quelque chose.

Sans un mot, Pierre nettoie la spatule sous le robinet. Moi je m'abstiens de tout commentaire. Car, loin d'être plus efficace ou productive que lui, je suis seulement plus autoritaire. C'est en tout cas ce qu'il me serine. Pierre répète aussi que sa flemmardise est un moyen de contrecarrer mon penchant pour la domination domestique. La seule façon qu'il a d'apposer son empreinte dans la maison est d'y semer le désordre et la saleté, de laisser sa trace sur mes surfaces astiquées.

Telle une reporter de guerre en pleine opération, je reste de marbre pendant qu'il tranche la miche de pain posée sur la planche à découper, en expédiant des miettes dans un rayon d'un mètre autour de lui. À moi de nettoyer plus tard. Tandis qu'il toaste, puis beurre ses tartines sans utiliser d'assiette, et croque de grandes bouchées avec force projections, une idée me vient spontanément à l'esprit. Des mots, plutôt, horribles.

Mon mariage est terminé.

Je me force à avaler ces mots une nouvelle fois, mais ma décision est prise.

Dieu merci, Jesse Marlon fait son apparition une fois que Pierre a décampé vers son studio avec un exemplaire de *The Independent*. Le voilà parti pour des heures, ayant annoncé qu'avant de se retirer dans ses quartiers, il allait faire un arrêt à son chalet d'aisance. Mon mari est excessivement fier de cet endroit. Je dois dire que je l'encourage. En raison de l'aspect écolo de la chose ? Pas tellement. Si j'approuve ces cabinets extérieurs, c'est qu'ils tiennent Pierre loin de la maison où sa principale occupation consiste à mettre du désordre et déranger mes arrangements d'objets, tout en exigeant de savoir où est passé tel ou tel objet ultra-important, comme un bout de fossile ou un nid d'oiseau. Et cela bien évidemment au moment où je suis plongée dans la confection de mon chutney d'été aux épices.

Bien sûr, tous mes amis l'adorent. Pourtant, il a

autant le sens des affaires qu'un chiot border terrier et manque totalement d'ambition et de dynamisme. Un jour – promis-juré – il a demandé si une « vie active équilibrée » était un slogan pour un nouveau yaourt light. Il a fait semblant de travailler une fois : quand Ceci était bébé, surtout pour éviter les changements de couches, les séances de biberons et autres tâches « dont les mères se tirent tellement mieux que les pères ». Dès que j'ai recommencé à bosser, il s'est remis au repos.

Triste détail : quand je le regarde, je ne vois plus son visage séduisant, bronzé par les intempéries et les balades dans les collines, les petites rides qui entourent ses yeux bleus, la forme parfaite de sa lèvre supérieure. Je ne vois plus les qualités que Mimi, avec son regard neuf, trouve tellement attrayantes. Mon cœur ne s'arrête plus de battre quand je vois ses mains puissantes de sculpteur ou ses fesses dans son vieux jean. Non, quand je le regarde, ma seule réaction, c'est : « Pourquoi ai-je été assez idiote pour épouser un artiste ? »

Pull marine, jean et vieilles chaussures de bateau : Jesse Marlon vient d'entrer dans la cuisine. Mon cœur s'emballe.

Je ne dirais pas qu'il ressemble à une « rock star ». Mais c'est vrai qu'il est athlétique à force d'abattre des arbres et de puiser de l'eau à Spodden's Hatch. Il a d'épais sourcils et des boucles noires dégagent son front patricien. Émane de lui une odeur délicieuse de bois fumé provenant du poêle de sa maison et des cigarettes qu'il roule. Il déboule dans ma cuisine comme si c'était lui – et non Pierre – le maître des lieux et va coller ses hanches minces contre la cuisinière.

Ici les portes ne sont jamais verrouillées et les clés de voiture sont laissées sur le contact pour montrer qu'on a confiance.

Jesse Marlon retire de sa poche une blague à tabac et commence à confectionner une cigarette. Je retiens mon souffle. Au lieu d'être concentrés sur le petit cylindre blanc qu'il a entre les doigts, ses yeux sont fixés sur moi. Je vérifie la température de l'eau dans la bouilloire et m'applique à la préparation du café (acheté au magasin des produits de la ferme, chez Cath Cobb où j'aime me fournir pour bien montrer que je ne suis pas jalouse de son succès). Je fais face à la cuisinière Aga. Jesse Marlon me fait face. Sa hanche en jean touche ma jupe de cow-girl Ralph Lauren en patchwork.

— Alors… tu es seule ?

Il pose la question tranquillement. Moi je flippe complètement. Pourquoi veut-il savoir ? Que cherche-t-il ? J'acquiesce tranquillement :

— Oui, Pierre est sorti.

J'ai l'impression que sa hanche brûle la mienne, que nous sommes soudés. Je reste dans cette position plus longtemps que nécessaire alors que la vapeur s'échappe bruyamment de la bouilloire.

Une émotion s'empare soudain de moi, une sensation que je n'ai pas éprouvée depuis longtemps. C'est une sorte de démangeaison brûlante, comme si une armée de rats s'ébattaient au plus profond de mes entrailles.

La vapeur d'eau commence à chauffer mon visage. Une diversion brûlante qui m'évite de me rendre ridicule en me précipitant dans ses bras. Jesse Marlon ne bouge pas. Nous sommes très proches l'un de l'autre. Proches à en être presque l'un sur l'autre.

J'imagine que je suis vraiment attrayante comparée aux filles poilues de l'éco-village qui ont toutes l'air d'avoir un enfant d'au moins quatre ans agrippé en permanence à leur sein. Sans parler de leurs pulls qui semblent tricotés en feuilles de roseaux.

Cela dit, Jesse Marlon est probablement en train de se dire « Hou là ! Tout doux, la Mammy ! ». Je viens juste d'avoir quarante ans. C'est vrai que j'ai presque le double de son âge et que je pourrais facilement être sa mère. Mais bon ! En tout cas, bien qu'il ne se passe rien de tangible, il est évident que cet épisode crée des étincelles.

Sans m'en apercevoir, je dois renifler fort pour m'imprégner de son odeur car il me demande si par hasard je souffre d'allergie. Il veut aussi savoir à quelles ressources renouvelables, pétrole, gaz ou autre, marche la cuisinière Aga.

— Au pétrole, dis-je, jouant les femmes très concernées par la sauvegarde de l'environnement.

D'ailleurs j'ajoute :

— Mais nous envisageons de la convertir au biofuel dans un futur proche.

Ce qui est une énorme menterie, bien sûr.

— Super ! dit-il en levant sa paume vers moi. C'est important que les gens chez qui je travaille ou avec qui je vis essayent au moins d'avoir un bon comportement écologique.

— High Pive !

Quelle idiote ! Voilà que je parle comme une fille de son âge. Je place ma paume, qui a l'air toute menue et enfantine, contre la sienne. Au fait, c'est quoi un « high cive » ? Je n'en sais trop rien. J'ignore même si c'est l'expression appropriée mais tant pis.

Au moment où nos paumes se touchent, une décharge électrique se produit entre nos deux corps. Aussi bizarre que cela paraisse, je perds presque conscience pendant une seconde. Après quoi je le contemple ahurie tandis qu'il avale son café en vitesse, prend une poignée de sablés dans la boîte en émail, une pomme et une banane dans le compotier et annonce qu'il va dans la grange pour vérifier le nombre de paniers en stock.

Tout juste si je ne collapse pas sur la table de la cuisine. Au bout d'un moment je vais dans mon bureau. Impossible de me concentrer. Je me force à ne pas me précipiter dans la grange pour voir si Jesse Marlon est dans le même état. Se pourrait-il qu'un courant passant entre deux personnes ne soit ressenti que par une seule ? Je m'oblige à regarder des paperasses et à ouvrir mes mails.

Ils n'ont aucun intérêt, sauf celui d'une femme qui a trouvé mon nom sur le site EatDorset après avoir lu un article sur mes produits dans *Country Living*. Je dis « une femme » comme si elle m'était inconnue alors que je sais qui c'est. À l'époque, elle s'appelait Clare Lowell et non Clare Sturgis et nous avons passé notre première année à Cambridge ensemble, dans le même bâtiment. J'étudiais les langues modernes et elle, si je me souviens bien, l'anglais.

Dans son mail, tout en s'excusant de revenir à moi

par le biais du site Friends Reunited, elle affirme qu'elle aimerait bien renouer avec moi. D'après ce qu'elle sait, nous avons suivi des itinéraires similaires. Elle est architecte paysagiste mais veut arrêter et prendre un moment pour réfléchir à d'autres possibilités. Elle voudrait venir voir La Laiterie. Apparemment elle s'intéresse au potentiel du cross marketing dans des exploitations agricoles de petite taille, des trucs comme des jardins de plantes médicinales ou de la production de légumes bio.

Elle mentionne *en passant* qu'elle va aussi rendre visite à Sarah Raven dans sa maison de Perch Hill. Inutile de dire que je suis très flattée d'être mise sur le même rang qu'une des reines des jardins anglais. Je lui réponds donc dans un long mail que je suis à sa disposition pour la rencontrer quand ça l'arrange. Et qu'elle peut amener son petit garçon Joe, si elle le souhaite.

Mimi

De : mimimalone@homefarm.com
À : claresturgis@gmail.com

Chère Clare,

Désolée, vraiment, que la secrétaire de l'école se montre aussi peu serviable. Je n'ai qu'un conseil : persévère. Écris une lettre à Doc H. avec copie à la secrétaire pour expliquer que tu n'as acheté la maison sur le square privé que pour envoyer ton enfant à Ponsonby et que ta vie ne vaut pas la peine d'être vécue à moins d'avoir la possibilité d'y jeter ne serait-ce qu'un coup d'œil. Peut-être que ça ne marchera pas mais ce mot aura au moins le mérite d'être sincère – et par conséquent en partie plus persuasif que les conneries sidérales que les parents arrivistes sortent en désespoir de cause quand ils essayent de faire accepter leurs rejetons.

Tu dis qu'elle ne t'inscrit même pas sur la liste d'attente ? Mon intuition me dit que tu dois continuer. Elle a été évidemment briefée par Doc H. pour dire aux parents que la liste était close jusqu'à la saint-glinglin. Ensuite, comme d'hab, il va piocher dans la liste les noms dont il a entendu parler et ceux avec lesquels il veut faire ami-ami.

Étonnant comme les directeurs qui disent que leurs établissements sont pleins à craquer peuvent toujours trouver une place pour l'enfant d'une supermodel, d'un oligarque du gaz, d'une célébrité internationale. Donc, il ne faut pas prendre leur refus pour une réponse définitive. Écris. Téléphone. Fais le pied de grue sur leur paillasson. Mets ton mari sur le coup. Tous les directeurs d'école adorent voir un père tout-puissant supplier et implorer pour que son embryon soit accepté. C'est une des choses qui donnent vraiment du sens à leur vie. Je suis prête à intervenir – non pas que j'aie tellement d'influence. Enfin, tu me diras si tu en as besoin.

Pour répondre à ta question, disons que quitter Londres pour s'installer à la campagne provoque autant de dégâts que déménager à Kandahar. Une différence, pourtant : si, au lieu d'aller en Afghanistan, tu transportes seulement tes pénates dans la campagne anglaise, tu ne bénéficies ni d'aide ni de manifestation de sympathie et encore moins de gardes du corps.

En plus, tu quittes une clique pour en trouver une autre. À Notting Hill, c'était une tribu de banquiers, filles divines, Américains richissimes, créatifs hyper-payés alors qu'ici tu as trois groupes distincts.

1. Les authentiques villageois, qui vivent et travaillent dans le Dorset depuis toujours. Trop fauchés pour s'offrir de la bouffe bio, ils roulent dans des vieilles bagnoles fonctionnant à l'essence plutôt qu'à l'électricité ou à l'huile de maïs. Leurs enfants n'ont rien à faire d'autre que d'allumer des incendies, torturer des hérissons ou (et) sniffer de la colle.

2. La communauté des bobos verts et écolos durs de Spodden's Hatch dont le style de vie anti-consom-

mation à tous crins est un boulot à part entière. Leur existence est ressentie en permanence comme un claque par...

3. Les agrivistes : tu sais, ces nouveaux super-riches qui ont gonflé leurs bonus pendant des années grâce à tout ce qui se présentait sur le marché. Leurs immenses propriétés de campagne avec maisons de gardien et pavillons de chasse ne sont pas plus grandes, à leurs yeux, qu'un parc de bébé. Ils logent leur personnel dans des cottages que les autochtones ne peuvent pas se payer et agrémentent leurs domaines de pistes d'atterrissage pour hélicoptère, de salles de gym et de piscines. Sur leurs Humvee et Range Rover, des badges de parking résidentiels des quartiers Chelsea et Kensington collés sur leurs pare-brise. Ces grandes étendues à cinq millions de livres ne représentent que des endroits où ils se retranchent pour décompresser, au cas où l'envie leur en prend et seulement pour un week-end.

Tu vois le tableau ?

À propos, je dois t'avouer que je suis impressionnée par la carrière de Gideon. Par la façon dont ses réalisations sont passées successivement des mensuels d'architecture aux pages des magazines de décoration et de jardin, et maintenant aux pages news des quotidiens. Oui, je suis épatée. Et enchantée qu'il fasse campagne contre cette mode des piscines à ozone que tout le monde autour de nous (rectification : autour de vous) semble creuser dans son sous-sol.

Bon, il faut que je file. Ralph nous a trouvé une fille au pair. Elle arrive en train de la gare de Waterloo et je dois aller la chercher à Godminster. Tout ce que je sais c'est qu'elle s'appelle Ana. Nom complet : Ana de Pologne. Je suis impatiente de la rencontrer.

Bises

Mimi x

Je presse la touche « envoyer » et me rue dans la Subaru.

De retour avec Ana.

Je suis assise à la table de la cuisine avec le *Telegraph* ouvert à la page « *À la Cour et à la Ville* ». J'ai un drôle de pressentiment concernant Ana. Comment dire ?... Euh... je sais déjà que ça ne va pas marcher.

Pourquoi ai-je cru une seconde que c'était une bonne idée ? Maintenant que j'y pense, je sais. Ralph a réussi à me convaincre en aboyant sur tous les tons que j'avais besoin d'aide, surtout pour les allers et retours des enfants. Deux pré-pubères et une pré-ado, un mari vieux style, plutôt râleur et généralement absent, une femme au foyer en pleine poussée hormonale qui s'ennuie : voilà la nouvelle famille d'Ana. Au fond, je la plains.

Elle a quitté sa maison pour venir travailler dans une ambiance que j'ai décrite dans *Gumtree,* le journal d'annonces gratuites, comme « *relax, décontractée et accueillante* ». Maintenant elle doit faire face, comme moi, à la sinistre réalité.

Pour le moment elle est dans sa chambre *(mes quartiers*, comme elle dit) en train de défaire ses bagages tandis que j'essaie de faire bonne figure malgré ce fait implacable : nous n'aurons jamais rien en commun. Je m'explique : si Ana et moi on décidait de sortir ensemble, ça ne durerait pas plus de trois secondes après la première rencontre. Alors, quand je pense que nous avons, en théorie du moins, une année à passer sous le même toit !

Petit flash-back. En traversant le village je lui ai montré les hauts lieux de la vie locale :

— Ici, c'est le pub et là, c'est la boutique. Et là, l'église. Et voilà le monument aux morts. Nous passons maintenant devant la pelouse communale, là où se déroulent les manifestations du carnaval de mai – je vous expliquerai plus tard. Ici, un endroit super-important : le container où nous recyclons, surtout les bouteilles, ha, ha. De ce côté, l'arrêt du bus qui vous emmènera vers Godminster et Bridport où il y a un nouveau cinéma genre Art et Essai plutôt bon. Voilà, et après le virage, là où il y a la borne en pierre, c'est nous.

Un rapide coup d'œil m'apprend qu'elle ne s'imprègne absolument pas du sublime paysage anglais, un panorama de bois, de prairies et de moutons si beau que tous les jours en le contemplant j'ai les larmes aux yeux. Impossible qu'elle ait déjà vu quelque chose d'aussi magnifique. En fait, elle a le nez sur son portable. Tout d'un coup elle me demande :

— C'est quoi cette chose, le passage des canards ?

Je lui sauterais presque au cou. Elle vient de découvrir l'écriteau placé entre l'étang et la pelouse communale qui demande aux conducteurs, en aimables caractères cursifs (au lieu des majuscules autoritaires habituelles), de ralentir en raison des fréquentes traversées de familles de canards.

Tout le village de Honeyborne étincelle sous le soleil léger. Même les inscriptions jaunâtres du Lamb Inn proposant « *Collations* », « *Petits déjeuners* », « *Rôti tous les dimanches* » – comme si Starbucks, l'intolérance à la farine de blé et le dégoût de la viande rouge appartenaient à une autre époque. Les cottages au toit de chaume nichés au cœur de la verte vallée luisent comme s'ils avaient été repeints de frais pour l'arrivée d'Ana. Aujourd'hui, même le macadam de la route qui relie Honeyborne à Godminster en passant par Larcombe et Chesilborne est aussi brillant que si une équipe de cireurs l'avait fait reluire. Je prends l'allée qui mène à la maison. Notre Home Farm, nichée sur la colline, a l'air ravissante et accueillante. C'est en tout cas ce que je me dirais si j'étais Ana.

Un mot sur notre nouvelle fille au pair. Elle est très maigre avec de longs cheveux bruns et raides. Elle porte un jean serré, des talons hauts et une parka blanche avec un col de fausse fourrure. Je ne peux pas m'empêcher de faire une réflexion à propos de ses chaussures.

— Mon mari ne vous a pas prévenue qu'en dehors des villages il n'y a pas de routes goudronnées ? Ce n'est pas l'endroit idéal pour des talons. Vous risquez de tomber.

— Oui ? répond Ana avec l'inflexion interrogative des héroïnes de séries télévisées, tout en essayant d'échapper aux assauts d'amabilité de Calypso.

Visiblement elle ne comprend pas. Lorsqu'on arrive

à destination, elle n'a pas l'air horrifiée, ce qui est un soulagement. Elle sourit même en me donnant son cadeau : un salami étroit d'un mètre de long qui ressemble à une version géante d'un de ces nerfs de bœuf séchés pour chiens. Je m'exclame, remercie bruyamment et cache l'objet sur la plus haute étagère du garde-manger pour que les enfants ne meurent pas de peur en le voyant. Pour éviter aussi que Mirabel, en veine de mauvaise farce, ne terrorise sa sœur avec.

Je propose à Ana du thé ou un café, mais elle me répond qu'elle ne boit ni l'un ni l'autre. Mauvaise nouvelle. Comment avoir des relations amicales avec quelqu'un qui :

1. n'a pas besoin d'une ingestion massive de café avant d'affronter la journée,
2. n'aime pas les chiens.

— Vous avez peut-être faim, dis-je gaiement. Je vais aller chercher les enfants en classe d'ici une bonne heure. Avez-vous grignoté quelque chose dans le train ou à la gare ? Moi, je prends toujours un bagel à la cannelle tartiné de fromage avec un double latte. C'est le petit plaisir que je m'offre dans le train.

Tandis que je papote, Ana me regarde, déconcertée.

— Oui ? dit-elle.

Le désespoir me saisit. Je nous vois mal, Ralph et moi, dîner aux bougies avec elle. Je reprends :

— Les enfants dînent à six heures et demie. Vous pourrez dîner avec eux. Le menu de ce soir, c'est lasagnes et petits pois. Vous devriez vous installer en attendant ?

Elle est donc en haut. J'entends le bruit de ses talons.

Pendant que je retire les lasagnes du congélateur pour les mettre à décongeler, je réfléchis aux derniers développements de la journée.

Me voilà donc avec une fille au pair qui ne sait que dire « oui ? » par intermittence.

Comment va-t-elle s'acclimater à Honeyborne ? Qui va-t-elle fréquenter ? Et puis je me souviens de Colin Watts. Le marchand de bois. Le fils – adopté, je crois – du boucher, qui conduit une camionnette blanche comportant l'inscription COLIN WATTS – BÛCHES, PETIT BOIS, ÉCORCES EN TOUS GENRES, ce qui amuse les enfants. Il est jeune, tout en jambes, célibataire et passe sa vie au pub. Parfait pour Ana.

Cette idée géniale mérite bien une récompense. Pourquoi pas une de ces couvertures TV qu'on replie dans une poche pour en faire un coussin ? Une affaire à seulement 19,95 livres. Et très pratique durant les longues plages de loisir que je vais avoir maintenant qu'il y a quelqu'un pour m'aider.

J'examine la photo de la bonne femme de la pub du journal. Enfouie dans de la microfibre bleue de la tête aux pieds, elle est assise sur un canapé crème impeccable à côté d'un philodendron en pot. Ses pieds sont glissés dans une sorte de rabat. Les guides TV, lunettes et télécommande qui sortent des poches autour de sa taille la font ressembler à un poseur de bombes en burka. J'essaye de me voir, à vrai dire sans succès, empaquetée dans une couverture TV pliable pendant qu'Ana s'occupe du linge ou cueille des pommes avec Posy. De m'imaginer à l'extérieur, en train de faire quelque chose pour moi. Maintenant que j'ai Ana pour me seconder dans ce qu'elle appelle « les ménages », je vais pouvoir théoriquement sortir plus et faire des trucs.

Mais quoi ? Et où ?

À Honeyborne, si vous ne montez pas à cheval ou si vous n'êtes pas un jardinier émérite, les occupations sont plus rares que dans un établissement semi-carcéral. En prison au moins, les pensionnaires n'ont jamais une minute à eux, inondés qu'ils sont de plaisantes activités internes : cours d'artisanat, leçons de salsa, classes d'ordinateur, séances de remise à jour de CV, ateliers de théâtre de niveau professionnel animés par des acteurs aussi concernés que compatissants, sans oublier les journées culturelles italiennes avec gnocchis et tiramisu préparés par un chef connu et sérénades roucoulées par un ténor.

Pour commencer, mis à part le Bureau de poste, la seule boutique présente dans les environs est le magasin d'articles pour chevaux déjà mentionné.

« Articles pour Chevaux et Sellerie » – de son nom complet – nous offre la seule possibilité de shopping à des kilomètres à la ronde. Avec son sol en ciment et un tableau d'affichage couvert de demandes de sélectionneurs de poussins, de réclames de chaînes, d'offres d'arbres à pourceaux – vous voyez le genre – c'est probablement l'endroit le moins glamour du monde occidental. Et pourtant il me plaît.

Il me plaît même lorsque je m'autorise à me souvenir de ce qu'était le vrai shopping. À l'époque où j'allais traîner dans les boutiques de Westbourne Grove ou de Kensington Park Road, pour voir si elles avaient un truc dont j'avais « besoin », par exemple un jean Sass & Bide de chez Coco Ribbon pour mettre en valeur mon Moi, une de ces robes chemises zippées caractéristiques de West Village ou un autre vêtement de créateur que je cachais à Ralph pour ne le sortir que lorsque les lieux étaient déserts. Le jour où je l'étrennais et qu'il me posait la question rituelle, je m'exclamais « Oh ça ? Cette vieille fringue ? » avec un petit rire forcé tout en regardant la fringue en question comme si je la redécouvrais après des années de placard. Et je précisais « Je l'ai depuis des siècles », en ajoutant même parfois, histoire de l'égarer encore plus : « C'est du vintage ! » Autant dire du chinois pour mon pauvre darling !

Aujourd'hui j'achète seulement le strict nécessaire. Des croquettes pour Calypso et des allume-feu en quantité. Ce qui me fait penser que j'ai besoin de pelotes de corde pour les barrières de Home Farm.

Pas pour renforcer leur système de fermeture. Pour les rendre conformes aux habitudes locales. Exemple : un agriculteur ou un hobereau bon teint aura obligatoirement des barrières vertes, un peu déglinguées, faites de planches mal dégrossies et fermées par des nœuds de corde bleu vif ou du fil de fer entortillé. Cela pour empêcher les animaux de se sauver. Et surtout pour dissuader les inconnus de pénétrer dans la propriété. Marcher sur les terres d'un fermier en dehors des sentiers ou des allées cavalières est plus grave que de s'introduire dans une maison de Londres pour voler des bijoux de famille. Donc, si vous vivez toute l'année à la campagne et désirez vous intégrer, vous avez tout intérêt à observer les Dix Règles dont j'ai mis exactement dix-huit mois à établir la liste.

LES DIX RÈGLES DE VIE À LA CAMPAGNE

1. Ne jamais fermer à clé la porte principale de votre maison ou la porte de derrière. Votre home doit être accessible à tout moment au cavalier qui, tombé de cheval pendant la chasse à courre, aura besoin d'ingurgiter une boisson forte que vous lui offrirez avant même d'appeler le médecin ou de téléphoner à qui que ce soit.
2. Toujours acheter les légumes au magasin du village, et tant pis si vous devez vous nourrir exclusivement de carottes rabougries et de rutabagas gros comme des boulets de canon et que vos enfants deviennent rachitiques. En fait, vous prétendrez acheter tout, absolument tout au magasin du village, y compris les cadeaux de Noël, même si le choix se limite à une substance baptisée « Miel local » ou à une boîte de caramels dont le couvercle s'orne du port de Lyme Regis, « la perle du Dorset ». En fait, comme tout le monde le sait, vous n'y prenez que les journaux et le lait ainsi qu'un ravitaillement d'urgence en papier de toilette, whisky et pain. Mais, bien sûr, vous ne l'admettrez jamais.
3. Fréquenter régulièrement le pub du village sans oublier d'offrir régulièrement une chopine au barman. Peu importe que le pub change de propriétaire toutes les cinq minutes et que sa nourriture infecte et prétentieuse soit plus chère que dans un

restaurant de Londres. Le barman a une tête de tueur en série (il l'est probablement) ou de violeur de brebis ? Cela ne doit pas vous arrêter non plus.

4. Ne jamais s'aventurer dehors sans être, soit accompagné d'un chien, soit juché sur le dos d'un cheval, sous peine d'être pris pour un braconnier ou, pire encore, pour un randonneur et probablement abattu comme un lapin. Dans ce cas, il est probable que votre cadavre se retrouve suspendu à une poterne en guise d'exemple.
5. Conduire une Land Rover verte et cabossée à petite vitesse le long des routes étroites bordées de talus escarpés et jalonnées de virages aveugles et de soûlots braillards. Le chien, colley de préférence, sera assis sur le siège du passager, tête à la fenêtre et langue au vent. Sur la banquette arrière vous devrez exhiber un assortiment de cartouches, outils et ballots de foin. Sans oublier un sticker de l'association Countryside Alliance sur la plaque minéralogique.
6. Accueillir tous les chiens des environs, secs ou mouillés, dans la maison et montrer une infinie tolérance s'ils pissent sur les canapés ou mordent les bébés. Rappelez-vous qu'à la campagne les chiens ont plus d'importance que les femmes et les enfants. D'ailleurs on leur passe absolument tout.
7. Dans la conversation, éviter les sujets tels que le travail, le Parlement ou la culture, qui vous feront passer pour un citadin afin de vous concentrer exclusivement sur la télé, la météo, les vacances, la chasse, les récoltes et la détérioration du service

des autocars ruraux. Votre participation à l'échange sera appréciée quand un fermier abordera des thèmes comme la gale, la tremblante, les vers et autres pathologies animales. Ne manifester aucun étonnement lorsqu'un intervenant évoquera un incident survenu « l'autre jour » alors que l'événement, qui comporte souvent une histoire de furet, a vraisemblablement eu lieu au milieu du siècle dernier. Et, bien sûr, opiner du bonnet avec enthousiasme quand votre interlocuteur se mettra à disserter sur une nouvelle portée de gorets ou de chiots.

8. Même si vous avez fui la ville pour cause de claustrophobie immobilière et d'absence de panorama, apporter publiquement et fermement votre soutien à ceux qui veulent couvrir les parcs nationaux et ce qui reste des beautés du paysage anglais de pavillons bon marché, hérissés d'immondes satellites et destinés aux habitants des campagnes. Joindre votre voix au chœur des lamentations de ceux qui assurent que les propriétaires de résidences secondaires ont fait tellement monter les prix des maisons qu'il est désormais impossible de vivre à la campagne sans aller travailler en ville.
9. Sortir avec un sourire jusqu'aux oreilles et proposer une double tournée du coup de l'étrier à l'équipage d'une chasse à courre qui massacre vos prairies et renverse vos barrières.
10. Et donc, à moins de vouloir passer pour un nouveau venu, un de ces richards des villes dont les barrières en pin parfaitement ajustées ferment impeccable-

ment grâce à des loquets, taquets et gonds bien huilés, ce que je n'ai pas, suivre les préceptes ci-dessus et garder des barrières mal fichues.

À mes yeux rien ne pourrait être pire que si on prenait Home Farm pour une résidence secondaire. Car tous les maux possibles et imaginables sont la faute des propriétaires de résidence secondaire. Exactement comme quand nous accusions les banquiers de la City d'être les fauteurs de troubles de Notting Hill.

L'animation, ou ce qui y ressemble, se trouve à sept miles de chez nous, dans le bourg de Godminster, qui comprend un supermarché Waitrose (qu'Allah soit remercié !), un marché avec un poissonnier chaque jeudi et samedi, une sellerie, deux coiffeurs, trois magasins pour chiens et chats, un hypermarché Spar, une boutique de thé, une échoppe de plats à emporter, un Institut pour hommes aussi désert que mystérieux, le café à l'enseigne de *Ce Nouvel Endroit*, un magasin de vêtements d'occasion, deux traiteurs, six boutiques de cadeaux vendant les mêmes nappes en lin de la marque Linum dans de sobres coloris suédois, des tabliers Cath Kidston bariolés, des produits de beauté Dr Hauschka, des housses de table à repasser fleuries, des chemises de nuit en damas. Bref, Godminster est la petite ville traditionnelle typique de l'Ouest anglais, qui me donnerait presque des envies de Gap et de Starbucks, mais pas tout à fait.

J'entends Ana remuer à l'étage au-dessus, dans la chambre d'amis. Crack, boum, crack et double crack à proximité de l'armoire. Pour une fille qui ressemble à une sex-worker taille triple zéro qui essayerait de devenir mannequin, elle n'a pas le pied léger !

Ouah !

Je viens de vérifier mes mails. Et devinez quoi ! En plus des envois de catalogues de Sarah Raven, Johnnie Boden et Hugh Fearnley-Whittingstall (tous ces noms me donnent l'impression d'être des amis proches et non des super-marques), j'en ai un autre que j'ai la bonne idée de vérifier avant de le supprimer.

Il provient d'une adresse inconnue, maman@lacoste.com. Sûrement une pub annonçant l'arrivée d'irrésistibles nouveaux polos de couleur pastel à la boutique Lacoste de Covent Garden où je suis allée une fois avec Mirabel.

Eh non !

Le mail est de Virginie Lacoste. Oui, Virginie Lacoste. La coquine blonde française qui nous fascinait tous. Celle que nous pensions à tort avoir une histoire avec Bob, le banquier bostonien blond. À tort parce qu'elle était pleinement occupée à fricoter avec Sally, la femme garçonnière et championne de boxe de ce dernier. Ou peut-être avec les deux en même temps.

Je me suis toujours posé la question.

De : maman@lacoste.com
À : mimimalone@homefarm.com

Hi, Mimi chérie, ça fait longtemps. Comment va la campagne ?

Après cette première ligne, je me permets un bref mais intense moment de réflexion.

Pourquoi les habitants des grandes villes s'imaginent-ils que le vocable « La Campagne » englobe un seul et unique lieu, un peu comme Center Parks ou Disneyworld ? Ralph doit supporter bon nombre de ce genre de commentaires dans le train. Pratiquement chaque semaine il se rend à Londres pour des réunions. Tremble-t-il qu'en son absence il arrive quelque chose d'innommable à moi, aux enfants ou, pire encore, à Calypso ? Non ! La terreur qui l'étreint est liée au trajet Waterloo-Godminster ou à l'éventualité de tomber sur un couple qui se rend au Brambletye, le petit hôtel de luxe et de charme situé à la sortie de Godminster, construit sur le modèle de Babington House, le célèbre club privé du Somerset.

Petit aperçu de la scène :

— Ralph ? Ralph Fleming ? s'écrie avec enthousiasme le mari ou la femme quelques instants après que Ralph s'est camouflé derrière une étude publiée à compte d'auteur sur les chaînes crayeuses du Hampshire.

— Oh, salut ! s'exclame Ralph en essayant de cacher sa panique.

La règle d'or dans ces occasions est toujours la même : moins Ralph se souvient des gens, plus ils sont charmants avec lui. Comme les chats qui vont toujours se lover contre les gens qui les détestent. Ralph, qui ne s'est pas fait d'amis depuis qu'il est en culottes courtes, est condamné à subir les amabilités de personnes qu'il a vues une seule fois à une réunion de parents d'élèves pour l'obtention de bourse – une réunion à laquelle il se rend avec la plus grande appréhension car il craint toujours de rencontrer ce qu'il appelle « des nouvelles têtes ».

— Comment va Mimi ? Et les enfants ? Tout le monde est content du déménagement ? Et les nouvelles écoles, elles sont bien ? Vous habitiez à Notting Hill, n'est-ce pas ? C'est un drôle de changement, le Dorset ! Sacrément plus tranquille, hein ?

Pendant ce temps Ralph acquiesce en hochant la tête, espérant mais en vain que l'autre laisse échapper un indice, seulement un, qui puisse le mettre sur la piste. Le nom d'une rue, d'un ami commun, d'une société, même la mention d'une école ou d'un enfant suffirait.

Quand ça n'arrive pas, il en est réduit à demander, l'air follement intéressé :

— Et alors, qu'est-ce qui vous amène dans le train pour Godminster ?

— Nous allons à La Campagne, répond invariablement le couple habillé d'un Barbour sur un costume de tweed sur mesures, avec un sac de voyage à leurs pieds – Aspinal pour lui, Lulu Guinness pour elle. Nous avons laissé… (à remplir du prénom de l'aîné des enfants palots, élèves d'une école privée de Londres), et… (à remplir du prénom du benjamin) avec… (à remplir du nom de la nounou qui, à en croire le couple, fait quasiment partie de la famille) jusqu'à dimanche soir, un petit péché que nous nous permettons. Nous passons le week-end à Brambletye House. Une seconde lune de miel, hein, …. (à remplir du diminutif genre

Wiggle de l'ex-débutante des beaux quartiers devenue maman des beaux quartiers qui porte un trois-quarts tête-de-nègre acheté spécialement pour l'occasion).

Sur ces mots, le mari se tourne vers Wiggle/Podge/Trinny avec un horrible regard lubrique, laissant un Ralph consterné s'apercevoir que raviver les flammes d'une passion éteinte depuis longtemps par les exigences sans pitié des jeunes enfants doit faire partie des choses notées sur le carnet de rendez-vous du couple.

Quand Ralph me raconte un de ces épisodes, ayant finalement réussi à mettre un nom sur le couple, il le fait avec une grimace de soulagement. Généralement, dans ces moments-là, je suis dans ma cuisine, en bottes de caoutchouc et pull de l'armée kaki avec des pièces de daim aux coudes et aux épaules, en train d'accommoder un kedgeree, plat national à base de riz au curry, d'œufs durs et de poisson fumé. Et ensemble nous hurlons de rire à l'idée que cet hôtel Brambletye avec ses cinémas et salles de jeu, sa piscine chauffée traitée à l'ozone, sa clientèle variée (ah oui, le propriétaire aime mélanger les genres, les gens de Primrose Hill et ceux de Notting Hill avec le jet-set international sous le même toit), représente La Campagne. Comme si rien n'était plus normal que de séjourner dans des maisons proposant des cartes d'eaux minérales et des menus d'oreillers et même des feux de cheminée à la carte où les résidents sont encouragés à sélectionner leurs bûches ou leur charbon préférés dans la cave.

Tout ça nous rappelle l'époque où nous rugissions d'amusement en apprenant qu'un voisin, qui venait d'acheter une propriété dans l'Oxfordshire, annonçait qu'il « s'installait à la campagne ». Il écrivit même pour le *Telegraph* un long article à l'eau de rose, si lyrique qu'on en avait les larmes aux yeux, afin d'expliquer qu'il voulait donner à ses enfants l'occasion de respirer le bon air, de construire des ponts sur les ruisseaux, de suivre la chasse à courre sans toutefois révéler que pendant la semaine sa femme et lui habitaient dans leur maison de Notting Hill d'où il dirigeait son empire de presse tandis que ses enfants poursuivaient leurs études à Londres dans leur école top niveau.

Bof !

Assez de digressions ! Je retourne au mail de Virginie.

Vous nous manquez beaucoup dans le square privé. Lonsdale Gardens semble plus calme et soigné sans la Fleming family. Clare est absorbée par son bébé. C'est l'histoire qui se répète : elle dans votre maison avec baby Joe qui me rappelle tellement Casimir au même âge, un vrai petit Lord Fauntleroy avec ses cheveux bouclés. Capucine et Clementine me demandent tout le temps des nouvelles de Casimir, Mirabel et de la little Posy.

Bon, Mimi, j'ai une question à te poser.

Mathieu et moi sommes très intéressés par une maison que notre agent Catherine Faulks a vue : rien de trop gigantesque, seulement sept chambres et pas plus de 30 hectares de terrain quelque part près de Godminster. C'est à côté de chez vous, non ?

Maintenant que les filles vont au Lycée français et que j'ai vendu BCBG à une marque française (mais je reste comme consultante) il ne nous est pas possible d'aller à Soissons ou dans l'île de Ré aussi souvent que nous le voudrions. On est donc en train de se demander si la bonne solution ne serait pas une maison de campagne. Mais, Mimi, tell me toute la vérité. Godminster c'est comment ? En fait j'ai des bons amis là-bas mais j'aimerais mieux avoir ton son de cloche, celui d'une nouvelle arrivée.

Big bisous pour toi, Mimi. Dis à Ralph et aux enfants que je les serre contre mon cœur. Je dois filer car j'ai une conférence call avec LVMH. Réponds-moi quickly. Promis ?

xxx

Ana vient d'entrer dans la cuisine. En me voyant installée devant l'ordinateur, elle s'assied à la table en face de moi, sans me demander s'il y a quelque chose à faire. Elle ouvre un carnet à cadenas recouvert de fausse fourrure et commence à griffonner avec un long feutre terminé par un poussin jaune tout pelucheux. Et moi, au lieu de bondir sur mes pieds en disant d'un ton ferme mais sympa « Ana, si nous passions en revue vos tâches dans la maison ? », tout en lui tendant une liste complète comme n'importe quelle femme sensée, je reste assise en fulminant. Une attitude à la ramasse, je sais.

Ana ignore qu'il n'y a plus de pain dans la maison, plus de lait non plus (ce n'est pas pour rien que Cas, douze ans, qui enfourne sa nourriture comme Shreck, a gagné le sobriquet de « poubelle ambulante »). Elle ignore aussi l'emplacement du garde-manger et l'heure du dîner des enfants. Il faut que je la mette au courant.

Bien sûr, elle n'est pas venue pour que je sois aux

petits soins pour elle. Et loin d'elle l'idée qu'elle est à Home Farm pour passer des vacances.

Enfin, j'espère !

Tout sourire, je lui dis :

— C'est sympa que vous écriviez votre journal. D'habitude, les filles de votre âge racontent leur vie sexuelle dans les détails sur des blogs en ligne.

— Oui ? répond Ana, son feutre au poulet pelucheux en l'air.

— Aucune importance !

Je garde mon air avenant et me dis que si elle avait meilleure mine, les cheveux propres et un visage animé, elle serait très jolie.

— Pouvez-vous préparer le dîner des enfants ? Je vous montrerai tout le reste plus tard. Au menu, il y a des lasagnes qui décongèlent et des petits pois surgelés. Vous pourriez peut-être faire des carottes en plus ? Je crois que c'est le moment d'enfourner les lasagnes dans la cuisinière Aga et de mettre la table.

Ana ne réagit pas au mot Aga. Moi, par contre, ayant soudainement compris ce que la Française sexy avait derrière la tête, je réagis avec agacement à son mail. Franchement, parmi toutes les petites bourgades de la terre où on peut acheter une maison modeste à quatre millions de livres, pourquoi Dieu choisir la mienne ?

De : mimimalone@homefarm.com
À : maman@lacoste.com

Ravie de recevoir toutes ces bonnes nouvelles.

En ce qui concerne ta question, il faut que je réfléchisse. Voyons... Godminster est un patelin plutôt ennuyeux. Pour nous son grand attrait était l'école bien meilleure que celle de Larmouth, mais cet aspect ne te concerne pas dans la mesure où vous vivrez principalement à Londres et que vos enfants vont au Lycée français. Vous, les Français, vous ne mesurez pas la chance que vous avez avec votre système d'éducation. Ma question est : est-ce que la région Ouest est votre truc ou pas ? Godminster a un marché pas mal le samedi mais je dois te dire que le marché du samedi matin à Notting Hill est tout aussi bien achalandé. En plus, il n'est pas au bout du monde. Les autres magasins ne cassent rien.

Les maisons, surtout les manoirs et petites propriétés, sont chères parce que situées à proximité des régions hautement préservées et romantiques de la Jurassic Coast et de l'Heritage Coast. Pour résumer, le Dorset est le nouveau Gloucestershire avec les prix qui vont avec. Mais je sais que pour vous l'aspect financier n'est pas un obstacle.

Évidemment nous serions ravis de vous avoir à côté de nous. Pourtant je ne suis pas convaincue que Godminster soit un endroit pour vous. À vrai dire, tu devrais venir et juger sur place.

Fais-moi savoir si je peux être d'une quelconque utilité. Mon affection aux enfants et bien sûr à Mathieu.

Mimi

J'envoie mon mail tout en constatant avec un certain amusement que Virginie n'a pas perdu son flair pour ce qui est du chic. Mon rapport sur les joies de Godminster n'est pas tout à fait honnête car un certain nombre de gens créatifs s'y sont installés. Des gens décidés à réinventer le concept de la traditionnelle maison de campagne anglaise, à y apporter le dernier cri en matière de technologie, de bio, de style. Et puis je n'ai pas envie de décrire à Virginie les petits bonheurs des travaux manuels : écosser les petits pois, suspendre la lessive, pétrir la pâte et autres plaisirs dont j'ignorais l'existence avant de m'installer à Home Farm.

Quand je fais des scones, quand j'étends les draps dans la brise salée, c'est une plongée dans la mémoire collective de toutes les femmes au foyer qui m'ont précédée, celles qui durant des centaines d'années ont exécuté les mêmes tâches au même endroit.

En un mot comme en cent, pas question d'avoir la Virginie dans les parages. D'avoir sous le nez ses pantalons corsaires, ses petits cardigans et ses cheveux de soie blonde se balançant dans le vent. Non, pas question !

Avant d'aller récupérer les enfants, je m'arrête à la pharmacie. Pas l'habituelle de la rue principale mais une autre. C'est trop gênant. (Comme me l'a lancé Mirabel le jour de ses premières règles : « Il faut que t'y fasses, Mam'. Tu es maintenant officiellement en âge d'être grand-mère. ») Et j'achète un test de grossesse, le modèle économique : deux pour le prix d'un.

Retour à la maison. J'ai averti les enfants qu'Ana serait là.

Quand ils déboulent un par un dans la cuisine elle leur sourit très gentiment. Mirabel est branchée sur son iPod en train d'écouter un de ses groupes favoris.

— Mirabel, dis-je d'une voix forte mais enjouée, tu

peux arrêter ta musique et dire bonjour à Ana. C'est notre nouvelle jeune fille au pair.

— Hello, je suis Ana, dit Ana en plaquant deux gros baisers style Europe de l'Est sur les joues de chaque enfant.

Une chance qu'ils aient vu Borat ! Au moins ils ne reculent pas avec effroi devant cet assaut d'amabilité mouillée !

— Ouaouh ! Tu es vraiment Ana ? s'exclame Mirabel qui retire une oreillette en manière de concession.

Ma fille a l'air impressionnée et examine Ana de haut en bas.

Il y a quelque chose qui ne me dit rien qui vaille dans cette réaction. D'un autre côté j'ai l'habitude de ne rien comprendre aux emballements ou aux colères de Mirabel. Alors je laisse filer. D'ailleurs elle s'avachit devant la table et remet son oreillette.

Je me rue au premier, manque de perdre une dent en déchirant le paquet, parcours la notice qui explique que le test peut détecter le hCG dans mon urine à partir de quatre jours après le début présumé de mes règles. Stop.

La date ? Mais je ne tiens pas de comptabilité.

D'ailleurs quelle est la femme qui calcule, à part celles qui sont obsédées par le fait de tomber enceintes ? En ce qui me concerne, ça fait au moins huit ans que tout ça m'est sorti de la tête.

Mon seul indice, c'est ma nervosité galopante. Quand je marmonne à haute voix et que je cogne les casseroles dans l'évier tandis que Ralph est plongé dans la lecture de *Country Life.* Et que Ralph fait un commentaire à haute voix sur « une certaine période du mois » avant d'annoncer que « la débutante au collier de perle » de la semaine prépare une thèse sur les solutions alternatives aux énergies renouvelables incluant la bioénergie. Ajoutant :

— Est-ce démodé de suivre des cours d'histoire de l'art à Bristol ou de travailler au département Aquarelles de Sotheby's ? J'aimerais bien le savoir. Tout ça, c'est encore à cause du réchauffement de la terre.

Et là, bien sûr, j'explose :

— Rien à voir avec « une certaine période du mois » ! J'en ai juste ras le bol de TOUJOURS nettoyer TOUTE SEULE après CHAQUE REPAS. D'ailleurs, pourquoi une fille de BONNE FAMILLE ne pourrait pas suivre une carrière SATISFAISANTE dans la technologie environnementale SI C'EST CE QU'ELLE DÉSIRE !

Après cette sortie, aussi sûr que deux et deux font quatre, j'ai mes règles le lendemain.

Je continue à suivre le mode d'emploi du test. Résultat ? Un grand trait rouge qui indique que je ne suis PAS enceinte au lieu de deux grands qui montreraient le contraire. Je ressens un petit pincement de déception tout en me disant que c'est aussi bien ainsi. Au moins le monde de Ralph ne s'écroulera pas.

Là-dessus, au moment où j'enveloppe le stick du test dans un essuie-tout avant de le glisser dans le carton de crème fraîche que Calypso vient de lécher et de mettre le tout dans la poubelle, que vois-je ? Un second trait, léger, est apparu sous l'autre. Je fixe le stick un court instant avant de le fourrer dans les ordures.

J'ai l'intention de ne rien dire à personne et surtout pas à Ralph. Pourtant, pendant que nous nettoyons la cuisine, qu'Ana prend son bain et que les enfants regardent la télé, je murmure d'une petite voix :

— Ralph, je peux te demander quelque chose ?

— Si c'est stupide, non ! Je ne suis pas d'humeur. Surtout s'il s'agit d'une ânerie du genre le vert New Age est le nouveau noir.

Ralph travaille sur un rapport assommant et difficile qui concerne le prix du gaz provenant de Russie et d'Ukraine en Europe.

Tout ce que je sais, c'est qu'il n'est pas à prendre avec des pincettes. Donc je la boucle. Mais je m'arme de courage pour appeler le chirurgien (un certain docteur Ashburton qui chasse à courre et a du poil aux oreilles) et prendre rendez-vous. Et maintenant j'ai la certitude que :

1. Je dois accepter qu'il n'est pas question pour Ralph de changer d'attitude.
2. Apparemment j'aurais réussi une prouesse techniquement impossible : être légèrement enceinte. Quelle idiote je suis pour penser une chose pareille !

Il faut que j'appelle Rose.

Rose

Mimi me téléphone. Elle me demande de l'accompagner au Centre équestre. Elle veut voir Gwenda Melplash afin d'organiser les sorties à cheval des enfants.

— C'est toujours un plaisir d'être avec toi, mais pour quelle raison ? dis-je. Tu crois que les écuries présentent un danger ? Tu ne peux pas y aller seule ? Tu as vraiment besoin d'une escorte ?

— Il faut absolument que je prenne l'air. Ana de Pologne, la fille au pair, porte une paire d'énormes pantoufles roses. On dirait que ses jambes se terminent par deux porcelets. Et elle les a *tout le temps* aux pieds.

— Je comprends.

— J'ai l'air de critiquer mais ces pantoufles se terminent par un groin et par un smiley sur chaque doigt de pied. Qu'elle porte des talons hauts dehors dans la boue, c'est son problème. Mais je ne peux pas supporter ces pantoufles fantaisie. Pas dans ma propre maison.

Et Mimi continue sur le même ton :

— En plus elle est allergique à quelque chose dans la maison, elle renifle et se mouche à tout bout de champ. Mirabel prétend que, lorsqu'elle se présente en disant « Je suis Ana », on croit qu'elle annonce qu'elle est anorexique. Comme je me suis moquée de sa remarque, Mirabel est furieuse et refuse de lui adresser la parole. Derrière son dos elle la traite de cagole.

— Cagole ? Ça veut dire quoi ?

— Aucune idée. Demande à Ceci.

Mimi m'appelle de sa chambre, à l'abri des oreilles indiscrètes :

— Il a fallu que j'explique à Mirabel qu'une fille qui est prête à passer les meilleures années de sa vie avec nous au fin fond du monde est à plaindre et que par conséquent elle doit être gentille avec elle. Et tu sais ce qu'elle m'a répondu ? Qu'elle ne voyait pas pourquoi elle serait sympa avec Ana, vu que j'ai raconté des horreurs à Ralph derrière son dos.

— C'est vrai ?

Tout en écoutant et en bavardant, je lisse le napperon en lin de ma coiffeuse et j'aligne ma collection de flacons anciens de parfum Guerlain autour d'un vase de pivoines.

— Heureusement je n'ai que Ceci. Même si Pierre se comporte comme un enfant de deux ans, je n'ai pas besoin qu'on m'aide, dis-je en oubliant momentanément que c'est Joan qui se charge de la plupart des corvées ménagères. Cohabiter avec quelqu'un qui n'est pas de la famille, non merci. Quant à endurer les ego surdimensionnés des nounous, les maux de ventre et le spleen des filles au pair, c'est vraiment trop crevant !

— S'il te plaît, viens avec moi au Centre, supplie Mimi. Tous ces gens sur leur canasson ou sur leur énorme tout-terrain, ils ont l'air de me regarder de haut. Je sais pourquoi tout le monde monte à cheval : c'est pour se sentir supérieur aux petites gens qui ne montent pas. Au fait, tu te souviens de ce que je t'ai dit à *Ce Nouvel Endroit* ?

— Oui ?

— C'est confirmé. J'ai fait un test, je suis enceinte.

Alors je cède. Non seulement Mimi est en crise, mais elle a du mal à se faire accepter par une petite communauté. Comme je suis sa seule amie ici, je me fais un devoir de l'aider.

Hier, nous étions toutes les deux au Magasin, la seule boutique du village. Mrs Hitchens, avec la voix joyeuse qu'elle réserve aux mauvaises nouvelles, me parlait de la fermeture du supermarché Spar de Godminster.

— Pendant trente années, ils ont vendu des produits périmés et bourrés de substances mauvaises pour la santé.

— Mais j'ignorais qu'il y avait un spa à Godminster, s'est écriée Mimi. Quand je pense que je cherchais un endroit pour tous mes petits traitements féminins ! Avant j'allais au Cowshed, à Clarendon Cross, à côté de Julie.

Après cette précision, destinée à mes oreilles plus qu'à celles du représentant rougeaud en produits alimentaires, elle a continué :

— Et maintenant, c'est fermé ! Avant même que j'aie pu tester leur épilation ou leur peeling. Pour mes projets de Botox et de liposuccion, c'est raté ! La barbe ! Je vais finir par aller à ce spa spécialisé dans l'épeautre.

Tête des gens présents pendant que Mimi décrivait

le spa et ses spécialités à base d'épeautre qu'elle et sa fille Mirabel doivent aller tester pour un magazine de luxe ! Les indigènes adorent voir les nouveaux venus s'enferrer. Je le dis d'autant mieux que, même si je suis installée dans le coin depuis dix ans, à leurs yeux je suis toujours une nouvelle. Et non seulement moi, mais mes descendants aussi. Au moins jusqu'à ce qu'ils aient cultivé le sol pendant trois cents ans.

Détail dont Mimi n'a pas conscience. Pour une fille comme elle, arrivant tout droit d'un square privé de Notting Hill, il va de soi que des petits bazars de charme vendant des crumbles aux prunes tout noix - tout beurre et du champagne sont plus nombreux que les magasins de fournitures agricoles. Comme elle a habité dans un quartier chichiteux où on a besoin de souscrire un emprunt pour se payer un déjeuner et où un nouveau manteau coûte à peu près autant qu'une cuisine Ikea, il est évident que Godminster offre un institut de beauté où on peut se faire épiler les jambes sur fond de musique celtique plutôt qu'une supérette éclairée au néon vendant du papier à cigarette et de la bière bon marché.

Et elle a poursuivi sur sa lancée :

— Tu as remarqué, Rose, que dans les spas les traitements s'appellent maintenant des périples ou des rituels. Après une épilation de sourcils, *vous serez complètement quelqu'un d'autre*. Complètement grotesque, non ?

À ce moment précis, Celia Bryanston, douairière de Godminster Hall, veuve et mère de Ned, qui pendant tout le discours de Mimi avait gardé le nez collé à l'étiquette d'une boîte géante de haricots à la viande, lui a agrippé le bras.

— Et vous, qui êtes-vous ? lui a-t-elle demandé.

Mimi s'est rengorgée, comme si elle venait d'être reconnue par un membre de son fan-club.

— Je suis Mimi Fleming, mais pendant des années j'ai signé de mon nom de jeune fille ma chronique dans le *Telegraph*, Mimi Malone.

Celia a rugi d'une voix étonnamment forte pour son gabarit tout ratatiné :

— Mimi Malone ? Mimi Fleming ? Vous devriez vous décider, ma fille !

Et, trottant vers la section surgelée où elle a choisi une boîte de pudding au caramel pour une personne, elle a ajouté :

— De toute façon, je n'ai jamais entendu parler ni de l'une ni de l'autre.

Sur ce elle a quitté le Magasin, avec le panier du supermarché au bras. Et Mrs Hitchens a crié en levant les yeux au ciel :

— Mrs Bryanston, vous avez encore oublié de payer !

Je raccroche et vais dans mon dressing-room pour me changer. Ma tenue très nouvelle Duchesse de Windsor (bottes de cheval espagnoles, jupe droite vintage en tweed bordée de daim et cardigan de cachemire : un look gagnant que les hommes adorent, même les proto-éco-hippies comme Jesse Marlon) ne convient pas pour une expédition au Centre équestre.

Je porte maintenant une jupe à chevrons et un chemisier en popeline bleue. Par chance, Jesse Marlon est dans l'entrée. Je descends tranquillement l'escalier, sous son regard, en le dévisageant franchement.

Ces temps-ci on se regarde beaucoup, lui et moi. Dans les granges, dans la cuisine. Pierre, bien sûr, ne remarque rien. Il est bien trop occupé par sa personne. En fait, il lui arrive de décrire à Jesse Marlon un de ses petits problèmes digestifs ou de lui annoncer qu'il a reçu un nouvel arrivage de pierres.

Ce matin, avant le coup de fil de Mimi, nous avions un travail à faire sur les caisses de fruits. JM a mentionné qu'il avait vu *Petites Confidences (à ma psy)*, le film dans lequel Uma Thurman sort avec un garçon d'une vingtaine d'années.

— Ah bon, ça se donne à Godminster ? ai-je demandé, mes antennes en alerte. Je croyais que ce film était sorti il y a un bon moment.

— En fait, j'ai regardé le DVD.

J'étais en train de rattacher mes cheveux qui me tombaient dans les yeux chaque fois que je me penchais sur les rangées de fruits étalés sur le sol de la grange. Je triais les pommes pour le chutney, ma jupe crayon remontée haut sur mes cuisses, comme par hasard.

— Je n'ai pas bien compris le concept ou le pitch, a repris Jesse Marlon. Les gens en ont fait toute une histoire parce que le type a dans les vingt ans. Mais la fille est une super-nana dans les trente. Pas de quoi en faire un fromage.

Sur ce, il me lance un regard nonchalant qui me laisse toute décontenancée. Et commence une assez mauvaise imitation d'Uma Thurman.

— Mais, mon chou, j'ai des Tee-shirts plus vieux que toi, couine-t-il tout en expédiant d'un coup de poignet habile une pomme pourrie dans le seau des fruits abîmés.

— Je croyais que vous n'aviez pas d'électricité à Spodden's Hatch. Et encore moins de lecteur de DVD ou de home cinéma.

Jesse Marlon m'a souvent décrit son éco-village comme un modèle économique alternatif basé sur le respect des écosystèmes. D'après ce que j'ai compris, c'est une communauté très extrême et un peu Amish. Pas d'énergies fossiles ou de combustibles générateurs de CO_2. Ils fauchent à la main, construisent eux-mêmes leurs maisons dont les toits sont couverts de chaume et ne se nourrissent que des produits de l'agriculture auto-suffisante. Certains produits sont tout de même achetés chez un fournisseur « vert », le lait et les yaourts viennent de Lazy et Daisy, laitiers locaux. Ils parlent même de se chauffer avec une chaudière à matières organiques végétales.

— Tu as raison, répond-il. Je l'ai vu à Court Place. Dans leur home cinéma.

Quand il mentionne Court Place, j'essaye de refréner un grognement de mépris. Explication : comme Hutton et Godminster Hall, Court Place est un grand bazar d'environ cinq cents hectares qui ressemble au détail près à ce qu'on attend d'une propriété appartenant à une locomotive américaine mariée à un Anglais travaillant dans les hedge fonds. L'endroit est nanti d'une plomberie dernier cri, d'une équipe de cuisiniers rodés, d'un parc impeccablement entretenu. Inutile de préciser que les tapis ne comportent ni traces de boue ni tache de pipi de chien. Lors du dernier rassemblement d'équipages qui a eu lieu là-bas, Pierre a décrété que Court Place était la quintessence d'une propriété anglo-américaine avec le meilleur des deux cultures. Dernières précisions : le domaine se trouve à sept cents mètres du village, il est traversé par une rivière et baigne dans un luxe qui n'a cependant rien d'ostentatoire.

En allant dans la grange, je rumine. Un home cinéma à Court Place ? Première nouvelle ! C'est vrai que Cath est tout le temps en train de changer des choses, de convertir des étables en bibliothèques, etc. Résultat : l'endroit est si grand qu'en cas de besoin il est plus rapide de téléphoner à quelqu'un sur son portable que de l'appeler de vive voix. Et comme la famille et les amis de la maîtresse de maison sont californiens, il faut souvent passer un appel international de la cuisine de Court Place vers un portable américain juste pour prévenir un invité se trouvant dans l'orangerie que le déjeuner est servi. Et puis, désolée, mais je trouve qu'un home cinéma dans le West Dorset c'est plutôt vulgaire. Nous ne sommes pas sur la côte Ouest des États-Unis !

Bref, toute cette histoire me hérisse le poil. Pourtant je sais que Richard ne pénètre dans l'ancien entrepôt à grains aménagé en salle de projection que pour regarder *Les Chariots de feu*. Il ne s'en lasse pas et, chaque fois, le thème musical composé par Vangelis le fait pleurer à chaudes larmes. Ce n'est pas lui qui irait se repaître d'un film turc sous-titré qui raconte la désintégration d'un couple dans un patelin glacial d'Anatolie.

En fait, ce qui m'agace, c'est que Cath a mis la main sur Jesse Marlon.

Je suis sûre qu'elle mijote de le coller à sa fille Serena, une blonde toute maigre et sophistiquée qui vient juste de quitter l'université d'Exeter et travaille pour *PR Magazine.*

Ils ont dû visionner *Petites Confidences* ensemble. Je les vois d'ici vautrés dans les « saccos » en daim dessinés par Cath ou sur les canapés recouverts de tapis de fourrure. Mais, maintenant que j'ai un vrai béguin pour Jesse Marlon, pas question de demander confirmation. Question d'amour-propre.

Au Centre équestre, les gamines en jodhpurs couleur champignon, polaire bleu marine et bottes de cheval noires tournicotent avec leur selle et leur bombe. Mimi et moi on ne sait pas très bien où se tenir. Il y a un va-et-vient de poneys et de chevaux que les lads et les filles d'écuries emmènent au manège ou ramènent dans leur box, avec des couvertures pleines de sueur et des selles coincées sur leur bras libre. Personne ne fait attention à nous.

Tout d'un coup, prise de nervosité, je demande à Mimi :

— Gwenda sait que nous venons ?

— Non. Tu crois qu'on a besoin de prendre rendez-vous des mois à l'avance ?

Elle a raison. Le centre équestre de Honeyborne n'a pas l'air d'un modèle d'organisation. En fait, c'est une ferme où Gwenda vit, sans jardin (la plupart des gens qui montent à cheval ne sont pas intéressés par le jardinage) mais avec une grande étable dont la principale fonction consiste à abriter des carcasses de quelques voitures posées sur des briques et les écuries. Des bidons d'huile vides, des bouteilles, boîtes et emballages jonchent le sol ainsi que des piles de vieux journaux et des siècles de saletés de provenances diverses.

En contemplant ce fatras qui m'offense la vue je ne peux m'empêcher de demander à Mimi :

— Pourquoi les gens de la campagne ne jettent jamais rien ? Ils n'ont aucun sens esthétique ?

Dans les écuries, toutefois, c'est un tout autre spectacle. Au point que je retire en pensée ma question. Tout semble parfaitement sous contrôle. Les gamines nettoient les écuries au jet tandis que d'autres pansent les chevaux tout en leur chuchotant à l'oreille.

— Ils font plus sains que ceux de la campagne, tu ne trouves pas ? dit Mimi.

— Forcément. Ils ont une alimentation équilibrée qui comporte suffisamment d'avoine et de son. Et on les monte souvent tandis que les pauvres chevaux de labour sont nourris de gras, de biscuit, de toutes sortes de rognures. Une nourriture aussi économique que répugnante. À propos, tu te sens comment ? Tu as déjà des envies ?

— Je me sens seulement plus fatiguée et affamée que d'habitude, soupire Mimi alors que nous approchons de la porte de la ferme.

Les chiens, un labrador noir, un jack russell et un border terrier, se ruent vers nous en aboyant et en frottant leurs museaux humides contre nos vêtements. La maison de Gwenda est un bâtiment de ferme blanc de deux étages défiguré par des fenêtres neuves métalliques. Avec ma fille Ceci qui partage mon sens de l'esthétique nous les appelons les fenêtres patraques.

Nous nous frayons un chemin à travers l'habituel encombrement de bottes boueuses, tennis crottées, pantoufles et guêtres, vieux barbours et vestes d'équitation qui encombrent le porche. Pourquoi Gwenda n'investit-elle pas dans un casier à bottes ? La Holding Company en fait de très bien. RH Allison également.

SONNEZ, intime l'écriteau. En dessous, une pancarte décrit en détail les leçons d'équitation assurées par le Centre en fonction de l'âge et du niveau des cavaliers : le long du rivage, dans le manège, à la chasse, dans la lande. Avec la mention : « *Vous êtes priés de régler les leçons D'AVANCE.* »

À croire que les candidats, rebutés par des leçons trop ennuyeuses ou trop terrifiantes, s'enfuient sans payer. Je donne un coup de coude à Mimi. Elle me répond par une grimace et sonne.

Je me cache derrière elle. La vie de Gwenda est vouée aux animaux. Comme beaucoup de femmes de la campagne, elle appelle un chat un chat, ce qui lui vaut le sobriquet, teinté d'affection, de « Gwenda la Terrible ». Et ça lui va comme un gant.

Au bout d'un moment, on entend des pas dans l'escalier.

— Qu'est-ce que vous voulez ? demande Gwenda tout à trac.

Sa chevelure noire est tirée en arrière, sa chemise à

carreaux vaguement rentrée dans des jodhpurs crasseux. Elle est en chaussettes. Dès qu'elle arrive, tous les chiens s'approchent en gémissant. Elle leur caresse la tête et leur distribue des croquettes d'une main hâlée.

Du coin de l'œil j'aperçois des jambes d'homme en jean passer sur le palier. Gwenda voit que j'ai vu mais n'en laisse rien paraître. Un Homme qui se balade au Premier Étage de sa Maison au Milieu de la Journée ? Mais non ! Je la regarde. Ses yeux sont très bleus et son visage a le teint coloré des gens qui travaillent dehors par tous les temps sans se soucier des conséquences dermatologiques ou du bon usage des crèmes anti-vieillissement. Elle se montre telle qu'elle est, sans se maquiller et sans s'excuser.

Tandis que Mimi explique le motif de sa visite, Gwenda la dévisage d'un regard au laser. Un regard qui va des cheveux bouclés au pull en V Marks & Spencer et à la veste en polaire matelassée, puis descend vers le jean baggy pour s'arrêter sur les bottes vertes en caoutchouc. Plus personne ne porte ce genre de bottes mais, depuis qu'elle vit dans le Dorset, Mimi n'a pratiquement pas quitté les siennes. Et je n'ai pas le cœur à lui dire que ces bottes signent indubitablement son statut de rat des villes.

— Est-ce que vos enfants ont déjà beaucoup monté ? Ont-ils participé à des chasses à courre ?

— Posy s'est amusée pendant quelques mois avec un poney, répond Mimi visiblement soulagée d'être entrée dans le vif du sujet. Les Boden nous l'ont passé quand nous sommes arrivés.

Elle jette un coup d'œil à Gwenda pour voir si le nom des Boden a fait son petit effet. Peine perdue : Gwenda ne réagit pas.

— Mais maintenant qu'elle est plus grande, nous pensons qu'elle doit prendre des leçons en bonne et due forme, poursuit-elle et peut-être garder Trumpet.

Au nom de Trumpet les yeux de Gwenda se rétrécissent.

— Un poney Shetland gris ? demande-t-elle avec agressivité.

— Je dirais plutôt un Exmoor blanc, rétorque Mimi. Gwenda a la mine rusée de celle qui sent sa proie à sa portée.

— Ce sont les poneys rustiques qui font de bonnes montures pour la chasse, pas les races élégantes, Mrs Fleming. Je pourrais l'utiliser pour la chasse à courre, pour apprendre aux jeunes à monter.

Là-dessus elle continue à chanter les louanges de Trumpet. Disant que c'est un bon sauteur. Qu'il est intelligent. Qu'il est petit mais qu'il galope comme un dératé. Et conclut :

— Vous savez, certains poneys ont été dans tellement de familles différentes qu'il est difficile de se rappeler qui les possède vraiment. Finalement, ils appartiennent en quelque sorte à la chasse.

Sur ces paroles, elle s'assure d'un regard que Mimi a bien compris que le fait que Trumpet soit le chouchou des Fleming après avoir été celui des Boden n'a aucune importance. En tant que poney de chasse idéal, il lui appartient de droit. À elle, Gwenda Melplash… et à la chasse.

Mimi a bien saisi la manœuvre :

— Pas de problème, dit-elle. Trumpet n'est pas très occupé en ce moment, Mrs Melplash.

— C'est Gwenda. Et pas Mrs.

— Je suis sûre que vous pouvez emprunter Trumpet pour la chasse… euh… Gwenda. Il faut seulement que j'en parle à Posy. Mais elle sera d'accord, j'en suis sûre.

Gwenda a la mine triomphante. Quand elle nous raccompagne, une lueur inflexible brille dans ses yeux.

— J'ai l'impression que je commence à comprendre la mentalité de la campagne, m'annonce Mimi d'un ton satisfait tandis que nous avançons sous le crachin.

Moi, je suis en train de me demander si Jesse Marlon sera encore à la maison quand je reviendrai ou s'il sera retourné à Spodden's Hatch.

Mimi ajoute :

— Je parie même qu'elle va me faire une méga-réduction sur le prix des leçons des enfants. Tu es d'accord ?

— Rien n'est moins sûr. Tu vas payer 25 livres de l'heure comme tous les gogos qui séjournent dans les bed and breakfast de la Jurassic Coast. En plus, elle vient de te piquer un poney à ton nez et à ta barbe. Dès que Gwenda aura Trumpet, Posy ne le reverra plus jamais. Cette bonne femme est une force de la nature. Ne la sous-estime pas. Elle obtient toujours ce qu'elle veut et inversement.

Je me garde bien de lui dire qu'à trente ans, quand Gwenda était moins terrifiante et plus jolie, elle a eu à peu près tous les hommes ingambes du village. À vrai dire Gwenda et moi avons plus de choses en commun qu'il n'y paraît. À commencer par Henry Pike. Et je me suis toujours demandé si elle n'avait pas couché avec Sir Michael…

— Quelle horreur ! J'espère que tu te trompes, s'exclame Mimi. Posy adore Trumpet. Pour changer de sujet, tu as vu qui se promenait au premier étage de la tour de dame Gwenda pendant que je palabrais ?

— Oui.

Au cas où le tam-tam du Dorset n'aurait pas encore renseigné Mimi sur ma réputation sulfureuse, je précise :

— Je l'ai reconnu à ses jambes. Comme je reconnaîtrais la plupart des hommes du coin.

Mimi

De retour à la maison. Il pleut des hallebardes. La cuisine est sombre, bien qu'il soit midi. Je n'ai pas vu un rayon de soleil depuis des jours. Du coup j'ai un sérieux coup de spleen. Pas étonnant que tout le monde se précipite au pub à l'heure du déjeuner pour avaler un godet. Ou que Rose demande vers cinq heures et demie s'il est l'heure des vidéos sur l'iPod – bien qu'elle prétende ne jamais rien écouter ou regarder avant la retransmission des *Archers*.

Depuis mon installation dans le Dorset, je me rends compte que…

… le passé n'est pas une terre étrangère. Non, c'est la campagne qui est un pays étranger. À Londres vous avez beaucoup plus de points communs avec les habitants de Manhattan, de Los Angeles, de Tokyo qu'avec des Anglais qui vivent à trois kilomètres de vous au bout d'une route empierrée et qui tuent leur cochon chaque année.

Une anecdote qui en dit long sur l'atmosphère ambiante ? Je vais en voiture à l'école – comme par extraordinaire, il fait beau, donc je porte mes lunettes de soleil – avec les enfants et même Spike, le fils de Sophy, l'écolo pur jus de Spodden's Hatch. J'accompagne de la voix Mika dont le CD passe à plein volume.

À l'endroit des panneaux VITESSE RÉDUITE DANS LE VILLAGE et CHEDDAR ANGLAIS À 3 KILOMÈTRES, CHEDDAR DE NOUVELLE-ZÉLANDE À 20 000 KILOMÈTRES, une femme me dépasse.

Elle est en tenue d'équitation, avec deux enfants derrière elle, portant veste et bombe de cheval. Tous les trois montent des poneys alezans à la robe lustrée.

Comme je me traîne dans ma Subaru crottée, je n'ai rien à me reprocher. Pourtant elle se baisse et crie à travers la fenêtre ouverte :

— Aucun d'eux ne monte à cheval ?

Comme si elle m'invitait à une étrange célébration – ce qui est peut-être le cas. Puis elle marmonne quelque chose du genre « Vous devriez rejoindre notre gag. Au trot, au trot ! » et elle va rejoindre sa progéniture en m'offrant le spectacle d'un élégant postérieur montant et descendant en cadence sur sa selle.

À Londres, élever ses enfants ressemble à un sport de compétition. Ici, les sports de compétition sont des sports de compétition. Rien n'est plus apprécié que l'énergie, l'audace et la force. Une mère de famille qui saute huit haies avant le petit déjeuner fait plus l'admiration des foules que celle qui sue sang et eau pour faire admettre sa Poppy à Ponsonby Prep School.

Je découvrirai plus tard que « Au Trot » n'est autre que Biddy Pike, en charge du transport des enfants à l'école, responsable des poneys clubs du district, pilier des Camps de Poneys, mariée à Henry généralement surnommé « le Maître ». Et que « gag » est le raccourci de « *Godminster au galop* », un slogan de la campagne qu'elle a lancée en faveur du village.

Au moment où je me gare devant l'école, mon portable vibre. Un texto. De Mirabel. « J't hais + enlève ce truc poilu. »

Ma polaire ! Tiens j'ai justement l'impression de ne pas l'avoir mise aujourd'hui. Eh bien, si ! Cette veste est devenue une seconde peau. J'enlève mes lunettes de soleil et essaye d'envoyer un coup d'œil navré à Mirabel dans le rétroviseur pour lui signifier que je suis désolée. Mais ma fille aînée regarde ostensiblement par la fenêtre et refuse de croiser mon regard.

« Aucun d'eux ne monte à cheval ? » a demandé la femme en jodhpurs. La phrase résume bien le but de ma visite au Centre équestre. J'y suis allée ce matin avec Rose au lieu de travailler sur mon nouveau projet.

Ce que j'ai en tête est un guide complet pour aider les pauvres citadines dans mon genre à survivre aux délices de la délocalisation campagnarde. J'y couvrirai tous les sujets utiles – de l'exercice physique aux idées de menus familiaux. Le livre sera un mélange de recettes de cuisine, de manuel écolo, de conseils de châtelaines branchées. Il comprendra des trucs, des recettes et plein de photos en couleur de la superbe Lulu Bryanston (la seule belle nana du village) en bikini et bottes, ce qui devrait garantir les ventes de l'ouvrage.

Pour le moment, je garde mon bouquin sous le coude tout en travaillant aux thèmes principaux. Ma vraie préoccupation est l'équitation. En fait, je ne crois pas que c'est mon truc. Avec leurs yeux qui roulent, leurs nasaux mobiles, leurs sabots cinglants et leur côté rétif, les chevaux me font peur. Sans parler de ce pouvoir effrayant qu'ils ont d'envoyer leur ennemi sur le carreau en bottant. Douze heures de neurochirurgie et des mois de rééducation peuvent à peine remédier à ce genre d'accident.

C'est ridicule mais je ne peux m'empêcher de penser à toutes ces mères prostrées dans des maisons de soins, bavant pour le reste de leur vie après avoir été expédiées tête la première sur le sol en ciment par le cheval qu'elles montaient.

Il faut que je pèse le pour et le contre. Car, d'un autre côté, ne pas monter est un handicap en soi. Dans le Dorset, avoir des enfants qui ne montent pas est presque pire que de ne pas conduire à Los Angeles. Cela signifie une exclusion sociale totale.

L'an dernier, j'ai voulu épater Marguerite à Lonsdale Gardens – et sans doute tous les gens du square – en prétendant que nous menions une vie de coq en pâte, que tout était génial, que les enfants chassaient à courre tout le temps avec les Boden (ceux du célèbre catalogue), que cette nouvelle existence était un succès sans pareil.

Autant dire que j'ai menti.

La vérité est que Trumpet, le poney de Posy (enfin, pour être vraiment honnête, le poney prêté par les Boden que nous considérons maintenant comme un membre de la famille Fleming), passe ses journées à musarder entre le paddock et le verger tout en mâchonnant des feuilles. Il devient gras, tout comme moi. Ensuite, dimanche dernier voilà que je rencontre une femme à la sortie de l'église – d'après Ralph, la messe du dimanche est o-bli-ga-toi-re et non-né-go-cia-ble, alors que je flâne dans le cimetière à la recherche d'un emplacement agréable pour ma tombe (dans les églises cotées, une tombe bien située est aussi difficile à obtenir qu'une place dans une école privée de Londres : vous devez la retenir avant même d'en avoir besoin). Elle m'examine des pieds à la tête, à la manière des gens de la campagne quand ils vous voient pour la première fois. Je me sens comme un veau élevé sous la mère au marché aux bestiaux. Puis elle m'adresse la parole en faisant attention que le révérend Wyldbore-Smith, très occupé à serrer les mains de ses paroissiens, ne puisse pas entendre :

— Dans le Dorset, les trois activités majeures sont la baise, la boisson ou l'équitation. Moi, je pratique les trois. Ah ! Ah ! Ah !

Pendant les matins pluvieux comme celui-là, la métamorphose d'une créature urbaine en dadame pastorale me semble plus difficile que prévu. Et je me sens seule. Mon ancienne vie sociale me manque beaucoup. Et son aspect spontané, encore plus.

Ici toute expédition hors de chez soi ressemble à une campagne d'infanterie. Gare à l'improvisation ! Je garde toujours en mémoire des articles de journaux concernant des promeneurs partis escalader les montagnes de Snowdonia, dans le pays de Galles, *sans l'équipement approprié*. Des gens qui s'attaquent aux sommets *en chaussures de tennis*, dans les *pires conditions météorologiques*, sans navigateur satellite, boussole ou nourriture, comme si quitter sa maison sans une provision de biscuits à la menthe Kendal était un délit. C'est bien sûr de leur faute s'ils dépensent l'argent du contribuable et dérangent les secours héliportés au lieu de grimper tranquillement à l'air libre. Tout ça pour dire que toute promenade nez au vent nécessite un minimum de trois paires de chaussures et de cinq cagoules. Si vous vous rendez chez des amis, il est normal d'arriver en bottes et, une fois arrivés, d'enfiler des pantoufles. Même pour un dîner. À noter que le peu de réceptions où nous allons tiennent plus de la fiesta de trois jours que du simple dîner.

D'abord on passe des heures en voiture sous une pluie battante, puis on boit comme des trous pour se réconforter. Ensuite, on avale de la quiche détrempée suivie d'une tarte aux pommes ramollie en s'écriant « Quel coup de main ! La pâte est formidable ! » (À la campagne, les féculents, sucres et hydrates de carbone sont de toutes les fêtes.) Le tout dure au moins quatre heures dont trois sont consacrées à des conversations sur la chasse, sur qui est fâché avec qui et sur le reclassement des routes transformées en chemins communaux. Pour finir, Ralph et moi nous nous battons pour savoir lequel de nous deux va risquer de se faire retirer son permis pour conduite en état d'ivresse dans l'obscurité la plus obscure. Bref, un dîner signifie au bas mot deux heures de route pour voir toujours les mêmes gens et parler toujours des mêmes choses. Impossible de faire autrement : ici tout se sait et omettre d'inviter quelqu'un équivaut à une offense mortelle. Donc la distribution des participants ne change pas d'un mois à l'autre et, si les maisons sont différentes, elles sont invariablement situées à une demi-heure de conduite. Et on s'y gèle pareillement. En plus, à nos âges, il faut une journée entière pour se remettre d'une soirée trop arrosée. Par conséquent Ralph n'est vraiment heureux que lorsque la météo annonce un temps atroce accompagné d'une recommandation à la population de rester calfeutrée. Un manque de sociabilité que je mets sur le compte du stress de son nouveau job avec les problèmes de gaz et de pétrole en Russie. En ce qui me concerne, je conduirais des kilomètres, marcherais sur des charbons ardents et traverserais des torrents tumultueux pour ne pas avoir à cuisiner. Surtout que je n'ai plus sept traiteurs fabuleux à portée de caddy. Désormais je dois préparer chaque repas à partir de zéro ou, plus exactement, à partir d'ingrédients achetés au magasin du village, tels des navets ou de la moelle de bœuf.

Déjà à Londres c'était une tâche ardue de pousser Ralph à faire des mondanités. S'il devait faire des efforts, comme écouter une mère deviser sur les besoins nutritionnels de ses têtes blondes ou un père détailler la gestion de ses fonds, il se plaignait après coup des heures durant. Parfois, à sa grande surprise, il passait un bon moment – généralement parce qu'il avait trouvé un interlocuteur avec qui discuter de pêche au lancer. Dans ce cas son humeur s'améliorait. Ce soir c'était « sans douleur », commentait-il alors, et s'il s'était vraiment éclaté il qualifiait la soirée de « complètement indolore ».

Ces jours-ci, quand je râle au sujet des tâches domestiques, ménage, rangement, courses, Ralph me dit, du ton que les hommes prennent quand ils ont peur de se voir confier une corvée : « Prends donc quelqu'un pour t'aider. » Ou : « Va acheter le dîner chez Marks & Spencer ! » Comme si tout était résolu et que personne n'y avait pensé avant lui. Mais il y a un léger problème : bien que je croie à l'efficacité des femmes de ménage, j'ai la conviction que dans nos parages aucune n'est faite pour moi, c'est-à-dire pour une maison qui a réellement besoin d'être nettoyée. Et maintenant que j'ai Ana, je me vois mal me plaindre.

Quand les amis de Londres appellent – assez rarement, je dois l'admettre –, ils prennent une voix ennuyée :

— Alors, vous êtes où exactement dans le Dorset ? Comme s'ils connaissaient la région intimement ! Je ne prends pas la peine d'expliquer. À la place, je dis :

— Nous sommes à quarante années à l'ouest de Londres. Ce qui est la stricte vérité.

De toute façon je n'ai personne avec qui faire des trucs. Il n'y a pas de groupe de lecture, pas de groupe de yoga. Par contre, il existe un club voué au pudding, le pub et l'Institut des femmes auxquels je ne suis pas inscrite.

C'est drôle, la façon dont Clare a répondu à mon dernier mail : « *Dis-moi vraiment comment c'est la vie à Honeyborne.* » Elle doit croire que j'ai embelli la vérité. Ça me fait penser à ces moments où les amis vous prennent entre quatre yeux parce qu'ils veulent savoir comment vous vous sentez VRAIMENT. En vous faisant sentir que seul le compte rendu circonstancié d'une catastrophe émotionnelle pourra les soulager.

Mais assez de pleurnicheries ! Surtout maintenant. À vrai dire, je préférerais mourir que de retourner à Londres. Et Ralph le sait bien.

Rose

Le lendemain, Mimi et moi promenons Calypso après avoir déposé les enfants à l'école et avant l'instant divin où Jesse Marlon apparaîtra à La Laiterie. Une petite foule se tient devant le Magasin. Nous approchons comme mues par une force magnétique. Il y a l'air de se passer quelque chose – pour une fois.

— Deux heures et demie dans une cellule, s'écrie Biddy Pike, toute rouge d'être le centre d'attraction.

Elle fait semblant de ne pas me voir et je lui rends la politesse.

Mimi tient Calypso en laisse. La chienne est accueillie avec enthousiasme par les autres chiens présents alors que pratiquement personne ne nous salue quand nous rejoignons le groupe. L'atmosphère est lourde. Mimi et moi échangeons un regard. Dans le village, la réputation de Biddy Pike n'est plus à faire. Un peu comme moi, mais pour des raisons différentes.

— Tu as remarqué que les rares moments où elle n'est pas sur son bourrin, elle marche penchée en avant comme si elle était poussée par un énorme coup de vent. Je parie qu'à la place de ses pieds il y a des *sabots*.

Cette remarque est signée Mimi.

Quand Ceci est tombée un jour de son poney, Biddy

m'a téléphoné pour me dire qu'il y avait eu plus de peur que de mal et qu'elle allait remonter en selle très vite. Je m'étais précipitée le cœur battant à tout rompre à l'hôpital de Godminster, pour trouver Ceci – mon *bébé* – aux urgences avec un os sortant du poignet. Quant à Biddy, assise à ses côtés, l'air à peine gêné, je l'aurais volontiers écharpée !

Je touche le bras du grand Colin Watts, capitaine de l'équipe de cricket de Honeyborne, qui est en train de déguster un Crunchie avec une décontraction toute masculine (alors que pour nous, les femmes, ce genre de choses fait partie des plaisirs coupables comme la lecture des magazines à sensation ou la masturbation). Colin est toujours partout. Et toujours en jean avec une grosse veste de cuir et des godillots de chantier. En général il fume et est souvent entouré des trois fils Cobb, Florian, Marco et Hector. (À croire que leur mère Cath avait des songes vénitiens quand elle était enceinte.)

— Que se passe-t-il ? Qui est en cellule ? Tout le monde a l'air très agité, dis-je, en m'adressant délibérément à Colin.

— Les flics sont venus à l'aube pour arrêter Pike. Ils l'ont emmené à Dorchester, comme qui dirait au commissariat.

Il est évident que, pour Colin, le voyage à Dorchester située à une vingtaine de kilomètres est une équipée à prendre au sérieux. Et que la distance souligne l'importance de l'accusation.

— Pour lui poser des questions, ajoute-t-il en faisant des moulinets avec son bras droit.

Si je ne me trompe, Colin Watts, excellent joueur de cricket, lanceur vedette de l'équipe locale et batteur émérite, est en train de s'exercer dans le vide tout en me parlant.

Mrs Hitchens a une lueur d'excitation dans l'œil. Rien ne l'enchante plus qu'un bon drame. Biddy semble au bord de l'explosion. Même Mr Hitchens, qui n'aime pas se séparer trop longtemps des courgettes velues de son potager, a quitté son jardin pour se joindre à l'assemblée qui se tient dans le petit enclos pavé qui jouxte le Magasin.

Après vingt minutes de rumeurs confuses, nous comprenons que Henry Pike, maître d'équipage incontesté depuis dix ans, époux de Biddy, pilier de la communauté, père de deux chiens border terrier (connus comme « Jiggy et Frisky, les terreurs des terriers ») et de deux enfants Flavia et Harry (sans surnoms notables), membre du groupe d'étude indépendant sur les pièges et collets, et par conséquent sujet anglais au-dessus de tout soupçon, a été tiré de son lit à six heures du matin, arrêté, menotté et emmené au commissariat de Dorchester pour être questionné par l'inspecteur chef.

Son piqueux, Martin Thomas, a été également emmené. Tous les deux ont été incarcérés avant d'être relâchés sous caution.

Biddy Pike, balayant l'auditoire d'un regard dur, termine son discours :

— Et donc, selon la loi, un renard a plus de droits qu'un honnête contribuable comme mon mari.

S'ensuit un murmure de désapprobation vis-à-vis du

gouvernement. Un gouvernement qui a passé sept cents heures de débat au sujet de la chasse au renard pendant que les fermiers se trouvaient au pied du mur. Qui nous a emmenés faire la guerre en Irak. Qui met des radars équipés de caméras sur les routes. Qui interdit de fumer dans les pubs. Qui augmente les impôts et permet aux supermarchés de tondre la laine sur le dos des producteurs anglais. Qui n'a pas réussi à abolir l'impôt sur les successions. Qui donne la possibilité aux étrangers de prendre nos boulots et aux émigrants d'habiter nos maisons. Et qui, d'une manière générale, fait en sorte que cette grande nation devienne l'enfer sur terre.

— Je ne comprends toujours pas ce qu'on leur reproche, s'exclame Mimi, montrant en cela une ignorance crasse des coutumes et préoccupations campagnardes.

— Infraction au code de la chasse, répond Colin.

— Oh, tu as une façon de dire ça, intervient Clive Maddocks, maître d'hôtel à Court Place et officiellement gay.

— C'est l'article numéro 1 du nouveau décret, pas vrai ? poursuit Colin. « Quiconque chassant les mammifères sauvages avec un chien se rend coupable d'infraction. »

Biddy a l'air plus remontée que jamais, si c'est possible. Ses yeux brillent, son visage est coloré. Même si ça m'agace, je dois admettre que c'est une jolie femme. Elle ne manque pas un seul jour de chasse au renard ou de chasse au cerf, ce qui veut dire qu'elle est à cheval ou qu'elle conduit le van presque continuellement. Henry passe aussi le plus clair de son temps à cheval, quand il ne se livre pas à un autre genre de chevauchées. À une époque je l'ai trouvé terriblement séduisant. C'était sa façon de monter, sa transpiration, ses bottes d'officier de cavalerie ou ses fesses moulées par sa culotte de cheval. Bref, il me le fallait. Et je l'ai eu.

— Oui, Colin ! Merci pour le renseignement, ironise Biddy. Mais tu oublies les mots les plus importants. En fait, le libellé exact est : « Quiconque chassant les mammifères sauvages avec un chien se rend coupable d'infraction *sauf si ce qu'il chasse relève des exceptions à la règle.* »

Mimi semble fascinée. Elle vient de découvrir un paradoxe bien connu des gens qui s'intéressent de près à la vie des campagnes :

— Finalement cette nouvelle loi visant à interdire la chasse sous certaines conditions agite incroyablement les communautés rurales, dit-elle. En une seule loi plutôt embrouillée, le Labour Party a trouvé le moyen de geler la chasse à courre, la chasse à tir et la pêche, des occupations ancestrales défendues pendant des siècles par la famille royale.

Un détail concernant Henry Pike me revient à l'esprit. Mais Mimi interrompt ma rêverie :

— Aujourd'hui la campagne est l'endroit « hip ». Les people adorent. Alex James, le bassiste du groupe Blur, fabrique des fromages bio, l'artiste Damien Hirst incorpore des animaux à ses installations, Eric Clapton est fou de pêche à la truite, Kate Moss se ressource dans sa maison du Oxfordshire. Avec toutes les célébrités qui retournent à la campagne ou qui croient revenir aux sources, il y a de quoi faire un article.

« Dès que je rentre chez moi, annonce-t-elle à la cantonade, je vais appeler le *Telegraph* et proposer un papier exclusif sur le thème « Les rock stars se mettent au vert ». Et je sais de quoi je parle ! Oui, je vais téléphoner au rédacteur en chef. Ou alors je vais essayer *House & Garden*. Je connais bien la rédac' chef. Elle est divine. Rose, tu devrais la rencontrer. Je suis sûre qu'elle aimerait à la folie tes produits de La Laiterie, tes paniers garnis, tes chips de pommes.

Pendant ce numéro de journaliste dans le coup, Colin Watts tire un paquet de Rothman de sa poche. Même avec un index taché de nicotine, ses mains ont une certaine élégance. Gwenda darde sur lui des regards de prédateur sans prêter le moins du monde attention à Mimi. Un amateur de Rothman ? Ça alors ! Je pensais que le peu de fumeurs qui restaient s'adonnaient uniquement aux Marlboro Light ou aux Silk Cut. Et puis je me souviens que des tas de produits, genre lait condensé, quartiers de mandarine en boîte et autres, qu'on croit avoir disparu des magasins depuis la fin du règne de George V, sont toujours en vente dans les parties reculées du Dorset.

Apparemment Mimi n'en a pas fini avec cette histoire :

— Excusez-moi, mais j'aimerais savoir si Henry Pike et Martin Thomas ont enfreint la loi sur la chasse ou si on les a arrêtés juste à titre d'exemple.

Au moment où Colin Watts allume sa cigarette, je m'éloigne. Pas question d'être la victime d'un cancer passif et, surtout, d'incommoder Jesse Marlon en empestant le vieux mégot comme dans les pubs d'autrefois.

— C'est quand même injuste. Car s'ils chassaient dans le cadre des exceptions à la loi, je ne vois pas pourquoi les policiers les ont arrêtés. Ce n'est pas un crime de chasser même si cela enfreint le décret. Je pensais qu'en tout état de cause cela n'était pas… euh…

— … inscrit sur votre casier, continue Biddy. C'est exact, ce genre de condamnation ne figure pas sur le casier judiciaire. C'est comme les contraventions en voiture.

Mais Mimi n'en reste pas là :

— Alors pourquoi les avoir arrêtés ?

— Parce que… commence Colin Watts.

La Rothman qu'il vient de jeter dans un massif d'impatiens est aussitôt récupérée par MT Hitchens. Et pour cause ! Le mari de notre épicière est excessivement fier (avec toutes les raisons de l'être) du prix du Village le Mieux Tenu que Honeyborne a gagné il y a quelques années.

— Parce que, Mrs…

— Fleming.

— Voilà, Mrs Fleming. Disons qu'il y a un chiot dans votre living. Et à côté de lui il y a un beau tas fumant de crottes. Qu'est-ce que vous allez penser ? Que le chiot est responsable des crottes ou que c'est pas lui ?

Gwenda réagit au quart de tour :

— Oh, ferme-la, Colin Watts !

Mais moi je vois bien qu'elle le fixe avec des yeux brillants de convoitise. J'avais le même regard quand je voyais Henry Pike perché sur son étalon qui allait chercher son exemplaire de *Horse and Hound* au Magasin.

Une bouteille de lait à l'ancienne mode dans la main, je dis au revoir à Mimi et grimpe tranquillement la colline vers La Laiterie. Tout le monde s'est dispersé, les uns rentrent chez eux pour un thé accompagné d'un biscuit au chocolat HobNob, les autres vont au pub pour un café.

Plusieurs camionnettes et Land Rover me dépassent plein pot. Mais une voiture ralentit. C'est Garry, le patron du pub, dans sa Honda Civic. Il s'arrête et baisse lentement la vitre à la main :

— Mrs Musgrove ?

— Oui, Garry ?

— Vous voyez, je ne sais pas comment le dire et tout, mais je pense que je dois…

Il s'arrête soudain et regarde timidement son tableau de bord.

— Dire quoi, Garry ?

Je suis habituée depuis longtemps aux conseils, potins et avertissements amicaux des gens du village qui ne sont qu'une forme de jalousie à l'encontre de mon comportement de femme libre qui fait ce qu'elle veut, comme un homme.

— Eh bien, à votre place, je ne le ferais pas, dit-il d'un air sombre.

— Ne pas faire quoi ?

Alors il commence à me raconter une horrible histoire en termes crus.

C'est au sujet de ce qui ressemble à un abominable viol :

— Il l'a prise des deux côtés, si vous voyez de quoi je parle.

Il me dévisage en se léchant les lèvres avec gourmandise. On dirait qu'il vient de finir un beignet au sucre. Je n'ai qu'une envie, c'est de prendre mes jambes à mon cou vers La Laiterie, mais le pire est à venir.

— Ne le prenez pas mal, Mrs Musgrove, poursuit-il. Moi je suis comme vous, je ne suis pas le genre à refuser une petite bêtise qui se présente.

Il a un ricanement grivois. Son air est plein de sous-entendus dégoûtants. C'est à se demander quel genre de cancan court sur moi en ce moment étant donné que rien ne s'est – encore – passé avec Jesse Marlon.

— Vous avez une jeune à la maison. Si je comprends correctement, une jeune fille.

Il se lèche encore les lèvres.

— Moi, je ne veux rien dire sur personne. Mais, à votre place, j'aurais pas ce Colin Watts près de chez moi, si vous comprenez.

Sidérée, je presse le pas. Qu'est-ce qu'il insinue ? Pourquoi cette allusion à Colin Watts ? Et pourquoi me dire ça à moi ? Ça signifie quoi, cette horreur ? Colin Watts ne ressemble pas à un type qui viole les filles – et je suis un assez bon juge. À mon avis Garry a abusé de la chopine ce matin, de manière à prendre de l'avance sur ses clients habituels.

De retour à la maison, je passe d'abord un bon

moment dans la grange. Ensuite, après avoir inspecté les carrés de légumes du potager de devant, je rentre dans la maison par la porte principale fermée à clé plutôt que de passer par la porte de derrière qui, à moins que nous soyons sortis, reste toujours ouverte.

L'entrée avec son carrelage noir et blanc est en ordre. Le bouquet de fleurs qui trône au-dessus de la cheminée est toujours impeccable. La pièce accepte mon inspection comme si elle savait que rien ne clochait. Elle est dans l'état dans lequel je l'ai laissée. Sauf la grande horloge qui s'est arrêtée.

La remonter fait partie des rares tâches quotidiennes de Pierre. Comme beaucoup d'hommes, il ne peut faire qu'une seule chose à la fois et ne termine jamais sa besogne sans commentaires à haute voix. Donc, dans l'ordre, il annonce qu'il va remonter l'horloge, la remonte et fait savoir qu'il l'a remontée. En l'entendant, j'ai toujours l'impression d'assister à une émission de télé éducative pour enfants en bas âge.

Les bottes de cheval en cuir sont soigneusement alignées dans le placard ouvert. Les cravaches, parapluies, bâtons de ski de fond et cannes de chasse se trouvent dans le pied d'éléphant qui fait office de porte-parapluies. Je quitte l'entrée carrelée pour rejoindre la chaleur de ma cuisine et range le lait dans le réfrigérateur.

Pierre, dont l'inactivité devient de plus en plus industrieuse, n'est pas en vue. Jesse Marlon, non plus, d'ailleurs.

Il faut que j'aille dans la réserve prendre un chou frisé. Mon menu de ce soir comporte un potage aux choux, châtaignes et bacon. À la porte de derrière, je stoppe pour enfiler mes bottes espagnoles, celles avec l'adorable petit pompon sur le zip. J'en enfile une, puis l'autre. Une opération qui me laisse légèrement hors d'haleine et presque étourdie. En relevant la tête, que vois-je ? Une silhouette d'homme se profile derrière la porte en verre gravée. Alors je crie. Pas parce qu'un homme se tient derrière la porte, mais parce que je le reconnais.

C'est Colin Watts.

Mon cri ressemble à celui que je laisse échapper chaque fois qu'une souris m'observe de ses petits yeux brillants sur le sol du garde-manger. Le cri d'une femme sous le choc.

Il s'avance vers moi. Je m'aplatis contre le mur et lève mes mains au-dessus de ma tête comme si je m'abritais de la pluie.

Soudain Jesse Marlon fait irruption en courant. Ses lourds boots en cuir cognent contre le carrelage. Il crie :

— Ne la touche pas ! Fous le camp de là !

Il heurte Colin Watts si violemment que je pousse un autre cri. Cette fois c'est un cri d'horreur. Qu'est-ce qui se passe ?

Les deux hommes sont par terre en train de se battre. Leurs grognements et râles perturbent la sérénité de ma maison.

Watts hurle :

— Lâche-moi, espèce de lavette ! Enfoiré de hippie ! Et d'autres insultes du même acabit.

Pendant ce temps-là, je reste plantée en suppliant

d'une voix à la fois aiguë, snob et flûtée qui paraît ridicule même à mes propres oreilles :

— Jesse Marlon, arrête, s'il te plaît !

Et je vois un corps à corps superbe qui me rappelle cette ridicule scène de lutte dénudée dans le film *Women in love*. Je me dis aussi que ces deux jeunes hommes vont bien ensemble et même qu'ils se ressemblent physiquement avant de repousser cette idée : comment comparer cette crapule de violeur qu'est Colin Watts avec le divin Jesse Marlon ?

Finalement, après avoir maintenu au sol Colin Watts pendant dix secondes, Jesse Marlon se relève.

Colin Watts saigne du nez.

J'explose :

— Vraiment ! Pourquoi faut-il que pour vous, les hommes, la violence soit toujours la réponse à tout ?

Ensuite, je file dans la cuisine mettre la bouilloire en route, attrape un torchon et reviens très vite sur les lieux de la bagarre au cas où ils recommenceraient à se taper dessus.

Chacun est dans son coin.

Tout en tamponnant son nez, Colin dit en montrant Jesse Marlon du doigt :

— Bon, maintenant que cette raclure de marécage a fini de m'assaillir, vous pouvez me dire si vous le voulez dans la grange ou dans le bûcher ?

Jesse Marlon et moi demandons en chœur :

— Vouloir quoi ?

— Le bois, répond Colin Watts comme si nous étions demeurés.

Il me rend le torchon taché de sang. Bien que ce

torchon soit un de mes préférés, tout doux en lin irlandais et parfait pour essuyer le cristal, je lui dis de le garder.

Il allume une Rothman :

— Mrs Musgrove, ce matin au Magasin j'ai pas pu vous en parler avec cette arrestation et tout… Votre homme a laissé un message sur mon portable. Une commande de deux stères de bois. Faut que je vous dise, je prends seulement du cash, et si vous voulez pas que je fasse des histoires à votre mignon vous me payez pour trois stères au lieu de deux.

Il tire sur sa cigarette et marmonne quelque chose dans sa barbe. C'est au sujet de JM. Quelque chose comme : « C'est qu'il en a une de ces bûches. »

À quoi Jesse Marlon riposte entre ses dents :

— Ta gueule, espèce de pédophile de mes deux, ou je te démolis !

Réaction de Colin Watts :

— Si tu poses encore tes sales pattes sur moi, mon p'tit gars, tu finiras en tôle. Pas besoin de te dire la raison, hein ?

À l'évidence Pierre a commandé du bois par téléphone. Bizarre. Généralement, on s'adresse au même marchand, un type honnête qui nous donne du bois sec provenant d'un bon dépôt et non le pin humide qu'il refile aux gens de Londres comme les Fleming et les Kinmonth.

Je dis à Watts que nous n'avons pas besoin de son bois (à vrai dire on en a plein) mais que puisqu'il est là il peut l'empiler proprement dans la grange. Dès qu'il a décampé, après avoir jeté son mégot bien au milieu des marches, je demande à JM pourquoi Watts l'a traité de rance.

— C'est comme ça que les gens du village nous appellent. Les rances.

Je vois pourquoi. Pour les avoir souvent vus traîner autour de leur éco-village dans leurs pulls en herbe tricotée et être restée un peu trop près d'eux au Magasin quand ils font le plein de papier à cigarette. Mais bien sûr je m'exclame :

— Quelle idiotie ! C'est absurde ! Tu n'aurais pas envie d'un bon café, par hasard ? Moi si !

Ce n'est pas tous les jours que le violeur du village (si l'on en croit les racontars de Garry-le-patron-du-pub) me rend visite. Et pas tous les jours non plus que Jesse Marlon vient se coller derrière moi alors que j'allume mon Aga et qu'il me retourne vers lui. Il va pour poser son mug sur la cuisinière puis il se ravise et le met dans l'évier. Voilà qui me change du côté je-m'en-foutiste de Pierre. J'en ai presque un orgasme.

Et puis. Il y a le premier contact. Le contact qui présage de la suite. Un cliché ? Peut-être. Mais c'est si vrai. Je fixe ses lèvres, charnues et entrouvertes, qui ont envie de m'embrasser. C'est alors comme si un moteur démarrait après être resté à l'arrêt pendant des années sous une bâche. J'essaie de ne pas croiser son regard. Il ne faut pas qu'il se rende compte à quel point j'ai envie de lui, de sa jeunesse, de son adorable peau fraîche et sans défauts. À quel point je désire effleurer de mes lèvres le duvet enfantin qui recouvre son menton à fossettes. À quel point je veux faire courir mes mains sur son torse élancé que rien n'a encore marqué, ni le temps, ni l'ennui, ni le mariage, ni les échecs. Et les glisser sous la ceinture effilochée de son vieux jean pour sentir sa virilité. Mais je ne veux pas non plus qu'il voie de trop près mes pattes d'oie, les rides qui se creusent entre mon nez et ma bouche comme les canaux sur la surface de la lune. Face à la perfection inconsciente et naturelle de JM, je me sens timide. Et sacrément vieille.

Mais ça ne dure pas.

Il soulève mon menton et me force à le regarder.

— J'ai eu peur qu'il te fasse mal. J'ai cru qu'il allait te…

Il ne finit pas sa phrase, comme s'il avait quelque chose de mieux à dire et secoue ses boucles sombres. Je lève la main et, machinalement, commence à enrouler une de ses mèches, comme s'il m'appartenait déjà. Et puis il m'embrasse lentement, intimement, patiemment, habilement, improvisant sur une vaste gamme, pendant un temps qui semble infini. Et je me perds en lui. Totalement.

Mimi

Après l'heure obligatoire passée à feuilleter d'innombrables numéros écornés de *Dorset Lifes* et au moment même où je repère un article juteux dans *Vanity Fair,* la secrétaire m'appelle. Je récupère mes affaires et entre dans le cabinet du chirurgien.

— Bien le bonjour, Mrs Fleming, dit le docteur Ashburton, l'œil fixé sur l'écran de son ordinateur.

Il arbore l'air maussade des médecins de campagne qui préféreraient de beaucoup être en train de galoper derrière une meute plutôt que de recevoir leurs patients. Il demande en regardant sa montre :

— Que puis-je faire pour vous ?

J'explique :

— Vous connaissez les symptômes, docteur, un peu fiévreuse, des seins énormes, un goût métallique dans la bouche, un retard des règles…

Pas besoin d'en dire plus, il a sûrement compris.

Tout en griffonnant au feutre sur mon dossier, il insiste :

— Avez-vous été en contact avec des animaux récemment ?

— Nous avons un chien et un poney.

Je me garde bien de prononcer le nom de Trumpet. Le village me déteste parce qu'à cause de moi les gosses ne peuvent pas utiliser Trumpet « les jours de sortie », comme on surnomme ici la sacro-sainte chasse à courre.

— Pas de maladies infantiles ? Pas de virus dans votre entourage ?

— Pas que je sache.

Le docteur Ashburton a l'air vraiment et complètement désarçonné. Il prend ma température, me donnant l'occasion de contempler pendant deux minutes la broussaille noire qui jaillit de son oreille. J'ai 37 et demande :

— C'est considéré comme de la fièvre ?

— Non.

De retour derrière son bureau il me regarde au-dessus de ses lunettes dont les verres sont tout maculés.

— Docteur, croyez-vous qu'il y a des chances que je sois… hum…

J'aimerais bien que le médecin finisse ma phrase.

— Contagieuse ?

— Non, je veux dire avec tous ces symptômes.

Et j'ajoute aussitôt avec un petit rire :

— Vous voyez, je me sentais exactement pareille quand j'attendais Posy.

Le docteur Ashburton soulève ses sourcils luxuriants d'où sortent de longs poils indisciplinés et jette un coup d'œil rapide vers ma date de naissance.

Non, mais quel culot ! Il a bien deux enfants en étant cent fois plus vieux que moi. Et personne ne le traite de miracle de la science. Et personne ne l'appelle papy daddy. Quelle injustice !

Il soupire, ouvre un tiroir et puis un autre. Il se lève

comme à regret et quitte la pièce sans un mot, en laissant la porte ouverte. Au bout d'un moment j'entends des bruits de va-et-vient provenant du couloir.

Il réapparaît avec un petit paquet blanc.

— Vous avez un échantillon ?

Comme je fais non de la tête, il sort un flacon d'un autre tiroir, me le tend et me montre les toilettes. Je m'y rends la tête basse.

Je lui rends le flacon tiède avec les yeux baissés d'une vierge effarouchée. Il l'ouvre et plonge le stick. Puis il pose le stick sur le lavabo.

Mon cœur bat à tout rompre. J'ai trente-huit ans et demi mais j'aimerais bien qu'une ligne apparaisse. Rien que pour lui montrer qu'en dépit de mon âge avancé (après tout, si on était au Moyen Âge, je serais morte depuis belle lurette) mon corps est capable de concevoir au crépuscule de sa fertilité, tout comme un ancien poirier noueux peut donner une poire parfaite et juteuse à l'automne de sa vie.

Tout d'un coup, le médecin change d'humeur. Tout souriant il se claque les cuisses comme s'il venait de se souvenir de quelque chose. Je vois bien qu'il fait des efforts héroïques pour meubler l'attente. Il se frotte les mains, se cure une oreille et lance :

— Ah, je voulais vous demander, Mrs Fleming. Comment va Trumpet ?

— Honnêtement, je ne sais pas.

Ne faisant pas partie du royaume des équidés il m'est difficile de dire ce que le gentil Trumpet aime ou n'aime pas dans sa vie à Home Farm.

En réponse, le docteur Ashburton commence à

trifouiller violemment dans son oreille. On dirait qu'il cherche à déloger un morceau de marbre qui serait fiché dans sa cervelle. Sûr et certain qu'avec deux enfants en âge de monter Trumpet, il ne va pas lâcher le sujet de sitôt.

Il se lève et va inspecter le stick.

— Hum ! Vous savez comment c'est arrivé ?

Je le regarde, bouche ouverte, souffle coupé. De deux choses l'une : ou il mène depuis longtemps une vie de moine ou il veut des détails croustillants sur mes parties de jambes en l'air.

— J'imagine que vous avez un stérilet. La plupart des femmes de… hum… votre âge trouvent que c'est très bien.

— Non !

— Alors, vous allez faire quoi ?

— Ça, c'est mon problème, docteur Ashburton !

J'ai pris ma grosse voix enrouée pour rappeler à son bon souvenir le serment d'Hippocrate et lui signifier qu'il me serait parfaitement désagréable que la bonne nouvelle fasse le tour du village avant ce soir.

— Au revoir et merci beaucoup !

De retour à la maison avec mon secret. Le téléphone sonne.

Ana est assise devant l'ordinateur. Dans son journal ouvert, elle note des trucs du Web. Je me rue sur le téléphone avant qu'il ne s'arrête en criant :

— Ana ! Le téléphone ! Vite !

— Oui ? dit Ana en levant le nez.

— Le téléphone !

Au moment où je soulève le récepteur, je note dans un coin de ma tête de vérifier quels sites elle consulte. Juste pour en avoir le cœur net. Parce que j'ai un drôle de pressentiment.

— Mimi ?

Le ton est clairement énergique et américain.

— Je vous dérange ? C'est Catherine Cobb.

— Pas du tout.

Quand je raccroche, je pousse un cri de joie, boxe dans l'air à la manière du joueur de tennis Andy Murray et entame une danse sauvage devant Ana qui a la gentillesse de ne pas éclater de rire. Si elle n'était pas si maigre – comme Ana, en fait –, j'aurais serré Cath contre moi.

Elle vient de nous convier à un dîner. Ce vendredi. Peut-être pour remplacer un couple qui s'est décommandé ? Je m'en fiche. Je n'ai pas été aussi heureuse depuis… depuis que j'ai découvert qu'Ocado, le supermarché en ligne, pouvait faire des livraisons dans la région de mon code postal.

Elle a précisé :

— Juste un groupe de gens d'ici et les amis qui viennent pour le week-end. C'est un peu à la dernière minute, j'espère que vous ne vous formalisez pas. Mais j'ai pensé que ça serait bien que Ralph et vous puissiez vous joindre à nous. Quand je pense que vous êtes là depuis des mois et que je ne vous ai pas encore reçus, j'ai honte.

Elle a ajouté :

— Ça sera à la bonne franquette, très relax.

Précision qui m'a fait sauter de joie. Puisque c'est

vraiment aussi décontracté, je pourrai traîner Ralph sans trop raconter de bobards.

Même si elle nous faisait dîner avec Garry et Debbie, les proprios du pub, et avec l'équarrisseur de la région, ça me serait égal. J'attends depuis trop longtemps une invitation officielle à Court Place, et cela malgré le peu d'intérêt que Ralph manifeste. D'abord parce qu'il n'a pas envie de rencontrer « des nouvelles têtes ». Ensuite parce que, pour lui, Court Place n'a rien d'une demeure ancestrale. Habiter le même endroit depuis la nuit des temps constitue à ses yeux la quintessence de l'accomplissement humain. Or Richard Cobb, qui est riche à milliards d'après Rose, n'est propriétaire de Court Place que depuis sept ans, c'est-à-dire depuis une nanoseconde.

Pendant un court, très court instant je me dis qu'Ana de Pologne a son utilité. Pour entamer une valse avec moi. Et puis, non !

À présent je dois me concentrer sur deux problèmes. L'application d'un maquillage convenable pour la première fois depuis trois mois. Et l'essayage de mes deux derniers achats en ligne. L'un est une culotte en « spandex » destinée à aplatir mon ventre. L'autre article est aussi une culotte munie d'un faux derrière, à enfiler sur la précédente. Un artifice qui est censé me donner les fesses qui me manquent, sans chirurgie esthétique ou, mieux encore, sans exercices de gym. Mes deux défauts physiques étant un nez proéminent et un derrière plat, j'ai tendance à éviter les miroirs à trois faces. Il m'a fallu des années pour découvrir que seulement les autres personnes pouvaient s'apercevoir de mes deux disgrâces. Faut-il préciser que cette période d'ignorance a été une époque bénie des dieux.

Vendredi. Le compte à rebours a commencé. Je suis dans ma chambre en train d'inspecter mon placard.

Il faut que je m'habille pour ce soir. Avec quoi ? Pas question d'en faire trop. Ni même beaucoup. Au moins à Court Place, il ne fera pas *froid*. Une heure ou plus que j'examine mes affaires. Pendant la journée je n'ai aucun problème. Pour quelqu'un d'aussi indécis que moi en matière de fringues, la superposition de vêtements constitue une aubaine. Surtout s'il fait plus froid dehors que dedans. En plus, j'ai bien grossi de six ou sept kilos depuis notre installation dans l'Ouest. La faute aux scones qui sont devenus ma passion. Des purs délices, y compris quand c'est moi qui les fais. En réalité tout le monde est responsable de ma prise de poids. Chez les gens ou au pub, ce ne sont que nourritures solides comportant soit des tourtes à la graisse de rognon et à la vache folle, soit des couches épaisses de purée de pommes de terre bien beurrée – et souvent les deux. Dans nos régions reculées, le mot *cuisine minceur* veut sans doute dire « Cent façons d'accommoder le hachis » en mauvais français.

Donc, tant que je m'habille en vêtements d'hiver, c'est facile. J'empile, parfois dans l'obscurité, tout ce que je ramasse sur le sol de ma chambre et n'enlève jamais rien. Évidemment les sous-vêtements en thermolactyl n'apportent aucun piment à ma vie sexuelle. Ce qui me va assez bien. Ralph en revanche commence à râler. Il se demande, parfois à voix haute, s'il a encore des chances de me voir nue un jour.

Cela dit, comment s'habiller pour un dîner quand on vit à la campagne ? Un vrai casse-tête. Plutôt périr que de ressembler à ces femmes qui, les rares fois où elles sont invitées, se mettent sur leur trente et un, avec ensemble de créateur, talons hauts et maquillage des grands soirs.

Je perçois une présence dans mon dos. Et des vibrations pleines d'une furieuse réprobation. C'est Mirabel de retour de l'école, ma gamine sans formes qui porte des collants opaques noirs, des Converse customisées par ses soins au Tippex, une minijupe en jean et un haut coupé qui dévoile son nombril. Le seul fait de regarder sa fraîcheur de pêche me fait sentir mon âge. Surtout que je suis en train de retirer avec un morceau d'essuie-tout l'excès de fond de teint qui s'est incrusté dans mes cernes.

— Mam' ! Au secours ! Non, mais sérieusement ! Tu vas pas sortir comme ÇA, si ?

Ma fille et moi avons atteint un nouveau stade dans nos relations. En gros, elle m'ignore. Sauf si je fais quelque chose de répréhensible à ses yeux – danser toute seule, chanter avec la radio, emprunter sa boîte de baume pour les lèvres et la « dégueulasser », c'est-à-dire laisser une petite trace de gras sur le couvercle. Dans ces cas, elle serait bien capable de m'abattre d'un coup de carabine. C'est le message qu'elle m'a fait passer l'autre jour alors que je me trémoussais sur un air de Lily Allen devant ses copains, Aspen et Spike.

« Nooooon ! » a-t-elle hurlé en faisant semblant de viser ma tête.

— Sortir comme ça ? Et pourquoi pas ? dis-je.

Je trouve ma tenue pas si mal, en comparaison de celles que j'ai vues à d'autres soirées. Et je ne parle pas de l'International Horse Show d'Olympia !

— Mais non, Mam', je plaisante, reprend Mirabel d'une voix plus aimable. En fait, t'as l'air mortelle.

— Mortelle ? Mais je croyais que tu aimais cette robe. Ce n'est pas la noire dont tu ne veux pas, même quand je serai morte. C'est une autre, achetée aux soldes de Joseph.

— Oh Mam', t'es tellement pas fashion ! Mortelle, ça veut dire c'est top. Ta robe, elle est « au-delà ». No, souçaille, ça va le faire. Enfin, pour toi. Mais t'as un peu grossi, non ?

Je rougis de plaisir. Un compliment de Mirabel n'a pas de prix. Et peu importe que ledit compliment comporte – comme souvent – une critique implicite ou une moquerie.

Le principal c'est que j'assure dans ma robe, même si j'assure seulement par rapport à d'habitude.

Tandis que Ralph conduit la Subaru vers Court Place, je vérifie mon maquillage dans le miroir et procède à une inspection éclair de mes poils de nez et de mes dents. Comme me le fait remarquer ma délicieuse Mirabel, mes dents, agissant comme des pièges ou des filets, ont tendance à accrocher toute espèce de nourriture pénétrant dans ma bouche. Quant aux narines, c'est un autre problème. Un sujet tabou. Qui parle de la soudaine floraison des poils du nez chez les femmes qui ont dépassé les trente ans ? Et de la manière dont on peut s'en débarrasser ?

Nous arrivons. Enfin.

Court Place se compose d'une grande maison et de nombreux communs, d'une chasse et d'un magasin des produits de la ferme qui propose quatorze sortes de saucisses. Cath a quatre enfants, comme toutes les mères richissimes, Richard est dans les hedge fonds ou le private equity comme tous les pères richissimes.

Je rends justice à Cath. Pour elle, élever quatre enfants ne présente jamais aucun problème.

En général, c'est le contraire qui se passe. Alors que les hommes ne vous rabattent jamais les oreilles avec l'argent qu'ils gagnent, la plupart des mères de famille nombreuse me sortent des phrases du genre : « Nous emmenons les quatre enfants skier à Klosters. » Ou : « C'est facilement le plus brillant de mes cinq – son QI bat des records. » Au cas où j'aurais oublié le nombre de rejetons qu'elles ont produits. Variante : « Avec quatre enfants, deux chiens et trois maisons dont je dois m'occuper, je n'ai pas le temps d'avoir un job », expliquent pieusement les mères de famille nombreuse aux femmes qui travaillent parce qu'elles en ont besoin ou parce qu'elles deviendraient toquées si elles restaient chez elles. Comme si ne pas bosser était le noble prix à payer pour le style de vie à tout casser de ces créatures qui vivent dans la soie. Comme si c'était le seul privilège dont malheureusement elles ne disposaient pas. Au fond, elles aimeraient que les mères obligées de gagner leur vie se sentent désolées pour elles.

Je ne compte plus le nombre de mères qui m'ont confié que leurs quatre enfants étaient dans quatre écoles différentes. Qu'elles assistaient à quatre représentations de chorale de Noël, à quatre kermesses sportives au printemps. À croire qu'elles attendent d'être récompensées par une décoration spécialement créée en leur honneur. Moi, on ne m'a jamais entendu dire « J'emmène les trois enfants chez le dentiste ». Ou au parc d'attractions. Ou au supermarché Tesco. Ça serait quand même le comble du débile.

D'après Ralph, les hommes se fichent pas mal du nombre d'enfants des femmes.

— Mimi darling, déjà qu'on se souvient à peine du nom de leur mari ! D'ailleurs, pourquoi la question intéresse-t-elle tellement les femmes ?

Cath ne rebat pas les oreilles des gens avec sa progéniture. Elle fait pire. Tout ce qu'elle entreprend est mené sans effort et dans la joie : son business, l'éducation de ses kids, ses innombrables maisons et sa vie de femme du monde ultra-lancée. La première fois que je suis allée à Court Place pour une unique tasse de thé, j'ai jeté un coup d'œil furtif au livre d'or. Quelle brochette d'invités ! David Cameron et sa femme, Charles et Camilla, Bryan Ferry et son fils Otis. Et je n'ai vu que deux pages !

Pour tout dire, je suis impressionnée. Et tant pis si c'est ringard.

Revenons à la soirée. Quand nous, les normalissimes (trois enfants, pas d'argent, une seule maison), arrivons à l'entrée de la propriété, les grilles s'ouvrent doucement. Nous nous approchons de la maison en silence, savourant chaque détail : le fin gravier parfaitement ratissé de l'allée, les hêtres qui la bordent discrètement éclairés, les sculptures de jardin d'artistes contemporains ou anciens qui doivent valoir des fortunes…

Nous – enfin, surtout moi – nous inquiétons de savoir s'il faut se garer devant la maison tout en pierres blondes et colonnades. La Subaru risque de déparer le paysage. Peut-être que les habitués – forcément plus riches et plus chics – parquent leur voiture à l'arrière, près des communs. À ce moment-là, Maddocks, le majordome, vient nous accueillir en se tortillant.

— Comment ça va ? s'exclame distraitement Ralph.

Visiblement il ne s'aperçoit pas que le type en costume sombre et cravate qui nous ouvre la portière n'est pas Richard.

J'essaye de m'extirper de la voiture comme on me l'a appris pendant mes années de pensionnat mais, vu que je tiens mon sac et mon seul pashmina convenable, la manœuvre s'avère plus compliquée que prévu. Je serre aussi contre moi une précieuse et onéreuse bouteille de Peace Oil, cette huile d'olive produite en Israël par un groupement de fermiers palestiniens, juifs et druzes qui travaillent ensemble. Un cadeau pour Cath bien que je me demande si je ne vais pas le laisser dans la voiture. Faire un présent recherché pour les gens riches, c'est un peu porter de l'eau à la rivière non ?

Dans la maison, Ralph est manifestement prêt à tout détailler du sol au plafond, à vérifier les proportions des pièces, à scruter les corniches et boiseries, à inventorier le mobilier et les tableaux, en particulier les tapisseries flamandes et les œuvres d'art moderne. Mais nous sommes vivement poussés à travers une enfilade de pièces jusqu'à un double salon qui est chauffé – et quand je dis « chauffé », je veux dire qu'il y règne une température de hammam.

Des feux brûlent dans deux énormes cheminées. Des grandes gerbes de lys parfument l'atmosphère. Cath tend les bras et laisse échapper un cri de plaisir en nous apercevant. Je m'approche plutôt timidement et lui offre le flacon de Peace Oil. Elle me remercie avec exubérance avant de faire signe à Maddocks. Il me semble l'entendre dire quelque chose comme « dans le placard pour la tombola » quand elle lui remet la précieuse fiole d'or vert. Le majordome revient ensuite avec un plateau de coupes de champagne et Cath s'éloigne comme une flèche.

Chips de topinambours et de betteraves maison, petits cubes de polenta, morceaux de mozzarella frite ornés d'une feuille de sauge, minuscules tourtes au porc croustillantes sont apportés sur deux plateaux par la maîtresse de maison et présentés avec la même décontraction que si c'était des chipsters au fromage. Pendant ce temps, Maddocks pousse les piles des livres, surtout des essais, écrits par les amis des Cobb afin de faire de la place pour les plateaux. Posés sur une grande banquette devant le feu, ces délices sont maintenant à portée de main. Pour mon plus grand plaisir.

Baignée dans une ambiance de bien-être confortable,

je m'efforce d'oublier que nous n'avons encore rien entrepris pour améliorer Home Farm.

Ralph, quant à lui, se précipite pour inspecter le feu. Dans le panier à bûches, il attrape un rondin de frêne, le renifle et le repose avec un soupir d'exaspération.

Son problème de bois continue à le turlupiner. Voici l'histoire. Un jour que nous étions sortis, Colin Watts, le marchand de bois (et violeur présumé du village, d'après Rose en tout cas, ce qui fiche en l'air tous mes plans concernant Ana), a rempli la grange jusqu'au plafond de pin fraîchement coupé et donc humide et plein de sève. Quand Ralph a essayé de faire un feu dans la cheminée du salon, les bûches sifflaient, pétaient et fumaient avec un bel ensemble au lieu de se consumer. Furibard, Ralph a alors appelé Watts sur son portable. Extraits :

— Mr Watts, figurez-vous que je sais parfaitement comment construire un feu, sinon ma famille aurait gelé sur pied cet hiver, vu que nous n'avons pas de chauffage central. Ma question est : qu'est-ce qui vous a pris de nous vendre deux chargements de bois mouillé au lieu de deux chargements de bois sec ?

Pause.

— Non, Mr Watts, contrairement à ce que vous dites, IL NE BRÛLE PAS, pas même dans une cheminée qui tire. Il me semble que vos bûches ralentissent la propagation des flammes. En fait, elles sont tellement résistantes à toute combustion qu'elles devraient servir à la fabrication de meubles bon marché ou de vêtements de nuit pour enfants.

Pause.

— Mr Watts, je vous le dis tout net. Il y a quelque chose d'insupportable dans ma grange. Vous savez ce que c'est ? Moi, je sais. C'est VOTRE BOIS. Vous comprenez ? Donc, à moins que ne retiriez cette cochonnerie pour la remplacer par du bois de chauffage de bonne qualité, je me verrai dans l'obligation de m'adresser à un autre…

Pause plus longue.

Difficile de menacer le marchand de bois ou d'annuler son chèque. On est dans un patelin de campagne, pas dans une banlieue élégante de Londres. Et mon mari a toutes les chances de se retrouver assis à côté de Colin Watts au prochain banquet de la moisson. Ralph a fini par acheter plusieurs stères de bois de chauffage et a accepté de garder le mauvais. Une bonne affaire. Pour Colin Watts.

Voyant l'intérêt de Ralph pour son âtre, Richard vient se camper dos au feu dans une position seigneuriale, comme pour mettre en valeur sa cheminée aux proportions majestueuses. Pour le moment, nous sommes les seuls invités. Et si tous ces canapés succulents étaient uniquement pour nous ?

À présent Richard et Ralph devisent aimablement. Leur conversation porte sur le pétrole brut. L'un parle des prix par thermie, l'autre de la fermeture inattendue d'un pipeline entre la Biélorussie et Moscou. D'un ennui ! Qui se préoccupe de l'approvisionnement en pétrole de l'Allemagne, je vous le demande.

Pendant ce temps, Cath me teste avec habileté comme seules les femmes savent le faire. Un passage en revue de mes références : les écoles de mes enfants quand nous habitions Londres, notre quartier, le côté du square privé sur lequel était la maison, le numéro exact de Colville Crescent.

Comme nous le savons toutes les deux, ces questions et leurs réponses sont destinées à identifier rapidement mon statut social, à déterminer si ma compagnie vaut la peine ou non d'être cultivée. De là notre relation mondaine évoluera ou non en amitié. Je la laisse donc faire sa petite enquête. Et quand elle m'assure que mon carnet d'adresses mérite d'être recopié, je prends ça comme un compliment plutôt que comme une inquisition.

— Vous chassez à tir ? demande Richard à Ralph.

Ils viennent d'interrompre leur discussion sur le gaz et les raffineries, sujets auxquels Cath et moi sommes totalement imperméables.

Ralph frissonne comme un setter irlandais à l'arrêt. Il adore la chasse à tir. Et la question semble sous-entendre que de beaux jours de battue dans les collines et les bruyères s'annoncent à l'horizon, par la grâce de Richard Cobb, Esq.

Les hommes dissertent maintenant sur les qualités des chiens d'arrêt et des rabatteurs, sur les passées du gibier, les affûts. Ralph est d'humeur très joyeuse. Cath et moi sommes enchantées que nos hommes s'entendent si bien. Son œil bleu dardé sur moi, elle raconte ses projets : installer son magasin des produits de la ferme dans l'ancienne grange aux dîmes et lui adjoindre un « coffee-shop » organique. Soudain Richard lâche une énormité. Un truc qui m'étonne tellement que je saute au plafond. A-t-il vraiment prononcé les mots que j'ai entendus ?

— Désolé, Richard, dit Ralph, mais je dois être sourd. Je n'ai pas bien saisi ce que vous venez de dire.

Richard lève un sourcil. Maddocks s'approche avec une bouteille de champagne glacée sur laquelle est nouée une serviette blanche empesée qui ressemble à un foulard autour du cou d'un enfant angineux.

— Pas de problème, Ralph ! Moi seul ici j'ai le droit de le dire ! Eh, Cath, j'ai l'impression que nos amis me croient anti… Quelqu'un veut encore du champagne ?

Et il fait signe au majordome de remplir les flûtes de cristal.

Cath a un sourire en coin et me fait un clin d'œil comme si nous étions dans le même bateau. Nous sommes au beau milieu d'un rite d'initiation, j'en suis sûre et certaine. Et je m'empêche de regarder Ralph. Ou de lui envoyer des signaux en sémaphore. Je dois la jouer fine. Cath et Richard sont les nouveaux souverains de Honeyborne, bien plus riches que les anciens monarques, les Bryanston. L'argent est LA valeur absolue. Ce n'est ni le sang bleu, ni les quartiers de noblesse qui comptent dorénavant, ce sont les milliards.

D'après ces critères, nous, les Fleming, nous nous trouvons sur la marche la plus basse de l'escabeau. D'abord, nous venons d'arriver dans la région. Ensuite, on ne chasse pas à courre. Et puis nous n'avons ni héliport, ni magasin des produits de la ferme, ni chasse, ni piscine chauffée, ni troupe d'opéra installée à demeure pendant les mois d'été, ni milliers d'hectares de terre de première qualité, ni quatre enfants, ni propriétés à l'étranger. Nous n'avons même pas de maison à Londres.

Les Cobb, eux, sont au sommet de l'échelle.

Après avoir provoqué le silence, c'est Richard qui le rompt :

— Sans moi et les autres Youpies-la-joie, sans nous qui insufflons de l'énergie et de l'argent dans les comtés anglais, permettons aux terrains de sports communaux de continuer à vivre, achetons des vieilles baraques croulantes aux nobliaux fauchés, le paysage de ce pays serait encore plus défiguré par les supermarchés et les lotissements bas de gamme qu'il ne l'est actuellement.

Pour dissiper la gêne ambiante, je force le trait :

— Quel jeu de mots rigolo, dis-je, sans oser demander qui sont les autres Youpies-la-joie.

Je suis jalouse de ne pas l'avoir trouvé !

Et je songe que le paysage démographique anglais était réellement différent dix ans auparavant. Avant l'ère des bonus colossaux, private equity, hedge funds et tutti quanti. Assise dans le somptueux salon des Cobb, j'ai l'impression qu'un tsunami d'argent, dont l'origine se trouve dans les dollars de Wall Street, se propage en livres sterling sur la City avec des remous qui partent de l'ouest de Londres pour se déployer dans le Berkshire, Wiltshire, Gloucestershire et Oxfordshire, et déferle maintenant sur l'ouest de l'Angleterre pour arroser le Dorset, le Somerset et le Devon d'une vague d'or.

Richard nous annonce maintenant qu'il est « auto-sémite », voulant nous faire croire par cette plaisanterie qu'il est plus juif qu'il ne l'est en réalité. Ses origines juives, il les tient de la mère de son père et non de la mère de sa mère.

— Et mon père, qui s'appelle aussi Richard, a fait une énorme fortune dans le gravier. Difficile de le croire, n'est-ce pas ? dit-il en jetant un regard autour de lui.

Le salon, décoré dans un style très fleuri à la Nicky Haslam, décorateur incontesté des célébrités, a été entièrement refait récemment pour une somme que j'évalue à vue de nez à quarante mille livres. Il y a des bouquets partout, un papier peint de Suzy Hoodless plein de coquelicots, de papillons et de colibris sur les murs, et une belle collection de peintures de l'école de St Ives subtilement éclairées.

Je lui fais mes yeux de chiot fidèle, expression que j'ai perfectionnée dans les salons de Notting Hill, à l'époque où je cherchais à obtenir du boulot auprès des éditeurs des journaux à succès.

— Pour résumer, je suis un juif lituanien de la troisième génération et un plouc de la deuxième.

Je n'y tiens plus :

— Dites-moi, est-ce à cause de cette récente pluie d'argent que vous et votre père vous vous appelez Richard ? Une sorte de prénom prédestiné ?

Ralph lève les yeux au ciel et laisse échapper un

grognement horrifié. Mais Richard, sans se démonter, répond :

— Non, absolument pas. Mais ne vous inquiétez pas, Mimi ! C'est une question qu'on lui a souvent posée. Notamment ses petits-enfants.

Heureusement les autres invités font leur entrée en rangs serrés. À croire qu'ils étaient collés tous ensemble contre la porte à écouter ! Il y a le révérend Simon WyldboreSmith, Henry et Biddy Pike, Ned et Lulu Bryanston, Serena, la fille Cobb, toute mince et bronzée, et son cavalier qui n'est autre que Jesse Marlon, fils et héritier de Ned. Ces deux jeunes gens se ressemblent : mêmes cheveux sombres et épais, mêmes traits, mêmes longues jambes élégantes, même assurance nonchalante. Je remarque que Ralph prononce Jesse Marlin. C'est bien lui de confondre le nom de Marlon avec un poisson ! Mais je n'ai pas l'occasion de le prendre à part pour le lui signaler. Et de toute façon je lui en veux encore de la manière dont il a réagi quand j'ai questionné Richard sur la raison de son prénom. Quel lâcheur !

— Qui veut boire quoi ? s'écrie Cath au-dessus la mêlée.

— Quelque chose de pas trop fort, dit Henry Pike. Vous avez du vin rouge ?

Pendant ce temps, sa femme annonce fièrement à Lulu que Jiggy et Frisky viennent d'avoir une portée de chiots.

— Mais je croyais qu'ils étaient mère et fils, objecte Lulu. Et « Au Trot » de hennir :

— Oui, n'est-ce pas délicieux ?

Les derniers arrivés sont un jeune couple charmant dont je ne saisis pas le nom. Lui : associé à un grand cabinet d'avocats de la City et futur député du parti conservateur. Elle : enceinte jusqu'aux yeux et rayonnante, avec certainement une dot conséquente. Quand ils apparaissent à la porte, symboles de séduction et de jeunesse absolues, Henry Pike lance un « *Raus !* » tonitruant avec un accent teuton à couper au couteau. Biddy, très occupée à parler du dernier Camp de Poneys avec deux douzaines d'ados qu'elle a dirigé, ne bouge pas une oreille.

Étant donné les révélations de Richard, ce rugissement d'*Obersturmführer* ne manque pas de nous alarmer. Ralph et moi regardons le maître de maison avec appréhension, mais ce dernier est justement en train d'accueillir les nouveaux venus qui s'appellent… Rous, Jeremy et Suki Rous. J'en conclus que le rugissement germanique d'Henry Pike fait partie des plaisanteries habituelles du gratin de Honeyborne. Une bonne grosse blague qu'un jour j'apprécierai peut-être autant que mes voisins.

Et puis, c'est la surprise.

Les amis venus pour le week-end chez les Cobb. Mathieu et Virginie Lacoste. Nous tombons dans les bras des uns des autres en feignant d'être ravis, en même temps qu'une petite voix me murmure dans un franglais inimitable : « Oh, oh, voilà les *troooobles* qui commencent. »

Nous passons dans la salle à manger médiévale aux

murs couverts de boiseries. Un autre feu crépitant réchauffe la biosphère.

Je demande à Ralph, qui est plus fasciné par les maisons que par les gens, si les boiseries sont anciennes.

— Non, dit-il après un coup d'œil sur les petits blasons peints qui forment une frise le long des panneaux. C'est victorien.

Richard place les invités avec aisance. Je suis à sa droite avec, à ma gauche, le révérend. Je commence à beurrer un petit morceau de pain aux céréales et j'attaque sec :

— Comme je suis contente d'être à côté de vous, mon père ! Il faut que je vous parle de l'emplacement que j'ai repéré dans votre cimetière. Je pense à un caveau de famille.

En fait, nous n'avons pas encore déplié nos serviettes que j'ai déjà sommeil. Cath apparaît avec ce que je prends d'abord pour une grande citrouille de la même couleur que son tablier Williams-Sonoma. Quand elle la pose au milieu de la table, je vois les mots PARMIGIANO-REGGIANO gravés dans la cire et la mention MAGGIORE 97. Et pendant qu'elle retire le couvercle de ce qui tient lieu de soupière, je me dis que ce fromage est plus vieux que ma fille Posy. Une colonne de vapeur s'élève, annonciatrice d'un mets délicieux, cuisiné par le chef en résidence de Court Place.

— Cuisine familiale ce soir, annonce Cath, plongeant une louche dans les profondeurs crémeuses du fromage évidé pour en sortir de généreuses cuillerées qu'elle dépose dans nos assiettes en porcelaine bleue et blanche.

Elle ajoute :

— J'espère que tout le monde aime le risotto. Pas d'allergies ? Le repas ne comporte ni noix, ni froment, ni poisson, mais il y a un peu de crème dans ce plat. Et mon ingrédient secret *made in USA :* le Velveeta cheese.

Cette précision, elle la murmure à mon intention, comme si nous partagions un secret.

Tout le monde pousse des cris de joie. Ralph demande poliment à sa voisine si elle souffre d'une de ces allergies rares qui semblent être tellement à la mode.

Cath continue à nous faire les honneurs de son dîner.

— Il y a des saladiers de verdure au milieu de la table. Mais je vous préviens que je n'ai pas mis la vinaigrette à part. OK ?

La salade est un mélange de feuilles d'épinard, de moutarde des champs, de mizuma et d'herbes fraîches provenant du potager sous serre des Cobb. L'assaisonnement est à base d'huile de noix et de vinaigre de vin vieilli en fût.

— C'est vraiment fa-bu-leux d'avoir ces salades si tôt en saison grâce aux serres mais ce n'est qu'un petit avant-goût de l'été, commente notre hôtesse. Le jardin de fleurs et le potager, les parterres, le séquoia… Quelquefois j'ai l'impression que je suis mariée à un jardin plutôt qu'à Richard. Oh, je dois vous avertir, ma vinaigrette est pleine d'ail ! Comment peut-on envisager la vie sans ail ?

Ralph reste impavide tandis que le reste de l'assemblée s'enthousiasme exagérément. Cath est décidément intarissable :

— Et vous imaginez une vie sans coriandre ? Sans courgettes ? Sans poivre ? Ou même sans tomates ?

À cette idée effroyable, elle frémit. Et moi je renchéris :

— C'est vrai, la vie sans tomates est absolument inconcevable. Cath, ce risotto est ce que je préfère au monde. Dites-moi qu'il n'y a rien d'autre pour suivre.

Ça, je le dis exprès pour agacer Ralph avec lequel je suis toujours fâchée. Il déteste l'expression « pour suivre » qu'il associe à un langage de restaurant comme « le chariot du rôtisseur » ou « la farandole des desserts » utilisés sur les cartes de la plupart des « hostelleries » – encore un mot à bannir selon lui. Un jour il a pratiquement quitté un restaurant parce que le menu comportait « un carré d'agneau dans son carrosse d'herbes servi sur une écrasée de pommes grenailles nouvelles ».

J'ajoute :

— J'adore également ce bon vieux riz au lait des familles. Vous savez l'Ambrosia en boîte. Miam !

— Oh, moi aussi, s'exclame Richard. Quand j'étais pensionnaire à Harrow, je suppliais ma mère d'en mettre dans ses colis de friandises. Je me vois encore piocher à même la boîte. Le père Noël me donnait toujours un ouvre-boîtes.

— En réponse à votre question, Mimi, dit Cath en

prenant les intonations sucrées-salées d'une mama sudiste, le risotto n'est que l'entrée. Nous avons plusieurs autres plats après, et tout ce qui va avec. Maddocks, le moulin à poivre, s'il vous plaît !

Une fois les rires éteints, nous nous concentrons sur nos assiettes. J'ai peur qu'un silence s'instaure. Au dernier dîner chez les Hutton où nous étions, profitant d'un trou dans la conversation, Celia Bryanston a lâché :

— À ce qu'il paraît, Rose Musgrove a perdu tous ses charmes.

C'était si grossier et si loin de la vérité que je suis presque tombée de ma chaise. Mais les autres convives ont continué à mastiquer leur gigot comme si de rien n'était. J'en ai déduit que Celia alias « le Monstre » était coutumière de ce genre de sorties.

Ned et Lulu Bryanston échangent un regard de connivence. Il est indiscutablement séduisant dans un style James Bond. Et sa femme est attirante dans un style James Bond girl. Je remarque que Ralph a mis de côté toutes les myrtilles séchées que Cath avait saupoudrées sur la salade à la dernière minute « pour la note croquante ». Il fait la même chose chaque fois qu'il trouve des raisins secs, des grains de poivre ou des feuilles de laurier dans son assiette.

Cath et Lulu sont toutes les deux blondes. Chez la première, on voit que cette blondeur harmonieuse est l'héritage de plusieurs générations de familles dorées sur tranches des côtes Est et Ouest des États-Unis. Les cheveux de la seconde ont une élégante nuance sablée qui rappelle le pelage des lévriers persans. Tout va à

Lulu ou presque. Elle l'a prouvé en avril dernier à Courchevel. Lors d'un mémorable bain de soleil d'après ski, elle portait des boots d'Esquimau roses ornés d'inutiles pompons, un bikini en chambray, un chapeau de cow-boy et rien d'autre. J'ajoute que Lulu cultive pour rire un argot de mec : elle dit volontiers « c'est dar » ou je « surkiffe ». Une façon de montrer qu'elle est plus jeune, plus hip, et surtout mieux roulée, que la plupart des filles du Dorset. Ma seule consolation : pour elle affronter la quarantaine et la cinquantaine sera plus pénible que pour moi. Parce que sa beauté est son unique capital.

Ned lève la main pour faire taire Henry Pike qui vient d'aborder son sujet de prédilection : l'impossibilité d'avoir des relations sexuelles après le mariage. Avec les chevaux et la chasse à courre, c'est un thème qu'il aime traiter sous tous les angles, surtout si tous les gens présents connaissent déjà l'anecdote qui suit :

— Je suis dans un bar à Tokyo quand je repère une fille canon. Je traverse la pièce bondée, lui offre un verre qui me coûte les yeux de la tête. Mais quel joli petit lot ! Des longs cheveux bruns, des seins, tout ce qu'il faut. Elle dit : « Toi venir, milord ? » Eh oui, j'y vais. On quitte la boîte, on fait des kilomètres dans les faubourgs de Tokyo pour arriver dans sa piaule. Et on se met à la manœuvre. Et, c'est vraiment spectaculaire. Jamais eu de baise comme ça. Complètement vibrant !

Arrivé à ce point du récit, Henry ouvre des parenthèses afin de donner un maximum de détails, comme s'il était encore dans la piaule japonaise avec la fille. Ce qui accroît le suspense. Puis il reprend :

— Finalement elle se lève. Quand elle demande « Toi, boire bière ? », une petite sonnette d'alarme résonne dans ma tête, faible, lointaine, mais quand même. Je me dis : « Bière ? *Bière ?* » C'est le moment où l'audience commence à beugler en chœur « Bière ? *Bière* ? » tout en essuyant des larmes de rire. Mais je réponds : « Bien sûr. » La fille ouvre un minifrigo, prend deux boîtes et revient au lit. Et qu'est-ce que je vois ? Pendant qu'elle boit sa bière, sa grosse, son énorme pomme d'Adam monte et descend, monte et descend. Je regarde ses mains. Et à moitié habillé, je me rue à la porte. Tout ce que je suis capable de me dire c'est…

Et là, Henry marque une pause pour nous permettre de bramer à l'unisson la chute de son histoire :

— J'AI BAISÉ UN MEC !

Après quoi, Henry révèle à qui veut l'entendre que, oui, elle a demandé de l'argent au début de la soirée. Que, oui, son côté face avait l'air parfaitement normal. Et que, non, il ne s'est aperçu de rien avant de voir cette foutue pomme d'Adam.

— Cath, Richard, bonsoir… Euh, Henry, tu pourrais…

C'est Ned Bryanston qui essaie de faire un speech ou, tout au moins, de porter un toast à nos hôtes. Il demande le silence, s'incline légèrement en direction des Cobb et se lance :

— J'aimerais dire quelques mots qui nous concernent tous, enfin presque tous…

Henry – ou devrais-je dire le Maître ? – est toujours en train de discourir sur l'accouplement à l'autre bout de la table.

— Le problème est que personne ne veut s'envoyer sa femme, explique-t-il.

Biddy, éclairée par la lumière des bougies, est plutôt en beauté dans son petit haut à ruchés et semble résignée à l'infidélité de son mari.

— Pas parce qu'on a assisté à la mise bas. Seigneur, sûrement pas ! Ça n'a jamais arrêté un homme ! Surtout pas un homme né dans une ferme comme moi. Non, c'est l'ennui, la pure et simple monotonie. Après quelques années de conjugo, n'importe quelle créature est bonne à sauter du moment que ce n'est pas une épouse. Franchement, je trouve même certaines de mes brebis sacrément attrayantes. Et je n'ai pas peur de le dire…

— Euh, Maître, l'interrompt Ned, essayant une fois de plus d'obtenir le silence. Bien que nous soyons comme toujours captivés par tes puissantes histoires de pulsion… euh… animale, je voudrais vous faire part à tous de…

Et Ned raconte que les membres du conseil municipal l'ont approché (à moins que ce ne soit lui qui les ait approchés, rectifient silencieusement certains invités) avec le projet d'installer une éolienne. Sur Hamble Hill.

Silence. Un silence qui s'éternise.

Les Lacoste ont l'air gênés. Maddocks débarrasse nos assiettes. Un bel homme au type italien, qui a l'air de sortir d'une pub pour Versace, apparaît coiffé d'une toque de chef et portant un plat ovale immense qu'il dépose sur une desserte. C'est la pièce de résistance, un filet de bœuf entouré de petits légumes, courgettes, poireaux et carottes miniatures et même minuscules choux-fleurs, tellement fragiles qu'il semble cruel de vouloir les manger.

— Mais c'est là que se trouve le Clump, intervient finalement Richard.

Comme nous le savons presque tous, le Clump (nom officiel : le Pen's Clump) est un cercle d'arbres perché au sommet de la colline. La légende prétend que, si on tourne dans le plus simple appareil sept fois autour du cercle à l'inverse des aiguilles d'une montre, le Diable se montrera. Ce genre d'endroit est monnaie courante dans cette partie du Wessex.

— Merci, Richard, je suis au courant, réplique Ned. Pen's Clump et Hamble Hill sont dans ma famille depuis quatre cents ans.

Jetant un coup d'œil rapide autour de la table pour voir si nous sommes impressionnés, il est récompensé par le regard ardent de Virginie Lacoste.

— Et Clench Common aussi, précise Lulu.

Information superflue vu que tout le monde sait qu'en dehors de Court Place et du domaine des Hutton, à peu près toutes les terres qui entourent Honeyborne, de Spodden's Hatch aux collines, appartiennent à Ned.

Richard poursuit :

— C'est un site protégé, non ? Comme Hamble Hill, d'ailleurs. Tu ne pourras jamais obtenir l'autorisation. Pas même toi, Ned, dit-il en regardant Lulu, comme si cette femme magnifique était un élément bien plus déterminant pour l'obtention d'un permis que le siège ancestral des Bryanston.

Ensuite, comme si aucun d'entre nous n'avait entendu parler du réchauffement climatique, Ned nous abreuve d'informations sur l'importance des énergies renouvelables et la réduction des ressources en énergies fossiles. Il nous encourage à participer à l'effort écologique et nous révèle que Jesse Marlon et son mode de vie proche de la nature l'ont grandement influencé (regard de sympathie à son fils).

— Il est de mon devoir de faire en sorte que l'énergie électrique de Godminster Hall soit exempte de pollution, prévient-il à la fin de sa tirade.

Pour conclure, il nous apprend qu'autrefois il y avait un moulin à vent sur Hamble Hill et que ses fondations sont encore visibles. Qu'est-ce qu'il croit ? Qu'une turbine à vent arrimée au sommet d'un mât de la taille de la colonne Nelson plantée au milieu d'un ravissant paysage va marquer un retour au *statu quo ante* ? À quoi Richard réplique que l'investissement sera plus élevé que le rendement et qu'en admettant que ce système d'aérogénérateur permette d'éclairer les quatorze chambres à coucher de Godminster Hall, il est sûr que l'éolienne (« je me refuse à employer le mot moulin à vent », assène-t-il) défigurera pour toujours le panorama de Hamble Hill et le cercle d'arbres de Pen's Clump. Pendant ce temps, Jesse Marlon psalmodie quelque chose comme : « L'écologie est parmi nous. L'écologie s'entend bien avec le soleil. L'écologie transforme les marées en énergie et le vent en musique douce. » Utopie ou réalité ? Je m'en moque. Mon mantra de l'instant présent, c'est : « Quelle connerie ! Juste quand je m'installe dans un des plus beaux coins de la planète, il faut que le nobliau local écoute sa conscience verte pour, d'un coup, d'un seul, esquinter mon horizon et consolider ses revenus annuels. »

Une conséquence positive, pourtant : plus la peine de me donner un mal de chien pour éblouir Lulu Bryanston dans le but d'être invitée à participer au Festival littéraire qu'ils organisent. De toute façon, l'énumération de mes hauts faits journalistiques dans les quotidiens nationaux la laisse de marbre.

— Ah bon ? Je devrais avoir entendu parler de vous ? dit-elle, exactement comme sa vieille chouette de belle-mère l'autre jour dans le Magasin.

Et quand je lui précise que mes chroniques concernaient surtout l'art de vivre, elle me balance en haussant les épaules :

— Trop FUTILE pour moi. Il n'y a que la LITTÉRATURE qui m'intéresse. Des auteurs comme Zadie Smith ou cette romancière formidable, vous savez, plus JEUNE que vous, qui écrit sur l'abomination d'être mère. Euh…

— Rachel Cusk ?

— Oui, c'est ça ! *Elle* est brillante !

Sur cette amabilité, elle se tourne vers Richard qui apparemment lit tout ce qui sort, pour entamer une conversation sur le dernier Philip Roth. Et j'entends :

— Tu sais comment je sais qu'un bouquin est bon ? Mes bouts de sein deviennent durs.

Malgré tout, j'ai envie d'en savoir plus sur le couple

Bryanston. Sur le sujet, le révérend Wyldbore-Smith se montre étonnamment expansif. Il laisse échapper que la fortune familiale s'est évaporée, que l'argent frais manque et que le Festival littéraire est un gouffre. Apparemment Lulu veut envoyer les jumeaux en pension à Marlborough, à cause du polo bien sûr, mais aussi pour les relations qu'ils peuvent s'y faire. Kate Middleton y a été élève, l'une des filles de Fergie aussi. Entre autres. Il paraît que Ned (que je trouve très séduisant avec ses yeux rieurs, ses cheveux bruns épais et ses larges épaules) s'est montré aussi prodigue avec son héritage qu'il est maintenant frugal vis-à-vis de la planète.

Quant à Lulu, d'après Rose cette fois, elle n'a rien avalé de consistant depuis des années et pratique le yoga avec un gourou. Elle a un jour confessé dans le plus grand secret qu'elle ne buvait jamais d'alcool. Une révélation courageuse compte tenu du fait qu'à Honeyborne l'aveu d'une complète sobriété déchaîne à peu près autant d'enthousiasme qu'un début d'épidémie du virus Ebola.

— Avec Celia sous le même toit, la vie est un peu difficile pour Lulu, confesse le révérend en avalant une gorgée d'eau en manière de solidarité. Elle a des circonstances atténuantes. Essayons de ne pas la juger trop durement.

La juger sur quoi ? ai-je envie de demander. Malheureusement une nouvelle intervention de Ned sur cette affaire d'éolienne m'empêche de poser la question.

Petit divertissement imaginaire. Si je devais me

retrouver dans un lit avec un de ces messieurs ici présents qui ne soit pas mon mari, lequel choisirais-je ? Au début de la soirée, j'aurais dit sans hésitation et dans cet ordre. 1. Ned Bryanston, 44 ans. 2. Jesse Marlon, 22 ans. (Ou peut-être dans l'ordre opposé, je ne veux pas chicaner). 3. Le Maître, même s'il est minable et parle des femmes en termes vétérinaires. À ce stade du dîner, je rajouterais Richard dans le peloton de tête – et pourtant il y a deux heures je lui trouvais autant de charme qu'à un maquereau albanais. Il vient de me confier qu'il est ravi que nous soyons à Honeyborne car nous apportons au village le petit côté excentrique de Notting Hill. Même si aujourd'hui ce n'est plus vrai et que Notting Hill est aussi excentrique qu'une tarte à la mélasse, ça me fait plaisir. Et j'apprécie aussi la façon dont il s'oppose à Ned.

J'aime également quand Jesse Marlon dit d'un ton solennel :

— Le changement climatique est là. Nous en portons tous la responsabilité.

Tous les convives regardent fixement leur assiette, sauf les Bryanston, bien sûr. Bien que, toujours d'après Rose, Jesse Marlon préfère vivre dans une cabane en saule plutôt que dans la demeure de la famille, il soutient son père et ses projets.

— Une éolienne installée sur Hamble Hill va réduire la consommation d'électricité traditionnelle à Godminster Hill de 70 %. Mais, plus important encore, en tant que manifeste en faveur de l'environnement, elle nous rappellera que chacun de nous peut agir.

L'énergie éolienne est pure, libre et ne provoque ni émission de dioxide de carbone, ni gâchis nucléaire.

— Mais je croyais que ça ne marchait pas, intervient Richard. Je croyais que c'était même un des rares sujets sur lesquels les Allemands et les Danois étaient d'accord.

C'est sans compter avec Jesse Marlon qui a le mors aux dents :

— Mon père, propriétaire terrien et employeur dans cette région, se sent particulièrement concerné. Les éoliennes sont, comme vous le savez, le symbole de notre époque. Nous allons en voir plus et plus. Je finirai en disant que je suis à quatre cents pour cent derrière les projets de mon père.

— Merci, Jesse, dit Ned. J'ajouterai, pour ma part, que le rapport que nous ont remis les consultants est tout à fait positif. Nous devrions commencer l'installation en mars. Ce sera certainement un combat difficile mais dans notre famille – et il désigne son fils et non sa femme Lulu – la lutte pour l'énergie de demain nous passionne.

Lorsque la haute bourgeoisie se rend compte qu'elle est au centre d'une ère exceptionnelle pour laquelle elle prend fait et cause, cela prouve que nous sommes peut-être à l'aube d'un nouveau Siècle des Lumières. Mais pour égayer une soirée ce n'est pas terrible.

Nous digérons la nouvelle avec le risotto et le filet de bœuf. J'ai affreusement sommeil et étouffe une série de bâillements. Il faut absolument que j'aille me coucher.

— Ned, Jesse Marlon, encore une minute !

C'est Richard plus prompt à réagir que n'importe qui d'autre. Je comprends comment il a fait fortune dans la City. Avec un petit frisson d'anticipation, je décèle pour la première fois le côté retors derrière la façade affable.

— Le vent est une bonne façon de s'en mettre plein les poches sans lever le petit doigt, grâce aux subsides fournis par les contribuables, merci beaucoup. Dis-moi, Ned, on prétend que les éoliennes sont libres, pures, etc., mais elles coûtent un œil à ériger et sont subventionnées par les compagnies d'électricité légalement obligées de faire appel aux énergies renouvelables pour une petite partie de ce qu'elles produisent. Alors, laisse-moi douter de ton intérêt pour la puissance du vent. Par contre, tu vas faire des sacrées économies. Combien ? Oh, je dirais dans les 15 000 livres par an, non ? Voilà qui, si je ne m'abuse, devrait couvrir les frais de deux trimestres à Marlborough pour les jumeaux.

Ralph me lance un regard scandalisé. Un regard qui dit « Jésus à bicyclette, Mimi, je sais que tu adores les drames. Mais pourquoi me traînes-tu dans ce genre de trucs ? Je serais parfaitement heureux à la maison avec des haricots sur toast. »

Après la sortie de Richard, Ned remplit à ras bord son verre de Château Talbot – un vin choisi par Cath qui se sent « l'âme vinicole » depuis qu'ils sont propriétaires d'un vignoble dans le Bordelais. Maddocks se tord les mains d'impuissance. Lulu avale une gorgée de Perrier. Henry et Biddy Pike affichent l'air détaché des gens dont les chiens viennent de faire leurs besoins sur la pelouse de Hyde Park. Cath triture sa serviette sans regarder ses invités. Descendant de son cou, une onde de rougeur marbre son décolleté. Le jeune couple délicieux sourit gentiment, trop absorbé par son propre conte de fées pour remarquer que l'ambiance a changé. Le révérend fait entendre une sorte de léger bourdonnement comme pour prévenir d'éventuelles vociférations. Et Virginie Lacoste ? Cheveux blonds de soie coupés au carré sur ses minces épaules, elle porte une blouse bouffante Chloé et une jupe de marin à boutons dorés qui accentue la minceur de sa taille. Et je sais, pour les avoir remarquées au début de la soirée avec un certain dépit, que ses jambes sensationnelles sont gainées de blanc. Jesse Marlon l'observe du coin de l'œil quand elle renverse la tête pour rire en dévoilant l'arc parfait de ses dents de nacre. Il est évident que le pauvre garçon n'a jamais vu de créature aussi sexy. Sauf peut-être Lulu, quand elle se baladait à Godminster Hall seulement vêtue d'escarpins vertigineux à semelles rouges Christian Louboutin, de culottes de cycliste et d'un top à bretelles en dentelle.

S'apercevant que je la regarde, Virginie me fait une moue accompagnée d'un petit haussement d'épaules qui signifie « Et voilà, encore des problèmes ! » La Française trouve incompréhensibles la passion des Anglais pour les querelles mûrement préparées, l'intensité de leurs sentiments pour leurs animaux, leurs penchants pour la nourriture de nursery et les vêtements confortables, leurs efforts résolus mais souvent voués à l'échec pour rester fidèles à leurs conjoints.

En ce qui me concerne, il y a un aspect positif dans

cette histoire : Virginie va sans doute réfléchir à deux fois avant d'acheter une propriété à la campagne. Ce qui vient de se passer devrait la dissuader de s'installer dans mon secteur. Je croyais que mon mail l'avait déjà découragée. Pas du tout. Mathieu et elle passent la nuit de dimanche soir chez les Cobb afin d'être les premiers à visiter, et peut-être à acheter, le domaine de Sir Michael Hutton situé entre Honeyborne et Larcombe Ducis.

Perspective à laquelle je préfère ne pas penser.

Ayant fini de rédiger un chèque, Richard le tend à Ned avec un sourire carnassier :

— Tiens ! Je pense que ça doit couvrir la somme.
Cath se penche pour déchiffrer le montant.

— Pas la peine de s'inquiéter, me confie-t-elle un peu plus tard. C'est un gros chèque mais, pour Richard, c'est peanuts. Et, en hôtesse parfaite, elle embraye :

— Qui veut une boisson chaude ? Nous avons de la tisane, du thé ordinaire en sachet ou du lapsang.

Et moi de commenter :

— Autrement dit une ronflette raffinée pour homos, un jus costaud pour travailleurs de force, un Chine chic pour membres de la gentry.

— Je prendrai l'homo, dit Virginie en m'adressant un clin d'œil. *Geenger* et *limon* si possible.

— Pour moi, forcément le thé des travailleurs de force, dis-je.

— Eh bien, puisqu'il semble qu'à chaque boisson correspond un personnage, donnez-moi donc le Chine fumé, déclare Ralph.

Rose

Bien sûr, l'endroit est bondé. Les gens font la queue pour entrer. On se croirait chez Harrod's au début des soldes de janvier devant le rayon porcelaines. À l'intérieur, ils ont même envahi les travées des côtés.

Dans le hall du mémorial, règne comme toujours une ambiance bon enfant. Les habitants de la région aiment bien leur salle municipale avec son rideau de scène prévu pour les spectacles d'amateurs, son petit bar et les massacres accrochés aux murs au-dessus de leurs plaques commémoratives – *Tué à Cloutsham, 1927, Tué à Spodden's Hatch, 1949*, etc. – correspondantes. Au fond, deux portes en bois, assez grandes pour laisser passer une charrette à foin, laissent admirer les collines, les vallées et les ondées de notre beau Dorset. Quand elles sont ouvertes. Aujourd'hui, elles sont fermées. Et pour cause. Nous sommes en février, le vent est glacial. Un temps qui fait larmoyer, gercer les lèvres et pincer les narines.

Je suis assise à côté de Mimi. Nous surveillons la porte pour voir qui sont les nouveaux arrivants et où ils vont s'asseoir. Mimi, qui d'habitude pète le feu, est pâle et fatiguée, pauvre choute.

Elle me dit en suçant une menthe :

— Pourvu qu'ils laissent une fenêtre ouverte, j'étouffe.

Et ça non plus ce n'est pas son genre. D'habitude elle se plaint d'avoir froid.

Comme de bien entendu, Henry et Biddy Pike sont au premier rang ainsi que Martin Thomas, le piqueux. Depuis leur arrestation, ils partagent la vedette avec Ned Bryanston, ou plutôt Dick la Turbine comme tout le village l'appelle désormais. Derrière eux, les Hitchens qui ont fermé boutique pour l'occasion, le docteur Ashburton, Garry et Debbie du pub et Gwenda la Terrible. Je pousse Mimi du coude pour lui signaler l'allure raide de Gwenda. Son maintien reflète son statut de cavalière émérite et membre actif de l'équipage de chasse à courre.

Derrière eux, des tas de types dans la même tenue ou presque : casquettes plates en tweed, chemises à carreaux, chandails en V bordeaux ou vert mousse, cravates de chasse ornées de têtes de chiens ou de cerfs sur fond vert foncé. J'aperçois Sir Michael Hutton. Il a l'expression (« Dieu du ciel, mais où allons-nous ? ») qu'on voit souvent sur le visage des vieux aristos du terroir.

Petites parenthèses pour situer le personnage. Quand Sir Michael fait allusion à la Guerre, il ne veut pas dire la Grande Guerre ou la Seconde Guerre mondiale. Il se réfère à la Guerre civile. Un jour j'ai fait l'erreur de lui demander combien d'hectares il possédait. Il a grondé :

— Soyez plus précise, chère petite ! Des hectares de toits ou des hectares de terre ?

Et il m'a expliqué que si je regardais Hutton je verrais une forêt de cheminées sur les toits en question.

— Mais toutes ne fonctionnent pas, vous savez.

— Elles sont bouchées ?

— Pas du tout. Au dix-septième siècle les cheminées étaient un symbole de richesse. Si une maison comportait de nombreuses cheminées, cela sous-entendait un grand nombre de foyers, de bonnes et de petits valets pour s'occuper des feux, les nettoyer et les ramoner.

Il vient de soulever sa casquette à l'intention de Gwenda. Celle-ci lui lance un regard qui semble dire « Pas le temps pour les civilités ! Aujourd'hui, c'est ma vie entière de propriétaire d'écuries qui est en jeu ».

Les chaises craquent sous les postérieurs sanglés de tweed. Certains arborent avec nonchalance une minerve qui suggère une ou plusieurs chutes de cheval. Les vieillards ont des doigts noueux, déformés par les longues nuits de mars à garder les moutons dans les collines éventées. Au moins deux arborent des chapeaux de chasse d'autrefois. Les plus âgés tripotent leur sonotone avec la crainte évidente de ne pas pouvoir entendre un mot dans le brouhaha ambiant.

Les femmes sont en grosses vestes, marques Barbour, Puffa ou Edinburgh Woollen Mill. Toutes, sauf Mimi enfouie dans son éternelle polaire. Et sauf Cath et Lulu tout à fait étonnantes chacune dans leur genre.

Cath est en cachemire caramel avec un petit foulard noué négligemment autour du cou, une jupe de tweed et des boots Ferragamo. Sa blondeur étincelle contre cet océan de foulards, manteaux et chapeaux vert loden.

Elle est sans Richard, probablement parti cette semaine pour New York, Dubaï ou Francfort.

Lulu est très rock and roll dans un jean moulant qu'elle porte avec ses boots d'Esquimau roses à pompons, un cardigan entrouvert sur un de ses tee-shirts vintage des années 70. Celui-là, court et serré, est à l'effigie du groupe Clash. La portion du ventre bronzé et plat qu'il dévoile rappelle que les Bryanston, soi-disant fauchés, s'arrangent toujours pour passer la fin de l'année à St Kitts dans les Caraïbes. Et que la grossesse des jumeaux, c'est de l'histoire ancienne. J'ajoute que Lulu, à l'évidence, ne se bourre pas de gâteaux pendant les fêtes.

Sur l'estrade, Ned assis à une longue table en compagnie de Harvey Jones, le président du conseil municipal, a le nez dans ses papiers. Bien qu'il essaye de paraître impliqué et réceptif aux opinions des gens, il véhicule l'arrogance de la noblesse, la supériorité de l'Anglais de la haute société qui pense qu'il n'a rien à prouver dans la mesure où ses aïeux s'en sont chargés il y a quatre siècles pour la plus grande satisfaction des monarques de l'époque.

Je murmure à l'oreille de Mimi :

— Il a beau s'enflammer pour l'avenir de l'humanité et de l'environnement, la seule chose dont il se préoccupe vraiment, c'est de sa famille.

— Tu as complètement raison, Rose.

Près de Ned a pris place un homme aux cheveux blancs et à la barbe bien taillée. Il y a un tableau à feuilles sur le côté que nous regardons avec méfiance.

Il se pourrait bien qu'on ait à avaler toutes sortes de données et de diagrammes.

Mimi me souffle d'un ton boudeur :

— Eh ! Vise un peu le tee-shirt de Lulu. J'avais le même il y a vingt ans et pour elle c'est une fringue rétro. Ce que je me sens vieille ! Je parie qu'elle ne sait même pas qui est le groupe Clash alors que je les ai vus sur scène plein de fois. Bon, d'accord, une seule fois. Elle l'a probablement trouvé chez Rellik, la boutique d'occasion de Golborne Road, pour soixante livres.

Pendant qu'elle me parle, je crois voir Jesse Marlon s'encadrer dans la porte en face de nous. Impression fugitive. Et fausse. Le garçon avec la veste de cuir, le jean et la cigarette n'est autre que Colin Watts. Mais c'est fou ce que ces deux-là se ressemblent : même taille, mêmes cheveux sombres, mêmes sourcils épais.

— Ne regarde pas mais c'est lui, dit Mimi en tournant la tête. C'est drôle, je ne l'ai jamais remarqué. Et maintenant il surgit partout et tout le temps. Un vrai spam ! On va avoir besoin d'un bloqueur de pop-up pour s'en débarrasser.

Et elle fait comme si elle appuyait sur la souris de son ordinateur.

— Clic ! Il a disparu ! Rose, ça va bien ?

— Hilarant !

J'ai déjà offert à Mimi une version colorée mais censurée des « intrusions » de Colin Watts. En fait, je me suis arrêtée au moment où j'allais laisser entendre que Ceci, Jesse Marlon, Pierre et moi-même avions échappé de justesse aux attaques du violeur du village.

Et j'ai également passé sous silence mon étreinte prolongée avec JM contre l'Aga.

Soudain Ruth Wingfield fonce vers nous, tout sourires. Pour sa sortie en public, elle s'est mis rouge à lèvres, poudre et parfum. Sans oublier le foulard Hermès de rigueur. C'est une jolie femme dans la petite cinquantaine, brune aux yeux bleus pétillants qu'on devait qualifier de séduisante dans sa jeunesse.

— Une petite place pour moi ?

Mimi se met aussitôt à papoter avec Ruth qui lui demande :

— Il y a longtemps que vous vivez dans cette partie du monde ?

Ruth se montre super-amicale. Moi je connais la raison de son amabilité. Habitant depuis cinq ans à Honeyborne, ce qui compte pour du beurre, elle est, elle aussi, relativement nouvelle dans la région. Puis elle pose la question fatidique :

— Vous montez ?

Mimi tressaille. Cette question appelle une réponse qui, si elle se montre honnête, ne peut être qu'un aveu choquant.

— Non, dit-elle. En tout cas pas depuis des années. Et je suis une piètre cavalière.

Trop tard pour faire machine arrière. Une expression d'horreur s'affiche sur le visage de Ruth. Si la terre se mettait à tourner en dehors de son axe, ça ne serait pas pire. Elle laisse échapper un « quoi ? » retentissant et se tourne vers moi comme pour chercher de l'aide. Comment est-ce possible ? Une femme apparemment en possession de toutes ses facultés a quitté Londres pour venir s'installer à Honeyborne avec ses trois enfants en bonne santé et elle ne monte pas ?

Mine catastrophée de Mimi. Heureusement, elle explique qu'elle tient beaucoup à ce que ses enfants montent et qu'elle est d'ailleurs en train d'organiser leurs leçons et sorties. Ruth semble se radoucir et, avec une horrible grimace (qui me permet d'admirer la rangée du bas de ses quenottes jaune maïs), elle déclare :

— En vérité, même si je ne peux pas monter en ce moment, j'ai un imbécile de cheval.

Je vis dans la région depuis assez longtemps pour deviner que lorsqu'une folle de canassons comme Ruth parle de son « imbécile de cheval », ça signifie qu'il est boiteux et hors d'usage. De la même façon qu'un héros de la guerre parle de son idiote de jambe qui en réalité a été amputée.

— Bodger est plein de pus ! Emmerdant comme tout, si vous me permettez l'expression. Le véto est venu non pas une, mais deux fois. Il a pris deux cents livres, vous imaginez ? Pour me dire d'abord que c'était un tendon alors que n'importe quel crétin pouvait voir que le boulet était brûlant et enflammé. Mais il ne m'a pas crue jusqu'à ce qu'on retire le sabot de Bodger et là… mais je ne vais pas vous décrire ça, on est presque à l'heure du déjeuner.

Je décroche pendant que Mimi brosse dans les grandes lignes les projets équestres qu'elle a pour ses enfants. Il est évident qu'une arrière-pensée trotte dans sa tête. Si elle fait amie-amie avec Ruth, c'est pour lui coller ses enfants pendant les vacances. D'une manière inexplicable Ruth paraît emballée. Et décrit avec enthousiasme leur programme quotidien à Sweetoaks Farm, l'endroit où elle vit.

— Vous pourrez les déposer à huit heures. Qu'il pleuve ou qu'il vente, je suis debout avec les poules. Faites bien attention qu'ils aient des bottes et n'oubliez pas les gilets. Ils vont être occupés, croyez-moi ! Et hop, dans les étables pour brosser les chevaux. Un test pour voir qui est fait pour quoi. Un peu de nettoyage et d'astiquage et hop, une petite collation à onze heures, avec citronnade et biscuits…

Je donne un coup de coude à Mimi pour qu'elle la fasse taire. Harvey Jones, patron de l'équipage de Larcombe et président du conseil municipal, va commencer la réunion.

J'ai un petit faible pour lui et je crois qu'il le sait.

C'est un bel homme imposant, presque sexagénaire, juge itinérant, avec des yeux sombres et des cheveux brillantinés. Il est coiffé avec une raie de côté comme les militaires d'autrefois.

Il entame son exposé d'un ton carrément ampoulé.

— Ravi de voir que vous êtes tous en possession de l'ordre du jour.

Effectivement, les feuilles que nous avons sur nos genoux concernent l'installation de l'éolienne, les différentes options offertes et le planning des dates.

— Mais d'abord un mot sur l'arrestation. Comme nous pouvons en juger par leur présence ici même, le Maître et Martin Thomas ont été relâchés sous caution. Mais je tiens à prévenir l'assemblée et les représentants de la presse ici présents que le cas reste néanmoins *sub judice.*

Il lâche ces deux derniers mots comme s'il pouvait tenir le meeting tout entier en latin s'il le décidait et lance un regard sévère à l'envoyé du *West Dorset Free Press*.

— Cela étant dit, il est temps d'aborder la question qui nous réunit ce matin, car nous avons tous des obligations et des animaux dont il faut s'occuper. Ned Bryanston et Ian Smith de South-West Wind – consultants en énergie – ont accepté de nous donner un peu de leur temps pour nous expliquer le processus. Je déclare donc ce plénum – je présume que c'est le mot juste – ouvert.

Pendant qu'il parle, je le dévisage en songeant que, contrairement à Pierre, il est la virilité incarnée. (Oui, je sais, la comparaison est injuste.)

La porte s'ouvre à nouveau et sous les exclamations étouffées des gens assis et de ceux qui sont debout dans le fond et sur les côtés, un homme en uniforme apparaît.

— Ah, monsieur le commissaire, merci d'être venu ! dit Harvey qui a pris soin de bien détacher le titre de l'officier de police pour marquer le coup.

Il s'adresse ensuite à l'océan de gens en vert loden qui chuchotent sur leurs chaises branlantes. La tension est montée de plusieurs crans :

— Nous avons parmi nous un représentant de la police du West Dorset. Merci de vous être déplacé, Jim. Je ne vous garderai pas plus qu'il n'est nécessaire.

Quand la salle commence à applaudir et à frapper des pieds, Harvey Jones lève la main et dit :

— Messieurs et mesdames, je vous invite à garder votre calme. Avant d'aller plus loin, j'aimerais vous faire part d'une information. Comme vous le savez, Henry Pike et Martin Thomas ont été arrêtés chez eux la semaine dernière, sous l'inculpation d'infraction à l'acte premier du règlement de la chasse. La police a eu en sa possession des preuves de cette infraction. Sous la forme d'une vidéo.

Frémissement dans les rangs.

— Un peu de silence, je vous prie. J'en ai presque terminé. Ensuite le commissaire Jim Moore vous entretiendra des sujets qui vous préoccupent : la sécurité en milieu rural, le braconnage, les vols de voitures.

Là-dessus, il lève le bras tel César domptant la foule du Cirque à Rome. Quand l'auditoire se tait, il reprend :

— La vidéo a été filmée dans un pré au-dessus de Spodden's Hatch. Il est possible d'apercevoir l'éclair bleu d'une mangeoire à faisans. C'est tout ce que je suis habilité à révéler pour le moment.

Passant au dossier de l'éolienne, il nous explique les protocoles du meeting, précise la date limite d'envoi de nos lettres au conseil municipal, leur destinataire et la référence à mentionner. Puis il présente Ned qui n'a pas besoin d'être présenté.

Ce dernier se lève et prend la parole :

— J'aimerais tout d'abord vous remercier d'être venus.

Drôle de remarque, soit dit en passant. Car nous ne sommes pas là pour lui faire plaisir mais pour manifester notre inquiétude.

— Ainsi que vous le savez déjà, Godminster Hall en partenariat avec notre œuvre de bienfaisance, le Festival littéraire de Godminster, a soumis une demande d'autorisation pour l'érection d'une – je précise une seule – éolienne sur Hamble Hill.

Autour de moi, l'opposition d'une audience intransigeante se fait palpable. Je plains presque Ned. Je suis venue à la réunion avec un esprit d'ouverture, mais j'ai l'impression que nous ne sommes que deux dans ce cas.

— Elle se compose d'un mât de 44 mètres de haut et d'un rotor à trois pales d'un diamètre de 52 mètres. Sa hauteur totale étant de 70 mètres, elle peut être considérée de taille modeste, en comparaison avec d'autres modèles.

Comme gêné de raconter des mensonges, Ned toussote. Et il commet l'erreur de faire une pause. Le public en profite pour lancer des « Foutaises ! », « Conneries ! », « Mais c'est la taille de la colonne Nelson ! » et autres appréciations du même acabit.

— Oui, de taille modeste, répète-il. À une distance de quatre à cinq kilomètres, elle apparaîtra comme une caractéristique naturelle du paysage.

— Tu parles que ça va gâcher le paysage, oui ! s'excite quelqu'un.

— Le contexte de ce projet est le suivant, poursuit Ned. Godminster Hall est une grande propriété. Nous accueillons chaque année le Festival littéraire que nous avons créé, nous employons du personnel envers lequel nous avons des responsabilités. Il se trouve que nous avons également des responsabilités envers l'environnement. Nous devons penser aux intérêts de la région et à ceux de la planète.

Et il continue à vendre l'idée de l'éolienne avec force arguments écologiques, archéologiques, scientifiques, économiques et même esthétiques.

— Des experts ont identifié Hamble Hill comme l'endroit idéal pour cette structure simple et élégante. Cette éolienne va capturer le vent. Dois-je vous rappeler que les moulins à vent ont toujours fait partie du paysage du Dorset ?

Après ça, la réunion tourne au pugilat. Il y a de l'énervement dans l'air. Chacun s'acharne sur Ned. L'Association pour la protection rurale de l'Angleterre (en faveur de la sécurité des sentiers pédestres), la Société royale pour la protection des oiseaux (en faveur des oiseaux et de leurs trajectoires de vol), le groupement local de la Jurassic Coast (en faveur de l'intégrité du paysage), la société d'archéologie locale, etc., etc.

— Un tas de sottises, si vous me permettez ! s'écrie Henry Pike. Les promoteurs nous tiennent en otages et pendant ce temps ils vous offrent à vous, propriétaire terrien, une marmite d'or.

C'est l'intervention qui reçoit l'approbation la plus frénétique. Mais la démonstration la plus négative est donnée par un petit homme barbu que personne ne connaît pour la bonne raison qu'il vit sans doute à trois kilomètres. Il se présente comme un ingénieur en électricité et reconnaît avoir étudié sérieusement les caractéristiques et la productivité de la future éolienne. Ses conclusions ? L'éolienne devrait être dans l'incapacité de faire frémir la surface d'une crème renversée, et encore moins d'éclairer les nombreux bâtiments de Godminster Hall.

Pendant toute cette agitation, je garde un regard sur Lulu Bryanston. Elle se tient raide comme un piquet et fait une petite moue obstinée. Sa belle-mère n'est pas dans les parages. Dans son tee-shirt Clash, elle donne l'impression d'une petite fille prête pour le billot.

Finalement le président du conseil municipal répète les informations concernant nos lettres.

Le conseil, dit-il pour clore, prendra une décision à la fin du mois prochain.

Ce qui ajoute à la confusion.

Pour moi, cette histoire d'éolienne est un symbole. Une façon de se montrer moderne et écolo contre le courant des vieux schnocks conservateurs. Mais finalement la situation n'est pas aussi tranchée.

Rien ne l'est d'ailleurs.

Mimi

— Mam', écoute ! Arrête de grattouiller. J' te l'ai dit combien de fois ! ordonne Mirabel.

Je me dis – et pas pour la première fois – que si j'avais parlé comme ça à ma mère, elle m'aurait envoyée promener. Aujourd'hui, le contraire se produit : c'est ma fille qui m'envoie paître.

Est-ce normal ? Je me pose la question.

Casimir est plongé dans l'histoire de la vie de Freddie Flintoff, le célèbre joueur de cricket. Ce qui m'amène à la remarque suivante : alors que les autres enfants semblent toujours dévorer les auteurs classiques, la soif littéraire de mon fils unique et chéri n'est étanchée que par les biographies de sportifs et les bouquins de voitures de Jeremy Clarkson.

Posy, ma plus jeune fille, n'a jamais été saisie par cette rage d'apprendre que les autres mères découvrent avec une feinte consternation chez leurs rejetons superdoués. Elle s'est finalement décidée à mettre de côté sa collection de lingettes du monde entier (sa joie et son orgueil jusqu'à l'âge de huit ans) pour accumuler par tailles et par formes un nombre impressionnant d'articles de toilette miniatures – shampoings, lotions pour le corps, bains moussants en format voyage surtout accompagnés de mini-nécessaires à couture et bonnets de douche d'hôtels. L'ensemble de ses trésors tient dans trois boîtes à chaussures.

Ralph, dans le salon, tisonne le feu de temps à autre. Dans la pièce à vivre, je récupère les tasses et les pots de yaourt vides, les peaux de banane et les trognons de pomme en grommelant. Mirabel est assise devant le PC que j'ai retiré de sa chambre et placé de matière à ce qu'on puisse voir l'écran, suivant en cela les recommandations gouvernementales pour la sécurité des jeunes en matière d'informatique. Inutile de dire que ce transfert de quelques mètres a suscité chez ma fille quelques réflexions peu amènes du genre « Et voilà ! Ma vie est complètement gâchée ! ». Ana est au pub. Garry et Debbie l'ont prise sous leur aile avec un entrain suspect. Ils veulent peut-être me la piquer et, franchement, je ne sais toujours pas si ça m'embête ou pas.

Ce soir j'ai décidé de concocter pour Ralph un des délices de mon menu spécial « tête à tête ». Au cours de ce souper à deux, je vais lui annoncer que de cinq membres (ou sept selon Posy qui inclut Calypso et Trumpet), notre famille va passer à six.

— Ça veut dire quoi grattouiller ? dis-je, penchée au-dessus de l'épaule de Mirabel.

Elle clique dans un coin de l'écran tout en parlant dans son casque.

— C'est seulement ma mère, Spike.

Elle me lorgne avec un air mauvais et en même temps martèle un message pour le chatroom sur lequel elle est connectée, retouche une photo d'elle destinée à sa page Bebo, « google » la muraille d'Hadrien pour son exposé d'école. Spike, étant donné l'absence d'électricité, d'eau courante et bien entendu de cybercafé à Spodden's Hatch, doit se trouver chez un copain.

— Mam', franchement, faut vraiment que tu sois sur mon dos tout le temps ? Parce que là, c'est vigilance orange. Tu sais que la web cam est branchée. Alors pourquoi tu viens ? Ça se fait pas si Spike croit que t'es là quand on se parle.

Pendant que ma gracieuse Mirabel m'agonit d'amabilités, j'en profite pour regarder vite fait son écran. Le nom de son interlocuteur ? seximonkil4. Leur dialogue ? À peu près ça :

Mirabel : OMD, cé a pleurer tellement cé ennuyeux. Siiii ennuyeux ici, Londres me mank.

Seximonkil4 : supernana, sois pas triste, dac ? Je connais des gens ki veulent etramis avectoi. Si tu lé m, jarange lecou 12C4. OMD PEV ! Gaffe PEV !

Il est temps d'agir en parent responsable. Sourire aux lèvres, avec petite tape rassurante sur l'épaule de Mirabel, je me lance :

— Ma puce, j'espère que tu ne penses pas que je dépasse les bornes. Ta vie t'appartient, c'est d'accord. Mais qui est ce seximonkil4 ? Tu l'as rencontré ? Et qu'est-ce que c'est que ce langage bizarroïde ?

Casimir émet un ricanement méprisant, pouvant être interprété comme « Cette pauvre Mam' ne pige vraiment rien ».

Mirabel m'explique d'une voix de martyre que seximonkil4 est une relation du nom de Char rencontrée sur le Web. Oui, le langage utilisé est de l'anglais. Non, elle aimerait mieux que je ne reste pas près d'elle.

Je file dans la cuisine téléphoner à Rose pour pleurnicher dans son oreille :

— Non contente de tapisser sa page d'accueil de portraits d'elle plutôt aguichants, Mirabel a téléchargé une photo où elle ne porte qu'un pantalon et des oreilles de bunny. Toutes les webcams du pays peuvent la voir. Je lui ai demandé pourquoi elle n'avait pas mis une photo de moi, de son père ou même de Calypso. Tu sais ce qu'elle m'a répondu ? Que dans son existence Facebook, on n'était pas très important. C'est normal, tu crois ? Ensuite je l'ai mise en garde contre tous les pervers et pédophiles de la planète. Mais elle a continué à dialoguer avec seximonkil4 en soupirant et en me disant que je n'y connaissais rien et que je devais « relax un max ».

— Je compatis, dit Rose que j'entends siroter son apéro du soir. Mais on ne peut rien faire, si ?

— Je ne sais pas. Au fait, il y a un lien sur la page de Mirabel qui renvoie à Ceci et qui dit : « Ceci est ma meilleure amie. Nous avons eu des relations lesbiennes six fois. » Tu crois qu'on doit s'inquiéter ? À son âge, ma mère m'habillait en robe Laura Ashley, je dévorais des histoires de ballets allongée sur mon lit et je mourais d'envie d'avoir un bébé labrador. Dis-moi, saurais-tu par hasard la signification de OMD et PEV ?

— « Oh mon Dieu ! » et « Parents en vue ! »

Mon dîner est vraiment bon : poisson et tourte aux épinards. Nous en sommes maintenant au camembert. Je n'ai bu qu'un verre de rouge, peut-être un verre et demi à tout casser. De toute façon je trouve que le vin rouge a un drôle de goût. Métallique et vinaigré. Ralph est superbe, l'œil bleu vif et le visage bronzé par sa promenade dominicale sur Hamble Hill. C'est fou ce qu'il est séduisant mon mari ! Tout d'un coup il se saisit subrepticement d'un numéro de la revue *Angler* qu'il a apportée dans la cuisine. Au cas où il y aurait un trou dans la conversation ? C'est le moment de lui annoncer. Avant qu'il ne soit trop absorbé par des vieilles photos sépia de carpes ou par un article sur le matériel de pêche. Je ne veux pas aborder le sujet au lit. L'air pur du Dorset agissant comme un tranquillisant, quand nous montons dans notre chambre, nous sommes complètement lessivés.

— Chéri, tu sais que je me sens plus fatiguée que d'habitude, dis-je sur le ton de la conversation.

— Pour quelqu'un qui ne travaille pas, c'est vrai que tu es toujours fatiguée. Tu dois être malade. Tu devrais voir un médecin.

Un peu blessée et surprise, je réplique :

— C'est drôle parce que justement j'ai consulté un médecin.

Et là, je vois une lueur alarmée dans son regard. Il est en alerte rouge, en état de panique intégrale. Il jette un coup d'œil autour de la pièce comme si des hommes munis de filets et de pistolets paralysants allaient surgir pour le kidnapper.

— J'ai vu Ashburton il y a deux jours.

— Et alors ?

Une ombre passe sur son visage, tel un nuage traversant le reflet du soleil. Mon estomac se tord d'inquiétude. Généralement mon mari est plus enjoué.

Il me dévisage comme s'il ne m'avait jamais vue, comme si je ne lui avais pas donné trois superbes enfants, comme si je ne lui avais jamais préparé de dîner ou lavé ses chaussettes, comme si j'étais pour lui une inconnue et une parfaite étrangère dans ma propre cuisine.

C'est plus difficile à sortir que je ne croyais. Maintenant j'ai peur de sa réaction. Ça ne marche pas comme prévu.

— Je suis enceinte. Ashburton a fait un test.

Silence.

Je me penche hors de sa ligne de mire, feignant d'attraper quelque chose dans le four. Puis je claque la porte de l'Aga comme si nous étions au milieu d'un dîner normal, au milieu d'une conversation banalement conjugale et je lui fais face. Pendant une seconde je joue avec l'envie d'adopter l'expression évanescente de la femme enceinte. Mais je change d'avis en voyant son visage.

Il s'assied à la table de la cuisine. Le vaisselier rempli de porcelaines bleues et blanches dépareillées fait toile de fond. Calypso somnole dans son panier, l'horloge fait entendre son tic-tac, le vent bat contre les fenêtres. Le feu crépite dans la pièce voisine où tous nos meubles de Colville Crescent ont trouvé facilement leur place – les tapisseries que Ralph aime tant, les canapés George Smith, le tabouret qui comporte la devise des Fleming, « *Dominus providebit* », dont la traduction du latin donne « Le Seigneur pourvoira ».

La mine sombre, il plonge ses yeux dans les miens.

— Il est de moi, Imogen ?

Sa question me glace. Comment peut-il demander ça ?

Ralph ne m'appelle jamais Imogen. Sauf s'il estime que j'ai fait une bêtise. Il m'a appelée Imogen, bien sûr, pendant la nuit de Guy Fawkes, quand il m'a révélé qu'il était au courant de mon aventure avec Si. Que la maîtresse d'école de Posy attendait un enfant de ce même homme avec lequel je l'avais trompé. Qu'il avait vendu notre maison de Notting Hill à mon amie Clare. Et que nous allions déménager dans le Dorset. Ce que nous avons fait il y a dix-huit mois.

Bref, on peut dire que Ralph choisit toujours son moment pour m'appeler Imogen, qui est mon nom de baptême mais que personne n'utilise jamais à moins d'être vraiment, vraiment en colère.

Ralph murmure mais trop tard :

— Oh, Mimi darling ! Excuse-moi ! Je ne sais pas pourquoi j'ai dit ça.

— Et tu crois qu'il est de qui ?

Je m'entends hurler ma rage. Si fort que Posy et Cas me crient de la boucler. Au même moment Ralph furibard m'intime l'ordre de me taire.

— Silence ! Tu veux que nos enfants entendent ?

Je ne peux pas croire que Ralph déterre cette vieille histoire de coucherie avec Si et me la flanque à la figure. Et qu'il ait le culot de me demander si cet enfant est bien le sien !

Je ne peux tout de même pas lui rétorquer qu'il n'y a personne à mettre dans un lit à des lieues à la ronde. Mis à part Henry Pike qui a sauté tout ce qui bougeait dans le West Dorset de l'âge de seize à soixante ans et qui s'en vante. Mis à part Jesse Marlon Bryanston, Ned et, maintenant que j'y pense, ce Harvey Jones, le président du conseil municipal (on ne dira jamais assez le pouvoir d'attraction qu'ont les hommes de pouvoir), assez séduisant dans le genre basset. Non, il est évidemment impossible de faire part à Ralph de mes vagues fantasmes. Surtout qu'il me regarde avec l'expression du condamné faisant face au peloton d'exécution.

Il passe une tête dans la pièce à vivre pour voir si tout va bien côté enfants, revient vers moi et respire un grand coup :

— Écoute, Mimi darling.

S'ensuit un énorme soupir. À croire que ce qu'il va me sortir risque de lui faire plus de peine qu'à moi.

— J'aimerais que ma position soit parfaitement claire, poursuit-il, comme s'il s'adressait à un tribunal et non pas à sa femme. Tu connais mon opinion sur le sujet et elle n'a jamais varié d'un iota depuis la naissance de Posy. Je ne veux pas de quatrième enfant. Tu as déjà du mal, me semble-t-il, à t'en tirer avec trois. Trois enfants, ce n'est pas assez à ton avis ? Quel est le problème ?

Il a l'air implorant mais mon cœur est trop triste pour répondre.

— Je n'en ai jamais voulu d'autres et, désolé, mon amour, je n'en veux toujours pas. Je croyais que tu prenais la pilule. Que s'est-il passé ? Tu as arrêté de la prendre ? Peu importe d'ailleurs, puisque tu es enceinte. J'imagine que tu t'es permis d'oublier la pilule et que tu me présentes maintenant ta grossesse comme un fait accompli.

Quand je veux protester, il lève la main. Une façon de me dire qu'il n'a ni le temps ni l'envie d'écouter mes excuses pathétiques. Pourtant, la pilule je l'ai prise tous les jours mais, c'est vrai, pas toujours à la même heure.

C'est une stupidité, d'accord ! Mais je pensais que, passé la première explosion de colère, Ralph encaisserait, se redresserait, me serrerait contre lui et dirait : « Pauvre Mimi darling, arrête de pleurer bêtement. Quoi que tu décides de faire, je suis avec toi. Malgré mes refus répétés de te faire un autre bébé pour toutes les raisons que tu connais, je serais très honoré si tu voulais bien porter un autre enfant de moi. »

Je me suis trompée. Sur les grandes largeurs. Il n'est pas concerné et ne veut pas l'être. Point final. Si nous vivions à l'époque de la préhistoire, il me laisserait dans une caverne mettre bas toute seule sur une pile de peaux de bêtes et partirait très loin à la chasse au bison ! C'est vrai que nous ne sommes plus très jeunes. Vrai aussi que Posy aura neuf ans à la naissance du bébé et que les autres, bon… il n'y a pas pire mélange qu'un nouveau-né et des adolescents. Vrai que l'argent rentre moins depuis que j'ai arrêté de travailler. Mais quand même ! Notre couple est fort – peut-être pas d'une solidité à toute épreuve, mais nous sommes dans la bonne moyenne. Et, dans un pays béni des dieux, nous disposons d'une maison avec cinq chambres…

Ralph interrompt mes divagations

— Inutile que la situation s'éternise, ça rendrait les choses plus compliquées. Tu es enceinte de combien ?

— Six semaines, je pense.

— Mimi darling, pour ton bien, plus vite tu… t'arranges, mieux ça sera et nous pourrons… oublier.

J'ai échappé à « et nous pourrons passer à autre chose ». Ralph a hésité avant de choisir entre deux formules celle qui était la plus acceptable. Puis il se propose de débourser une somme de manière à ce que l'intervention ait lieu dans une clinique privée. Et je suis catastrophée car, sachant à quel point Ralph déteste dépenser de l'argent, je vois que son offre est affreusement sérieuse. Il ne veut pas que notre enfant naisse. Bien sûr qu'il n'allait pas danser la gigue, mais de là à se montrer aussi obstiné.

Nauséeuse, je vais dans la pièce à vivre pour trouver mes trois enfants sur le canapé qui regardent *La Marche de l'empereur*. Ils sont fascinés. Sur l'écran, chaque papa pingouin serré en cercle par moins 80° pendant deux mois abrite son précieux œuf entre ses pieds jusqu'au retour des mamans pingouins lancées à travers les larges étendues gelées. Quand ils rendent l'œuf aux mamans pingouins, il arrive que l'œuf roule sur la glace, se fende et que le futur bébé meure dans l'instant, solidifié par le froid.

Je leur demande de se pousser et nous voilà assis tous les quatre avec Calypso allongée sur nos pieds. Les larmes coulent sur nos joues. Sur les miennes en particulier. Même Casimir pleure. Pourtant Casimir en a vu bien d'autres sur Internet. Des trucs d'une violence incroyable. Et je sais par Rose que tous les gosses ont regardé une séquence inqualifiable sur YouTube avant qu'elle ne soit retirée de la circulation. Une histoire de poing absolument révoltante. Mais, comme le dit Rose, rien ne semble les déranger.

C'est faux. Les pingouins les font craquer. Vraiment.

— Mam', éteins, a supplié Cas la première fois qu'on a regardé le film. C'est trop… bouleversant !

Et maintenant nous sommes côte à côte en train de sangloter.

Plus tard allongée sans pouvoir dormir à côté d'un Ralph plongé dans le sommeil, je passe en revue les « plus » et les « moins » de ma vie future.

La liste des « moins » est plus longue que mon bras.

Si je refuse de « m'arranger », Ralph sera hors de lui et me fera une vie atroce pendant les neuf prochains mois et même jusqu'à la fin de mes jours. En plus les enfants vont être révulsés par le fait évident que leur père et moi avons encore des relations sexuelles à nos âges canoniques.

Je serai une vieille mère épuisée, hagarde, aux traits tirés. Au marché, avec le bébé dans sa poussette, les gens me prendront pour la nounou. Ce sera le retour des couches, du tas de sable, de la pâte à modeler. Je passerai mes week-ends à pousser mon petit sur une balançoire pendant que les trois autres iront dans des raves et prendront de l'E. On me comparera, et pas dans le bon sens, à Sophie Wessex, la femme du prince Edward.

On ne pourra plus partir nulle part, on sera tout le temps épuisé par le manque de sommeil, on devra acheter une Renault Espace, un modèle pas cher sur eBay. D'ailleurs il faudra racheter tout le matériel. On aura des disputes mahousses au sujet du prénom du bébé (moi, j'aime les noms victoriens comme Tansy et Violet alors que Ralph préfère les noms à la Nancy Mitford comme Daphne ou Pamela). Nous aurons près de soixante balais quand l'enfant sera en âge d'aller à l'université. Ralph ne pourra pas prendre sa retraite s'il veut que son enfant bénéficie de l'existence choyée à laquelle les enfants sont habitués de nos jours.

Et puis… que se passera-t-il si l'enfant n'est pas bien ?

La liste des « plus » comprend deux bonnes raisons. Si j'ai le bébé, je pourrai arborer cette expression de fierté procréatrice que j'ai souvent remarquée sur de nombreuses femmes multipares. Eh oui, dans une vie quelconque, j'aurai au moins réussi l'exploit d'enrichir de quatre âmes un monde dérisoire, en surchauffe et surpopulation. Notre carte de Noël annuelle ne comprendra pas seulement nos cinq noms mais six – et même sept en comptant Calypso –, ce qui marquera une nette amélioration, sans pourtant arriver au nombre record de huit – dont six enfants – en vigueur dans bien des familles de Notting Hill.

Pas très convaincante comme raison ? La seconde l'est plus.

Il est évident que ce bébé sera adoré par nous tous, et spécialement par Ralph qui aime passionnément tous les enfants à sa manière réservée d'Anglais bien élevé.

Accroître notre famille augmentera le niveau net de l'amour dans le monde. Et l'amour n'est-il pas la chose la plus importante ? La seule et l'unique chose. Ce qui emporte le monde. « *All we need is love* », comme dit la chanson.

Mais Ralph n'est pas sensible à ces arguments. Sur cette question, il se montre pragmatique, et moi romantique. Je touche son épaule. Finalement il ne dort pas. Les mains sur les miennes il dit :

— Mimi darling, s'il te plaît, n'essaie pas de me faire changer d'avis. Si je ne suis pas intransigeant, je deviendrai sentimental. Alors tâche de me pardonner et de me comprendre. Mais je ne changerai pas d'opinion.

Sur ces mots il se tourne vers le mur.

Impossible de fermer l'œil. Comme Ralph dort d'un sommeil injuste, je descends m'asseoir près du feu et trouver une consolation dans le catalogue de produits pratiques pour la maison Lakeland Plastics. En tournant les pages, je m'aperçois que j'ai non seulement besoin de deux ou trois objets, mais de tout. Entre autres, de film étirable dans une boîte anti-bactéries, de sachets antimites pour les placards, d'une passoire à asperges.

Le feu s'est réduit à un tas de braises qui me tiennent compagnie. Je suis toujours plongée dans le catalogue qui me paraît être le garant d'une vie confortable, organisée et choyée dans une cuisine impeccable et bien équipée. Je m'imagine préparant une sauce dans un récipient calorifuge, avec, noué autour de la taille, un des agaçants tabliers qui proclame « *Danger ! Hommes au fourneau !* ». Je me vois ranger le poisson pané des enfants, les mains protégées par mes gants spécial-congélateur tandis que Posy s'amuse avec son nécessaire à tricoter Binky Bunny.

Grâce à ce catalogue j'ai l'impression de plonger dans un monde sans danger où chaque chose est à sa place et où les situations conjugales compliquées n'existent pas. Je me cramponne à lui comme si j'allais y trouver la solution à mon dilemme.

Calypso émet à l'occasion un petit jappement ou un ronflement : elle rêve sûrement qu'elle poursuit un lapin. Mes deux plus jeunes enfants dorment au premier tandis que Mirabel est réfugiée dans le grenier où elle peut texter à ses amis en toute tranquillité et écouter sa musique.

Le spectacle de Calypso à mes pieds me rappelle un épisode horrible. Quand je l'ai emmenée chez le véto se faire stériliser. Je me souviens qu'elle gémissait en refusant de quitter la salle d'attente – à croire qu'elle savait ce qui l'attendait. Le véto avait dû la traîner de force dans son cabinet. Puis il l'avait endormie avant de procéder à l'acte chirurgical sacrificiel. Le but de l'opération était de lui retirer « une sacrée portée de chiots », selon ses termes abominables.

Je me sentais l'âme d'une meurtrière. Les enfants pleuraient à chaudes larmes. Ralph aussi, en me faisant porter toute la responsabilité.

Il faut dire que, dans la famille de mon mari, on envoie les enfants en pension dès qu'ils sont sevrés, mais en revanche les chiens ont le droit de grimper sur les canapés et de dormir sur le lit de leurs maîtres.

Je me souviens comme Calypso a geint et tremblé pendant des heures après la visite chez le véto. Et comme j'essayais de me justifier devant ma famille :

— Mais vous savez très bien qu'un chiot devient très vite un chien. Et qui doit s'en occuper ? Moi. Comme toujours.

Et maintenant je dois me tenir le même raisonnement. À savoir : ce n'est pas un bébé que je vais avoir, c'est un adulte, un être humain à aimer et chérir, à nourrir, habiller, élever, transporter, éduquer et probablement abriter car les jeunes d'aujourd'hui mettent du temps à voler de leurs propres ailes. Et quand cette personne adorée aura vingt, trente, quarante et même cinquante ans, cela ne fera aucune différence. Je continuerai à me faire du souci et à m'occuper de lui ou d'elle en priorité jusqu'à la fin de mes jours (c'est-à-dire pendant soixante-deux ans car j'ai promis à Posy que, quoi qu'il arrive, je vivrai jusqu'à cent ans).

Sur ces belles paroles, je monte me coucher.

Quand je me réveille, l'autre côté du lit est vide. Ralph est allé à Godminster attraper le train de huit heures six. Il entend mener sa vie normale, comme si le ciel ne lui était pas tombé sur la tête. À peu près à l'heure où le pub est plein pour l'inaltérable institution appelée « café du matin », je me précipite à La Laiterie pour tout raconter à Rose. Et pourtant Dieu sait si la seule idée d'un café me donne des haut-le-cœur. Mais je meurs d'envie de m'asseoir dans sa chaleureuse cuisine jaune, avec ses fleurs fraîches, son odeur de marmelade d'orange ou de chutney de Noël en train de cuire sur l'Aga et de grignoter une riche et délicieuse pâtisserie faite maison.

— Rose ?

Arrivant sans prévenir, je pousse la porte de derrière en verre. Bien cirées, ses bottes de cheval espagnoles à pompons sont alignées contre le mur en plâtre rose – on dirait une photo de publicité pour un bon chausseur. La porte vers l'entrée est fermée. Sur la banquette médiévale en chêne un peu branlante sont posés en pile nette le courrier et le *Guardian* du jour.

— Pierre ?

J'ai un drôle de gargouillis dans le ventre. Et le curieux pressentiment que je ne devrais pas être là. Après avoir vérifié dans le salon et la salle à manger, je me dirige vers la cuisine. Après tout c'est là que la famille vit – en tout cas Rose.

Au moment où j'arrive à la porte, j'entends du bruit dans l'entrée.

— Rose ? crie Pierre. Qu'est-ce que tu as fait du silex que j'avais laissé là ? Je t'avais dit que je voulais le garder. J'espère que tu ne l'as pas jeté.

Sa voix plaintive se transforme en lamentation.

Tout d'un coup, il prend conscience de ma présence. Je suis plantée à l'entrée de la cuisine, hypnotisée par le spectacle de Rose et Jesse Marlon.

Même si en matière de fidélité conjugale je ne suis pas irréprochable (ce que tout le monde a su dans les cinq minutes qui ont suivi mon arrivée à Honeyborne), je ne me vois pas coucher avec quelqu'un qui pourrait être mon fils.

Occupés comme ils sont, ils ne me voient pas. Et puis Rose ouvre les yeux et m'aperçoit. Avant qu'elle ne revienne sur terre, il y a dans son regard tout le désir du monde. Elle se dégage de l'étreinte de Jesse Marlon et retire ses mains posées sur les fesses minces du garçon.

— OH ! SALUT, PIERRE, dis-je à très haute voix, en faisant des mouvements de sourcils que j'espère expressifs à l'intention du couple. Tu me fais visiter ton atelier ? Un tour guidé de l'aile Est me ravirait.

Tout en parlant, je referme la porte de la cuisine derrière moi.

— Pas aujourd'hui, j'en ai peur, répond Pierre en s'approchant. Nous avons de la visite. Tu sais si Rose est dans la cuisine ?

Apparaît derrière lui une femme mince et brune, impeccablement habillée : pantalon large en tweed, chandail en shetland Fair Isle sur chemise blanche immaculée. Je me dis que c'est exactement ce que Rose mettrait si elle portait des pantalons.

Résumons. Je me trouve au beau milieu de la maison des deux amis les plus proches (pour ne pas dire les seuls) que je me suis faits en dix-huit mois de vie dans les profondeurs du West Dorset et voilà qu'entre en scène celle par qui tout est arrivé, celle qui a fait que j'ai déménagé ici, qui m'a obligée à quitter ma maison de Lonsdale Gardens, l'endroit où mes enfants sont nés, où j'ai vécu pendant quatorze années de pure félicité.

Je bredouille :

— Clare ! Quelle surprise ! Bonjour ! Qu'est-ce que tu fabriques là ?

Et je réussis même à sourire.

Rose

Pauvre, pauvre Mimi !

Quel cauchemar pour elle ! Et pour Ralph ! Les deux dernières semaines à attendre que tout cela se termine ne sont pas non plus une partie de plaisir pour lui. Je lui fais comprendre que je suis au courant, que je pense à eux. Et je le serre contre moi, ressentant pendant un instant une bouffée de compassion, un peu comme la princesse Diana avec les malades du sida.

Il me rend mon étreinte, brièvement. Visiblement il ne veut pas aborder le sujet.

— Merci, Rose. Personne n'est coupable.

D'après Mimi, s'il flippe autant, c'est à cause de son travail. Pendant que Mimi flemmarde à Home Farm, alternant sous l'influence de son système endocrinien crises de larmes et périodes d'humeur bravache, Ralph en a plus qu'assez. Assez de ne jamais voir ses enfants. Assez de ses allées et venues incessantes, des trains merdiques où les annonces au micro des contrôleurs et les iPods des voyageurs vous rendent cinglés. Assez des nuits à Londres dans les chambres d'amis de copains, des sandwichs presque sans pain de Prêt à Manger (« Pourquoi ? Le pain n'est plus à la mode ? »). Assez de rentrer à Home Farm pour entendre les jérémiades de Mimi concernant Ana.

— Ça serait la goutte d'eau qui fait déborder le vase, me confie-t-il, ne laissant aucun doute sur la signification du « Ça ».

Là-dessus il embraye sur l'inégalité entre les hommes et les femmes, se plaignant que les hommes ne sont pas gâtés par le sort, qu'ils passent leur vie dans les transports en commun et dans leur bureau et qu'en contrepartie, dans leurs vieux jours, ils pourraient espérer être chouchoutés par leur femme et enfin compter dans leur propre foyer. Au lieu de quoi les femmes n'en ont plus que pour leur moi profond, elles veulent « se trouver » – comme elles disent –, les hommes sont devenus le cadet de leurs soucis et plus personne n'est redevable des efforts qu'ils font pour leur famille.

J'écoute sa tirade avec surprise. Ralph grand guerrier de la bataille des sexes ? Première nouvelle. À vrai dire, la dernière fois que je l'ai entendu sur ce thème, il claironnait que faire bouillir la marmite jusqu'à ce que mort s'ensuive par un arrêt du cœur était le job normal des hommes. Cette fois on dirait qu'il tente de se convaincre lui-même, de trouver des bonnes raisons à son refus.

— Au moins les femmes ont leurs enfants et leurs copines, ajoute-t-il d'un air maussade. Alors que nous, les hommes, nous avons perdu tout ce que nous étions censés avoir.

Et moi, sans réfléchir, je lâche :

— Oh, et puis, comme le prétend le vieil adage, ce n'est jamais le bon moment pour avoir un enfant.

Ce genre de sortie n'arrange rien, bien au contraire.

— Écoute, Rose, m'explique Ralph lentement comme s'il s'adressait à un bambin de trois ans, je te suis très reconnaissant d'emmener Mimi à l'hôpital de Godminster. J'y serais bien allé moi-même. Malheureusement les Ukrainiens n'ont rien trouvé de mieux que de fermer leur pipeline. Cela crée une certaine agitation dans les anciennes Républiques soviétiques et je dois, justement ce jour-là, aller au ministère pour une réunion de crise. J'espère que tu ne m'en veux pas mais, si je voulais avoir une Discussion, je l'aurais avec ma femme. Le fait est que je ne veux pas avoir de Discussion, que je ne peux pas avoir de Discussion. Il n'en est pas question. Voilà qui est dit. Mais surtout ne le prends pas mal.

— Ralph, je suis désolée. Je sais, ce n'est pas mes oignons. Je veux juste vous montrer à tous les deux que je compatis. Dans cette triste situation. Et, pour changer de sujet, devine qui…

Je suis sur le point de lui raconter que, par une incroyable coïncidence, Clare, la même Clare qui a acheté sa maison de Notting Hill, s'est trouvée à Honeyborne. Et puis, je me souviens du peu d'enthousiasme que Mimi a montré. Alors je laisse tomber.

— Je pense que plus vite nous nous occuperons du problème, plus vite elle s'en remettra.

Sur ces paroles définitives Ralph met un terme à la conversation.

Dans la voiture Mimi parle comme un robinet. Les nerfs, sans doute. Pauvre choute !

Elle tient un sac sur ses genoux dans lequel elle a

certainement mis sa robe de chambre, ses pantoufles et son nécessaire de toilette. Je lui ai donné mon exemplaire du *Guardian* malgré l'article sur les *Archers* que je gardais en réserve. Nous roulons entre les haies parsemées de fleurs sauvages toutes boueuses.

— Une petite partie de moi attend ce moment avec impatience, confie Mimi, mais uniquement pour soulager tout ce remue-ménage qui est dans ma tête. Ces deux semaines… Trop nul ! Je me demande pourquoi le National Health Service a mis tant de temps.

Puis, après un long silence :

— On n'y pense jamais, bien sûr, mais il doit y avoir des quantités de couples mariés dans notre cas. Tout le monde s'imagine que la femme obtient toujours gain de cause. Sur quel motif ? Parce que, quand un couple aime sa progéniture, il est impensable d'imaginer qu'il va mettre fin à la vie d'un futur enfant. Et pourtant, ça arrive. Chaque année à des milliers de femmes. Peut-être à des dizaines de milliers. Je suis bien placée pour le savoir.

Sans répondre, je lui donne une petite tape amicale sur la jambe. Je veux lui montrer que des paroles ne pourraient qu'affaiblir le bien-fondé de ce qu'elle vient de dire.

Mimi continue son bavardage.

— En fait, l'un des deux doit gagner, et l'autre doit perdre. Généralement, la femme l'emporte, laissant l'homme en position d'affirmer « C'est la meilleure décision que nous ayons prise. Bien sûr je n'étais pas emballé à l'époque, c'est vrai, hein, chérie ? Mais quand il est arrivé, c'était impossible de ne pas l'adorer.

Maintenant, cet enfant est l'amour de ma vie ». Et l'épouse se rengorge. Forcément ! Son mari la remercie d'avoir tenu bon et rejeté la solution qu'il préconisait. Rose, dans cette bagarre, j'ai perdu.

— Mais non, Mimi ! C'est horrible, mais tu dois penser à Ralph et à votre cellule familiale.

— Si, j'ai perdu, réplique Mimi d'un air affligé. Parfois on perd. C'était mon tour de perdre.

Je comprends l'allusion mais décide de ne pas relever. Elle parle de son aventure avec ce milliardaire célibataire, un dénommé Si quelque chose. Elle a couché avec lui deux fois. Une fois au Grove, l'hôtel-club préféré des people, et l'autre fois dans l'escalier de la maison qu'il venait d'acheter dans le même square privé – une séance fracassante pendant laquelle elle s'est cassé le dos mais a pris son pied.

— Et tu sais le pire ? Les enfants. J'arrivais à tenir le coup quand j'étais avec eux. Jusqu'au jour où Casimir, qui écoutait un commentaire sur le cricket à la radio, s'est écrié : « Dommage que je n'aie pas de petit frère. Si j'en avais un, je lui apprendrais à jouer au cricket. » J'ai cru que j'allais m'évanouir et puis j'ai couru dans le garde-manger.

— Dans le garde-manger ?

— C'est là où je me réfugie pour pleurer, confesse Mimi en contemplant les champs trempés à travers le pare-brise ruisselant.

Je dépose Mimi à l'entrée, gare ma voiture. Je dois aller au marché paysan et chez le coiffeur. Ensuite je ferai un saut à *Ce Nouvel Endroit* pour acheter un gâteau à Mimi.

— Quelque chose de bien grossissant ! Une grosse part de « carrot cake » avec un glaçage à la crème. Non, deux parts ! Je n'ai rien avalé depuis minuit, alors vive la gloutonnerie. Et ça me fait quelque chose d'agréable en perspective.

Deux heures après, je retourne à l'hôpital et, traversant une multitude de couloirs en suivant une multitude de panneaux, je retrouve Mimi. Elle est pâle, assise dans un fauteuil avec son sac, entourée de femmes qui, je présume, viennent de subir la même intervention. En regagnant la voiture, je fais très attention de ne rien lui demander. Marche-t-elle avec précaution ? Non, sa démarche est normale. Et c'est elle qui commence à parler :

— C'était très rassurant. La plupart des femmes étaient accompagnées d'hommes. Pour leur soutenir le moral ou pour être sûrs qu'elles ne flanchent pas ? Je me demande.

— Excuse-moi de ne pas être venue mais tu m'avais dit…

— Mais non, Rose, ce n'est pas ce que je veux dire. Je ne m'attendais pas à ce que tu sois là. Tu en fais assez pour moi. Beaucoup de ces couples avaient déjà des enfants, ce qui d'une certaine façon m'a réconfortée. Ces femmes connaissaient l'amour maternel et pourtant elles ÉTAIENT LÀ.

Mimi réprime un petit sanglot. Je lui tapote le bras pour lui montrer que je suis consciente de son courage et que je *sais*.

— Au début c'était moche. On nous a appelées une par une. Il y avait des paperasses à remplir. Pour moi ça a pris des heures car j'étais enregistrée à Londres et pas dans le Dorset. Heureusement j'avais sur moi une lettre que le docteur Ashburton m'avait envoyée à Home Farm. Ensuite, comme les autres, j'ai enfilé une de ces liquettes à fleurs ouvertes dans le dos qui se ferment au cou et à la taille par une espèce de lien. Là-dedans, tu as l'impression d'être dans une camisole à l'asile de fou !

Elle ne reprend que lorsque nous sommes sorties du parking.

— Et là, j'ai eu l'impression que ma vie m'échappait. Tu vois le tableau ? Moi, mère mariée de trois gamins, ancienne journaliste dans de grands quotidiens, dans une chemise d'hôpital, avec des mules en papier d'hôpital, trimbalant mes vêtements et une garniture taille mammouth dans un sac en plastique marquée « Propriété du National Health Service ».

— C'est trop dur !

Mimi veut dire qu'aucune femme mariée qui aime ses enfants ne s'attend à se retrouver dans le service avortement d'un hôpital.

Bien sûr, je me garde de tout commentaire.

La circulation est difficile. Nous sommes coincées derrière un camion de blanchisserie. Ensuite nous passons sans broncher devant la boulangerie et son panneau MICHES CHAUDES qui d'habitude nous fait hurler de rire. Je demande :

— Et ensuite ? Tu as beaucoup attendu ?

— Pas trop. On m'a dirigée dans une salle où il y

avait une télé branchée et des fauteuils. Histoire de passer le temps nous avons regardé l'émission de la matinée et même les pubs.

À ce moment-là une ambulance nous dépasse. L'hôpital de Godminster avec sa maternité, ses services d'urgence, son incinérateur *in situ* voisin d'une entreprise de pompes funèbres. Il y en a pour tous les épisodes de la vie. Comme pour confirmer, deux gamines d'à peine 18 ans traversent devant nous, poussant chacune un landau, probablement en route vers la consultation postnatale. Nous les regardons passer sans un mot.

Je me dis que de nos jours, bizarrement, les femmes ont leurs enfants soit avant vingt ans soit à quarante ans. Mais est-ce le bon moment pour faire part de ma constatation à Mimi ? De toute façon elle poursuit son récit.

— Ensuite on nous a montré nos lits dans des boxes clos par des rideaux bleus qui ne fermaient pas complètement. Puis une jeune externe est venue mc poser des tas de questions. Une fille adorable. Mais elle m'a quand même demandé si j'avais des enfants et pour quelle raison j'allais subir cette intervention. Et là je me suis forcée à ne pas pleurer. C'était trop triste. Je ne savais pas quoi dire. Elle avait l'air désolée. Elle m'a demandé si je consentais à ce qu'elle m'examine sous anesthésie, dans le cadre de son stage. Elle m'a demandé ça en rougissant. J'ai dit oui en pensant que l'hôpital m'avait probablement choisie en connaissance de cause : mère de famille, issue de la bourgeoisie, venue sans accompagnateur.

— Mais non, Mimi, tu te fais des idées. Moi aussi, je t'aurais choisie.

— L'anesthésiste est arrivé en blouse verte avec un bonnet blanc. J'étais contente de le voir même si je savais que, dans les minutes qui suivraient, je serais dans les vapes, exposée, sans défense. Il était si gentil. Il m'a pris le bras en disant : « Je suis John et je vais vous endormir. » Ça fait une différence. Tout le monde nous a traitées, nous les non-mères, avec une attention que je n'aurais jàmais imaginée. Ce personnel médical était aussi prévenant que les membres d'une organisation humanitaire sur le terrain.

Nous sortons de la ville et grimpons vers Larcombe Ducis et Honeyborne. Je connais si bien cette route que je conduis en pilote automatique.

— Une infirmière m'a emmenée dans la salle d'op en chaise roulante. J'attendais avec impatience d'être anesthésiée. C'est délicieux cette impression de partir. Je comprends les drogués qui disent que le crack et l'héroïne sont tellement divins.

— Et c'est tout, jusqu'à ce que tu reviennes à toi dans la salle de réveil ?

— À peu près, oui. J'ai passé un scanner et voilà.

Mimi a une voix différente. Elle se cale contre l'appui-tête, ferme les yeux. Manifestement, elle veut clore le sujet. Mais j'ai un truc à lui dire avant de la déposer chez elle.

— Mimi ?

— Oui ? Pardon, j'étais en train de m'assoupir.

— Pas étonnant après l'anesthésie générale et ce

que tu viens d'endurer. Mais il faut quand même que je te dise…

— Quoi ? dit-elle sans me regarder.

— Clare.

— Eh bien, quoi ?

— Tu te souviens, quand elle est arrivée à La Laiterie pour me parler business ? Pour s'enquérir du potentiel commercial des petites fermes ? Et moi, je m'étais trompée. Je pensais que le rendez-vous était pour la semaine d'après.

— Bien sûr, je m'en souviens. Comment pourrais-je oublier ?

— Apparemment elle a visité Hutton, enfin la maison de l'entrée qui appartient à Sir Michael. Celle avec des grilles qui est entourée d'un jardin clos de murs. Elle revient la semaine prochaine. C'est une Française de Notting Hill qui lui en a parlé. Une fille qui a séjourné chez les Cobb.

— Oh, ce qu'elle est chiante cette Virginie ! explose Mimi. Partout où elle passe cette petite goudou fait des histoires. Je savais bien que sa présence à Court Place serait synonyme d'embrouilles. Tu sais, le soir du risotto dans la roue de parmesan, je t'en ai parlé. C'est aussi le soir où Ned nous a dévoilé son projet de turbine.

Après un moment de réflexion, elle reprend :

— Le West Dorset est trop éloigné de Londres pour que les gens viennent y passer les week-ends – et c'est ce qui fait son charme, bien sûr ! Je vois mal Gideon passer six ou sept heures en voiture, chaque semaine. Il est bien trop impatient. Non, ça ne peut pas marcher.

En plus, aucun endroit n'est assez branché ou minimal pour lui. Les plafonds sont trop bas et les murs trop vieux de trois cents ans.

Et, tout un coup, comme si une horrible pensée venait de traverser son esprit, elle éructe :

— Ils ne pensent tout de même pas déménager dans le coin et construire quelque chose, si ?

— Je ne suis pas au courant de leurs plans, dis-je, sincèrement désolée pour Mimi. Depuis Cambridge, Clare et moi on s'est à peine vues. Tu la connais bien mieux que moi. À Londres vous étiez voisines et les meilleures amies du monde.

En fait, je suis une vilaine menteuse. J'ai ma petite idée sur les raisons qui poussent Clare à vouloir s'installer à Honeyborne. Je préférerais de beaucoup qu'elle ne m'ait pas fait de confidences, qu'elle ne se soit jamais pointée chez moi.

Nous sommes dans la plus jolie partie de la route qui mène à Larcombe. La vue s'étend de part et d'autre sur des kilomètres de champs et de collines vers les landes lointaines et l'horizon pourpre. J'accélère pour ramener Mimi chez elle. Elle a besoin de se coucher, de se reposer, de récupérer.

DEUXIÈME PARTIE

Mimi

Le bruit de moteur se rapproche et l'engin apparaît : un quad avec une remorque.

— Quelle chance ! Ça va, Clive ?

Maddocks est aux commandes d'une moto quatre roues dernier cri. Sans regarder qui que ce soit ou même répondre à mon salut, il descend de son véhicule, retire une table à tréteaux pliante de la remorque, l'installe puis sort une nappe en lin d'un des deux sacs en toile L.L.Bean monogrammés. Ensuite, en moins de temps qu'il ne faut pour le dire, il couvre la table de Thermos, sandwiches, cakes aux fruits, ajoute un samovar, des serviettes, des quarts en métal et deux bouteilles de gin de prunelle fait maison.

J'ai pris mon dernier repas il y a moins de deux heures et pourtant j'ai une faim de loup. Le bon air de la campagne me fait toujours cet effet. En me frottant les mains, j'avance vers la table et annonce à la cantonade :

— Déjeuner !

À Court Place, la journée a commencé de bonne heure et en fanfare.

Dans la cuisine principale (à ne pas confondre avec la cuisine du personnel et avec l'office) les invités de la partie de chasse s'affairent à avaler un énorme petit déjeuner. Saucisses de ménage, bacon fumé, champignons des bois, toasts, café, granola avec pistaches et mûres sauvages concocté par Cath, pichets de jus d'orange fraîchement pressé et quotidiens du jour sont à la disposition des gourmands. Les conversations sur le gibier à plumes et les gibecières vont bon train.

De temps à autre un chasseur et sa femme font leur entrée. Comme je ne dors pas sur place, il m'est difficile de voir s'il s'agit d'invités à demeure ou de gens des environs. Ce qui crève les yeux en revanche, c'est la similitude de leurs harnachements. Les deux catégories portent le même uniforme : chaussettes épaisses en laine à revers montant jusqu'au genou agrémentées d'initiales, pantalon ou « plus-four » en tartan, pull sans manches sur chemise à carreaux, cravate tricotée, casquette et veste de chasse multipoches zippée, le tout dans différentes nuances de vert pâle ou de brun doux. Et je ne parle que des tenues des femmes.

Je parie que si Cordings ou Holland & Holland, les deux marques élégantes de vêtements de campagne anglaises, faisaient des culottes et des soutiens-gorge en tweed, tout le monde en achèterait.

Deux chasseurs au moins arborent une veste de chasse Bamford reconnaissable à sa doublure à carreaux et à ses luxueuses garnitures en daim. Autant porter dans le dos un grand écriteau fluorescent qui annoncerait FORTUNE RÉCENTE en lettres clignotantes. J'ai pensé en offrir une à Ralph pour Noël. Mais son prix – 1 495 livres – m'en a dissuadée. De toute façon, il ne l'aurait jamais mise. Même mort, mon cher mari ne voudrait pas être vu avec une fringue neuve sur le dos. Pour lui les seuls vêtements acceptables sont ceux qui se passent de père en fils. Il m'a d'ailleurs informée que les vrais snobs comme le duc de Beaufort chassent en jean et en polaire. En partie pour montrer que ceux qui se couvrent de tweed des pieds à la tête ne sont que des nouveaux riches et des parvenus.

Mais dans la cuisine de Court Place, où se mêlent les effluves de bacon frit, de N° 5 de Chanel, de café fraîchement moulu et de toile huilée (la matière première des Barbour), seule une infime variante sur le thème tweed est tolérée : le petit foulard en soie de la maîtresse de maison ou la veste ceinturée de Serena, sa fille. À croire que ces dames participent secrètement à un « Cherchez l'erreur » vestimentaire.

Quand j'ai demandé à Cath ce que je devais porter, elle m'a répondu :

— Oh, rien de spécial ! C'est seulement Ralph qui chasse, n'est-ce pas ? Alors des vêtements hyperdécontractés. L'important, c'est d'être bien emmitouflée. On gèlc toujours à la première battue, spécialement quand il y a encore de la rosée et que le vent souffle.

J'ai donc enfilé une cagoule violette sur un blouson en polaire bleu marine et un surpantalon imperméable sur mon jean. Avec ça, je porte des chaussures de randonnée tout-terrain. Ma tenue manque de chic. Et mon surpantalon crisse tellement quand je marche que, si je veux m'entendre parler, je dois avancer jambes écartées. D'accord, je suis loin du prix d'élégance. Mais au moins je n'aurai pas froid.

Ce matin à Home Farm, Ralph, qui graissait son

fusil – hérité de son grand-père, bien sûr – avec un chiffon, m'a jeté un regard sceptique. La pièce sentait la graisse à fusil, mais qu'importe ! Ralph est spécialement gentil avec moi en ce moment. Il me traite avec autant de précaution qu'un officier du déminage en train de désamorcer une bombe.

— Le mauvais temps n'existe pas, ai-je déclaré gaiement. Il suffit de porter des vêtements adaptés.

Sur ce, j'ai attrapé un bonnet gris à pompon appartenant à Casimir pour compléter mon accoutrement.

Évidemment, en voyant entrer Rose, je me rends compte que je n'aurais sans doute pas dû interpréter les instructions de Cath Cobb à la lettre.

— Passe-moi le beurre, s'il te plaît, aboie un chasseur à l'intention d'un autre. Et quand tu auras fini, vieille fripouille, donne-moi donc le *Daily Mail*. Je veux voir si je suis dans la rubrique mondaine de Richard Kay. On n'a pas tellement de temps avant la première battue, si ?

— Seulement si tu arrêtes de te goinfrer de marmelade, espèce de porc, répond le type. Non, mais tu es une vraie pute à média ! Au fait, je t'annonce que tu n'es pas dans la chronique de Kay mais dans celle de Hardcastle. Dis donc, Richard, puisque tu es debout, pourrais-tu me passer ma cartouchière ? Elle est sur la desserte, merci.

Ralph prétend que pendant un grand week-end à la campagne il est facile de voir qui s'est faufilé dans la chambre de qui pendant la nuit : le lendemain, au cours du petit déjeuner, les deux parties font assaut de grossièretés. Il m'a aussi raconté qu'un oncle à lui, grandement débauché mais de petite noblesse, avait l'habitude de frapper à la porte des chambres avec son érection jusqu'à ce qu'on le laisse entrer.

Forte de ces renseignements, j'observe scrupuleusement ce qui se passe dans la cuisine de Court Place et j'ouvre grandes mes oreilles.

Vêtue d'une longue jupe Ralph Lauren, de ses bottes de cheval espagnoles et d'une veste ajustée en moleskine marron avec col en velours, Rose fait son entrée dans un bruissement. Ses gants en cuir sont assortis à sa tenue. Et elle tient à la main un bonnet de cosaque en fourrure. Tout à fait le look de Lady Aline, un des personnages du fameux film d'Alan Bridges, *The Shooting Party*. C'est drôle avec Rose : plus sa vie est débraillée, plus elle s'habille convenablement.

— Bonjour, Rose !

Je lui fais un accueil d'autant plus chaleureux que la formule lapidaire de Ralph – « une nymphomane sur le retour » – semble être de notoriété publique.

Quant à Lulu Bryanston… bon, elle porte une veste Selina Blow sur un jean serré. Pour accompagner sa tenue, des bottes lacées Ilse Jacobsen dans le nouveau coloris « hot » du moment : pas rose, ni fleuri, ni même vert. Non, c'est couleur mastic. J'ai un peu honte de connaître la dernière mode en matière de bottes en caoutchouc mais c'est comme ça.

Elle, je ne la salue pas avec effusion. Vu qu'elle a dix ans de moins que moi, elle n'a pas besoin de soutien. En outre, Rose la suspecte d'avoir répandu la rumeur concernant son histoire avec Jesse Marlon. Je suis d'accord avec elle. Comment l'a-t-elle su ? Mystère. D'ailleurs, en général, comment les gens « savent » qui saute dans le lit qui ? Ça aussi c'est une énigme.

Pierre a les habits de chasse appropriés – chandail vert foncé, chemise à carreaux, veste en moleskine, tout le bataclan. Il est en train de faire un sort à la montagne de protéines qui se trouve dans son assiette. Lui et ses camarades de jeu sont de plus en plus congestionnés. C'est qu'ils ont absorbé assez de saucisses, œufs et bacon pour tenir un siège d'un an. Et qu'il y a dans la pièce assez de mouton tissé pour réchauffer le capitaine Scott et ses hommes pendant leur expédition dans l'Antarctique.

Observant mes amis Rose et Pierre et leur air satisfait d'être ensemble, je me dis qu'au fond l'histoire de Rose avec Jesse Marlon n'intéresse personne. À Londres leur aventure serait au centre de toutes les réunions des clubs de lecture, de toutes les séances de Pilates, de toutes les pauses cappuccino chez Ottolenghi. Les gens prendraient parti, recommanderaient des avocats spécialisés dans les divorces et prendraient un immense plaisir à disséquer l'affaire. Mais ici, moins on en parle et mieux ça vaut.

— La raison ? À la campagne, les gens mettent ensemble la main à la pâte, ils comptent les uns sur les autres. C'est une petite communauté solidaire, m'explique Ralph.

Il sait de quoi il parle. Sa mère a eu une longue et torride histoire de fesses avec un hobereau de province, sans que personne, pas même son mari, ne lui en tienne rigueur.

À ma grande indignation, mon mari conclut avec un regard plein de sous-entendus :

— Mieux vaut donc s'abstenir de monter sur ses grands chevaux. Au cas où la même chose vous arriverait un jour.

Le dernier à arriver est un Français pas très grand d'une cinquantaine d'années, avec une expression grivoise dans l'œil. Il est dans une symphonie de verts. Vert loden pour la veste à rabats qu'il remplit bien, vert forêt pour le chapeau dans lequel est glissée une petite plume, vert mousse pour le « plus-four » et les chaussettes hautes. Le seul élément d'une autre couleur ? Les brodequins qui chaussent ses pieds minuscules. Avec lui, une femme de son âge qui a l'air de mauvais poil et de l'âge d'être sa mère.

— Esmond ! Jacqueline ! Bienvenue ! s'écrie Richard. Vous connaissez tout le monde ?

Quand il arrive à moi, Esmond se fend d'un baisemain dans les règles absolument délicieux. Il se penche, prend ma main jusqu'à ses lèvres sans l'effleurer tout en me regardant droit dans les yeux. Que je sois emmaillotée des pieds à la tête dans une matière imperméable appelée « Thinsulate » ne semble pas le déranger. Pour lui une femme est une femme. La sienne, par contre, ne m'adresse pas un regard. Rien d'étonnant : je ne suis ni élégante, ni riche, ni dans les pages du Gotha.

En quittant la cuisine je me débrouille pour me retrouver à côté de Richard.

— Comme je vais être frigorifiée pendant les trois prochaines heures, vous me devez bien ça. Expliquez-moi qui sont ces deux personnes. Le baron est fascinant mais elle, euh…

— Lui est un « mensch », un homme de qualité. Jacqueline est très gentille, répond Richard en m'entraînant vers son bureau. Mais la chasse n'est pas son truc. D'habitude elle ne vient pas, elle reste à Paris. D'ailleurs, pour être honnête, les Anglais non plus ne sont pas sa tasse de thé.

Nous entrons dans le bureau. Tout en bavardant, Richard ferme la porte et clique sur sa souris. Son ordinateur s'allume.

Je ne peux pas m'empêcher d'espionner. Sur l'écran s'affiche le brouillon d'une lettre adressée à la Clinique psychiatrique Tavistock de Londres. Je survole le contenu en vitesse avant qu'il ne le remarque. C'est une demande d'inscription à un programme de formation en psychothérapie. Chasse à courre, chasse à tir, chasse aux problèmes ! Je peux à peine le croire.

Pendant que Richard, toujours debout, manipule son ordinateur, le reste des chasseurs se rend dans l'entrée en passant devant le bureau. Comme c'est la première fois que je me trouve dans son espace privé, je regarde les murs afin de jauger sa vraie personnalité. Il y a des photos de lui avec Branson, le patron de Virgin, dans son île privée de Necker, avec Murdoch, le patron de presse, à Hong-Kong, avec d'autres manitous mais rien qui indique son intérêt pour son propre ego ou son identité. Richard peut-il se permettre d'abandonner ce qu'il fait pour écouter les tourments des gens pendant des heures ? Improbable mais sait-on jamais.

Pour le moment il se contente de me tuyauter sur les derniers arrivants.

— Quand le baron prend la maison et la chasse chaque année pendant un week-end, je sais par les rabatteurs qu'il y a pléthore de jeunes et jolies filles mais pas l'ombre de Jacqueline, si vous voyez ce que je veux dire. Il y a un mois, j'ai donc demandé à ce vieux coquin qui il voulait amener à la chasse d'aujourd'hui. Et vous savez ce qu'il a répondu ? « Quand je paye j'invite qui je veux, mais quand je suis invité il est évident que j'amène ma femme. »

Maddocks prend position derrière la table à tréteaux et s'apprête à servir du thé ou de la soupe dans les quarts en métal. Les chasseurs se dirigent vers nous, fusils cassés. Certains tiennent les oiseaux qu'ils vont donner aux rabatteurs, d'autres allument leur cigare.

Je prends un sandwich.

— C'est le onzième, Mimi, fait remarquer Rose qui déguste à petites lampées un consommé de grouse au sherry. Doucement ! Il y a le déjeuner de chasse après. Garde de la place !

Son ton implique que ce déjeuner est un rituel, un peu comme le déjeuner de Noël. En plus elle fixe mes rondeurs que mon anorak ne camoufle pas vraiment.

Donc je me retiens et n'avale plus que du consommé et un petit paquet de chips. Les chasseurs et les rabatteurs se ruent sur la nourriture comme s'ils n'avaient rien mangé depuis des jours et descendent des pintes de bière. Après la pause de onze heures, il y a deux autres traques. C'est fou ce qu'en Angleterre l'art de vivre campagnard est organisé pour plaire à la gent masculine !

Question : qu'est-ce que les femmes sont censées faire pendant que leurs hommes tuent d'innocents oiseaux tombés du ciel ?

Réponse : monter dans les Land Rover et en descendre. C'est de loin la dépense physique la plus intense de toute la journée.

Les rabatteurs, les ramasseurs et les chargeurs sont entassés dans un grand van dans lequel des bottes de foin tiennent lieu de sièges. Avec eux les chiens, les sticks, les balises, les bottes crottées dans un joyeux foutoir. Pas un ne semble désireux de frayer avec nous. Je fais un salut à Colin Watts qui est chargeur pour se faire un peu d'argent. Lui a l'air à l'aise où qu'il soit. Mais je sens une sorte de fossé entre les autres et nous. Un peu comme dans le feuilleton *Upstairs downstairs.*

À l'arrière de la Land Rover qui cahote sur les ornières des chemins, être serrée contre les chasseurs et leurs chiens mouillés ne me gêne pas, même si un labrador particulièrement entreprenant me montre son affection quand nous dérapons sur un bas-côté. Cependant je suis perplexe. Autant que je peux en juger, cette partie de chasse couvre une surface de terrain considérable mais très peu d'activité sportive.

Nous rebondissons au coude à coude. Les fusils sont postés entre les jambes des chasseurs comme des attributs virils, le gibier abattu est à nos pieds. Tout d'un coup je lance sans réfléchir :

— À la chasse, pourquoi personne ne marche entre les traques ?

l'argenterie et les innombrables « petits coins », bref tous les endroits faits pour faciliter la vie, la rendre agréable, où tout se trouve parfaitement en ordre et le sera toujours.

Quand je fais part à Rose de mon insatisfaction, elle me reprend :

— Oui, peut-être que Cath a une demeure, mais toi tu as un foyer.

Un foyer ? Comme si ma maison croulait sous les broderies encadrées, les cache-couvercles de pots de confiture en macramé et les meubles brillants d'encaustique – ce qui, à mon grand regret, est loin de la vérité.

On m'a toujours dit de me contenter de ce que j'avais. Et je suis satisfaite. Home Farm est pleine de charme et correspond à nos moyens. Mais chaque fois que je passe un moment à Court Place ou dans un autre grand bazar, une sensation d'étouffement me prend quand je reviens à la maison et trébuche sur des bottes ou des manteaux jetés sur le sol de l'entrée. J'ai alors l'impression de vivre non pas dans une jolie ferme ancienne de ce magnifique West Dorset mais dans un vilain taudis encombré.

J'ai envie de pleurer. Et de crier : « Hé ! Attendez ! Où sont les serres, le potager, le jardin de fleurs coupées, les parterres de roses ? Il doit y avoir une erreur ! Où sont les écuries et les lads, le majordome, la gouvernante, le pavillon du gardien, la maison du garde-chasse ? Et le lac d'agrément ? Et le saut-de-loup ? Et les stalles des chevaux ? »

Bien sûr que cet état d'esprit ne dure pas ! Je me

demande quand même si je suis la seule dans mon cas ou si d'autres filles éprouvent la même chose. Si, par exemple, celles qui ont un charmant petit cottage jalousent les propriétaires d'un presbytère spacieux qui jalousent les occupantes d'un manoir du début dix-septième qui jalousent les habitantes d'une demeure Tudor qui jalousent les maîtresses d'un château élisabéthain qui jalousent les ladies d'un palais edwardien ? Et si les riches ne se soucient que des gens plus fortunés qu'eux ?

Je sais que dans le monde impitoyable du jardin et des jardiniers, la guerre sur le terrain connaît une surchauffe plus rapide que l'atmosphère, surtout depuis que les grosses huiles de la City achètent des propriétés et les transforment en somptueux parcs en l'espace de quelques mois, avec l'aide d'un bon paysagiste et sans regarder à la dépense. Et pendant que les propriétaires d'un carré de légumes rêvent d'un jardin clos, ceux qui ont un jardin clos grincent des dents quand ils apprennent qu'un autre jardin clos vient d'être redessiné par Tom Stuart-Smith, Michael Balston ou un autre as de la profession, et ainsi de suite, *ad infinitum*.

La vérité est que quelqu'un a toujours davantage et mieux que le voisin. C'est ce qui pousse les gens à vouloir plus. C'est l'action de gagner de l'argent plus que l'argent lui-même qui crée la dépendance. Pour cette raison, les milliardaires n'arrêtent de faire de l'argent que lorsqu'ils trépassent d'une crise cardiaque dans leur jet privé alors qu'ils sont en route pour inspecter le sous-marin attaché à leur nouveau super-yacht.

— Par ici, tout le monde, s'il vous plaît ! s'écrie Cath dont la silhouette mince se dessine dans l'encadrement de la porte du salon. Déjeuner dans un petit moment ! Servez-vous à boire et venez vous réchauffer devant le feu.

Du champagne, du vin, des alcools divers, du ginger ale, des citrons et un grand seau à glace nous attendent dans l'entrée. Inondés par cette sensation de bien-être qui ne peut provenir que d'une matinée passée au grand air, nous nous affalons dans les immenses canapés avec nos verres.

Je commence à bavarder avec Andrew Lewis, ancien patron de quotidien et fine gâchette. Cath se pose en face du coquin français dans un grand fauteuil dont la taille fait paraître la sienne encore plus svelte, tandis que la vilaine Jacqueline boit un sherry tout en se laissant distraire – un peu seulement – par Ralph.

Rester debout dans le froid à côté d'un chasseur est épuisant. Je suis contente d'être confortablement installée, ravie d'avoir à nouveau un échange de conversation. Je demande à Andrew Lewis, assis dans le canapé à côté de moi, ses longues jambes gainées de chaussettes bordeaux étendues devant lui, de me parler de la chasse. Un sujet qui ne prête pas à conséquence.

Petite précision sur le code du savoir-vivre : dans un salon anglais, on ne parle pas des gens, on mentionne encore moins leurs noms et on ne dit du mal de personne. Car à la minute où l'on profère un commentaire désobligeant sur quelqu'un, un nez se lève et on entend :

— Vous parlez d'Ed Blankety-Blank ? C'est trop

drôle ! Figurez-vous qu'il a épousé une de mes cousines.

Quand j'ai demandé à Ralph pourquoi ce genre d'incident se produisait aussi sûrement que deux et deux font quatre, il m'a répondu :

— Espèce de paysanne irlandaise ! Tu ne sais donc pas qu'ici les aristos ont tous des liens de parenté. D'ailleurs, quand la reine écrit à un membre de la noblesse, elle commence sa missive par « Cher Cousin ».

Ce renseignement m'a laissée bouche bée.

Je demande donc à Andrew Lewis :

— Expliquez-moi le véritable sens de la chasse.

— Si vous n'avez pas saisi, je vais avoir du mal à vous le faire comprendre. Bien sûr, je pourrais vous sortir un exposé sur l'économie rurale et les activités de terrain qui rapportent plusieurs milliards de livres, particulièrement aux régions touchées par la crise. Mais je m'abstiendrai. Parce que, en vérité, ce n'est absolument pas le problème.

Et il prend une gorgée de son premier verre de la matinée. J'insiste :

— Mais alors, qu'est-ce que c'est ? Est-ce pour satisfaire le côté macho des hommes pendant une saison de vingt et un jours qu'on entretient les champs et les bois, qu'on paye à l'année des gardes-chasses et leurs aides, qu'on élève et lâche dans la nature 100 000 faisans et 60 000 perdreaux ?

— La seule raison à la chasse, c'est le plaisir de chasser, réplique Andrew Lewis.

L'arrivée de Maddocks interrompt notre conversation. Il fait un signe de tête à notre châtelaine qui annonce en se levant vivement :

— Déjeuner ! Je vous préviens que c'est un *buffay* !

Le déjeuner a lieu dans la salle à manger cubique dont les murs sont couverts de boiseries. Je m'assieds entre un dénommé Max quelque chose, financier de son état, et Andrew. Dommage que je ne sois pas à côté du baron français. À peine assise, je dois me relever pour me servir. Sur la desserte nous attend un filet de bœuf en croûte au foie gras accompagné d'une julienne de petits légumes de saison, de purée de céleri, d'épinards au beurre et de carottes saupoudrées de grains de cumin. Assez pour sustenter une armée en campagne.

Je fais du charme à Andrew tout en gardant un œil sur Rose qui fait du charme au baron et à Ralph. Pierre, qui se tient résolument debout avec son assiette en attendant de faire un sort au festin, bavarde avec Richard qui, en hôte accompli, est le dernier de la file. Il pose des questions à Pierre sur son travail du moment comme si ça le passionnait vraiment.

Quand je dis « faire du charme », c'est un grand mot. À vrai dire, l'ancien patron de presse semble plus intéressé par mon voisin de gauche, Max quelque chose, un magnat de la finance affublé d'une toute petite taille. Un ploutocrate de poche avec des mains dodues et des cheveux frisés dont la boîte de gestion de fonds administre plusieurs milliards et dont les intérêts lui rapportent plusieurs centaines de millions.

J'observe avec attention. Alors qu'il est évident que les infirmières et maîtres d'école méritent leurs salaires, personne à ce jour n'a été en mesure d'expliquer pourquoi les financiers sont payés des millions par an rien que pour manipuler l'argent des autres et pourquoi ils gagnent mille fois plus que les infirmières. Ce n'est pas en rencontrant ces financiers en chair et en os que le mystère s'éclaircit.

Andrew Lewis s'adresse à l'atroce petit Crésus :

— Si vous me permettez un avis, Max, je crois que vous avez acheté ce groupe de presse beaucoup trop cher. Au moins cent fois trop.

Devant ce crime de lèse-majesté, le visage de Max prend la couleur d'une betterave cuite. Il attrape la carafe de vin qui trône sur la nappe immaculée et se verse un verre à ras bord, comme si ce geste allait l'empêcher d'étrangler Andrew de ses propres mains. Du vin coule sur la nappe. Je suis horrifiée, contrairement aux deux hommes qui n'ont rien remarqué. Et qui, de toute façon, s'en moquent. La nappe est tachée ? Pas besoin d'en faire une histoire. Quelqu'un s'occupera de la nettoyer moyennant finances.

J'ai un pressentiment. Un événement désagréable va se produire. Bien que limitée, mon expérience de journaliste m'a appris que, s'il y a quelque chose que les financiers de la City détestent et trouvent intolérable, c'est d'être remis en question ou critiqués par un membre de cette corporation d'illettrés et d'ignorants qu'est la presse.

— Andrew, en tant qu'ancien patron d'un quotidien national, je respecte votre point de vue sur de nombreux sujets, répond sèchement Max, mais sachez que le business n'en fait pas partie.

Andrew essaye de le titiller en décrivant la manière dont les gens se moquent de sa transaction, lâchant pour finir :

— J'ai l'impression vous vous êtes fait avoir dans les grandes largeurs.

Si ce n'est pas une déclaration de guerre, ça y ressemble. Pendant une seconde je pense que Max va demander à Andrew de quitter la table. Au lieu de quoi il éclate de rire. J'en profite pour placer un mot :

— Je me demande pourquoi Richard vous a invités tous les deux. Vous ne faites que parler d'argent. Heureusement pour vous que je ne suis pas journaliste dans les pages business du *Sunday Times* et que je ne comprends pas un mot de ce que vous racontez.

Pendant ma sortie, les deux hommes enfournent le contenu de leur assiette.

Je poursuis sur ma lancée :

— Je ne comprends pas plus pourquoi la loi interdit de chasser les animaux sauvages alors qu'on encourage l'élevage des oiseaux pour ensuite les tirer. Et je ne saisis pas davantage pourquoi le gouvernement permet la cruauté envers les animaux à l'échelle industrielle et l'escalade des prix entre fournisseurs et producteurs mais introduit dans le même temps un décret de loi visant à protéger le renard.

— Ma petite chérie, ronronne Andrew Lewis pour mon plus grand plaisir (j'adore quand les hommes, surtout les importants, m'appellent comme ça), la chasse c'est la nouvelle ruée vers l'or. Savez-vous combien de chasses ont été créées dans les environs au cours des douze derniers mois ?

— Quatre ?

— Soixante-dix, corrige Andrew.

— Incroyable !

— Et, à votre avis, comment Davey Wood de Godminster a pu s'offrir une nouvelle Jaguar et une villa sur la Costa Brava ?

— Pas la moindre idée, dis-je.

— Parce qu'il achète tout le gibier à bas prix, l'apprête et le vend en France et en Belgique où on le transforme en terrine pour des gens comme le baron et Jacqueline. Il y a tellement de faisans abattus que les gardes-chasses n'ont pas le temps de les enterrer.

Une abominable image se forme devant mes yeux : des multitudes de tombes pleines de plumes et de formes sans vie trouées de plombs.

— Quant à la raison pour laquelle je suis ici, c'est facile, n'est-ce pas, Max ? Un type est invité à la chasse pour une de ces trois raisons. Ou c'est un fusil averti. Ou il fait partie du gratin. Ou il a lui-même une chasse.

— N'importe quoi, Andrew ! Je ne fais pas partie du gratin, je ne suis pas un chasseur averti et je n'ai pas de chasse, comme vous le savez certainement.

— Oui, mais vous êtes extrêmement riche. Et vous n'ignorez pas que la chasse a aussi un côté donnant-donnant. Pour remercier celui qui vous a convié, vous lui louez une journée de chasse pour une somme de 10 000 livres. Une somme énorme pour moi, mais une broutille pour vous. Mais voilà, je suis un bon fusil et, comme vous venez de l'admettre, vous ne l'êtes pas.

Sur ces mots Andrew lève son verre de bordeaux comme s'il venait de gagner la partie.

Et le dessert arrive : des sablés maison servis avec une glace caramel - beurre salé faite maison également. À mourir de plaisir.

Ensuite tout se déroule comme prévu. En tout cas jusqu'à la dernière battue.

Pierre et Ralph sont postés côte à côte. Le baron est à côté d'eux. Mais sa femme, sur la suggestion de notre hôtesse, est allée visiter les jardins et voir le magasin des produits de la ferme afin de faire provision de fromages, saucisses et puddings de Noël à rapporter en France. Rose et moi, appuyées contre une barrière, suivons le déroulement des opérations tout en papotant. Notre sujet ? Le sexe et ses dangers. Nous discutons de la difficulté de résister à une forte attraction sexuelle et, en cas de relations clandestines, du prix à payer qui, d'une manière ou d'une autre, s'avère obligatoire. Mais, bien sûr, nous faisons très attention de ne pas évoquer ma récente incursion à l'hôpital de Godminster. Comme si les joies de l'amour et la conception étaient deux choses sans rapport aucun.

— Je pense qu'à notre âge le désir se fait rare, décrète Rose. Dans deux ans, personne ne voudra plus aller au lit avec moi. Je serai vieille, mes seins et tout le reste tomberont. Pour moi, c'est trop bête de ne pas en profiter tant qu'il est encore temps et que je ne suis pas trop moche en bikini. Du moment que je reste discrète.

— Enfin, du moment que Ceci est OK et que Pierre n'y prête pas attention. Mais s'en fiche-t-il vraiment ? Tu n'en es pas à ta première incartade, dis-je.

À ce stade de la conversation, je marque une pause par délicatesse. Je veux montrer à Rose que, bien que n'étant pas exactement une femme perdue (après tout, ne m'étant livrée que deux fois à des galipettes extra-conjugales, je me considère comme une épouse fidèle), je suis solidaire.

— C'est difficile de dire à quel point il est au courant. Pierre n'est pas très bavard et passe beaucoup de temps dans son atelier. Peut-être que, pour une fois, il travaille. Ceci ne sait rien. Enfin, j'espère. Tu crois qu'elle se doute de quelque chose ? Oh ! ce vent ! Ça nous fait prendre dix ans.

Depuis sa romance avec Jesse Marlon, Rose fait beaucoup plus attention à son apparence. Nous cessons de parler. Les oiseaux passent en vols rapides. Serena vient vers nous, très branchée malgré sa tenue de chasse traditionnelle. Sans doute à cause du vieux chapeau de cow-boy au bord orné de turquoises qu'elle a posé sur sa masse de cheveux blonds. Rose et moi nous couvrons nos oreilles chaque fois qu'une détonation retentit. Les faisans atterrissent avec un bruit sourd, les plumes brunes et veloutées volettent tranquillement vers le sol, comme après réflexion, où ils agonisent en quelques soubresauts. Pendant ce temps, les rabatteurs passent les bois au crible. On dirait les membres d'une tribu primitive. Ils émettent des bruits de tam-tam, claquent la langue, crient, frappent les arbres de leurs sticks.

— On va aux canards. Pour la passée du soir, prévient Richard. Tous à la rivière !

Et donc, une fois n'est pas coutume, voilà les

chasseurs qui marchent vers le Lar où des huttes ont été préparées sur la berge.

Je suis avec Andrew, Rose avec Ned qui râle parce qu'il a manqué beaucoup d'oiseaux. Un rabatteur compte chaque coup de fusil en actionnant un « clicker ». À la fin de la journée le nombre d'oiseaux abattus sera porté à l'actif de chaque fusil. Apparemment, le financier aux dents longues veut absolument être l'auteur du meilleur tableau.

— Écoutez, Max, ce n'est pas un concours, commente Andrew qui a remarqué que le bordeaux du déjeuner et le gin à la prunelle de onze heures ont fortement échauffé l'humeur du bonhomme. Tâchons de bien nous comporter, d'accord ? Personne n'essaye de remporter le record d'oiseaux tués. La chasse est un art subtil. D'un côté il y a l'aptitude de Richard à lâcher des bons oiseaux, de l'autre notre habilité à les tirer. Ce serait bête de croire qu'il s'agit d'une compétition. Surtout contre moi.

Richard, qui a l'œil à tout, remarque le manège et glisse un mot dans l'oreille d'un des gardes. Ce dernier prend position à côté de Max, officiellement pour être son chargeur mais plus vraisemblablement pour le surveiller. Contrairement aux autres chasseurs présents, Max n'a que l'expérience de quelques parties organisées par les associations de la City.

Quand nous prenons place, les canards s'envolent paresseusement en suivant la rivière. Personne ne tire.

Je demande à voix haute :

— Que se passe-t-il ? Où vont-ils ?

Les chasseurs sont à leur poste. Tout est calme. On

entend seulement le vent dans les branches, le bruissement des ailes et la plainte des chiens pressés de rapporter le gibier tombé.

— Nous attendons, me renseigne Andrew, un cigare fiché entre les lèvres. Quand ils reviendront, ils voleront plus haut, plus vite. Ce sera excitant, mais difficile. Notre ami Max risque de l'apprendre à ses dépens.

Son fusil est un magnifique Holland & Holland, avec un magasin gravé. Il m'a dit tout à l'heure que cette arme manufacturée en 1918 avait appartenu à son grand-père et j'ai pris un air follement intéressé.

— Holland & Holland est le meilleur armurier. Autrefois c'était Purdey. Et de nos jours beaucoup de chasseurs achètent des Beretta. Si on veut se faire un grand plaisir, le Silver Pigeon est un bon investissement.

Andrew Lewis disserte avec autorité sur les fusils à canon lisse et les carabines à deux canons basculants. Son savoir est tel que je regrette de ne pas l'avoir branché sur d'autres sujets. Quoi qu'il en soit, j'écoute, tout à fait fascinée.

Et les canards reviennent, volant haut comme promis et en formation.

Andrew penche la tête, change son cigare de côté et vise.

Bang ! Bang ! Bang ! Bang !

Les détonations se succèdent à un rythme effréné. En même temps les tireurs s'appliquent à décompter combien d'oiseaux tombent et combien de cartouches sont utilisées à chaque poste. Des exclamations s'élèvent de tous les côtés. Puis, à un moment donné, il semble que la chasse touche à sa fin. Plus un canard dans le ciel. Pour clore une journée passée à tirer, boire, conduire et attendre, le garde-chasse principal donne un coup de sifflet, long et puissant. Les fusils se taisent. Mais au moment où nous nous apprêtons à passer mentalement du massacre des oiseaux aux délices d'un five o'clock tea, il se produit un drôle de remue-ménage. Un coup de feu suivi d'un cri qui jaillit d'un taillis sur l'autre rive du Lar.

— Oh, merde de merde de merde ! s'écrie Max en retirant son énorme casque de protection acoustique. Avec ce foutu machin je n'ai pas entendu le sifflet. Bordel de merde ! Je ne savais pas que la battue était terminée.

Max, le ploutocrate de poche, est furieux d'avoir tiré sur quelqu'un. Mais – et cela mérite d'être souligné – il n'a pas l'air désolé. Devant ce spectacle lamentable, le garde qui était à ses côtés pour charger ses fusils et le conseiller sur les oiseaux à viser, enlève sa casquette et la jette par terre dans un geste de mépris.

Serena, la fille de la maison, descend gracieusement vers la rivière, trotte sur le pont chinois et se précipite vers le rabatteur étendu dans la boue qui se tient l'épaule. Tous les rabatteurs se dirigent également vers lui en abandonnant leurs tâches : ordonner aux retrievers et aux épagneuls de rapporter les canards et suspendre ces derniers par le cou à l'aide d'un cordon rouge dans le van où les attendent les faisans attachés en couples et les autres proies du jour.

Après l'avoir aidé à retirer son Barbour, Serena prend le blessé dans ses bras. Touchante vision digne d'une pietà, surtout quand les gouttes de sang commencent à tomber sur sa chemise blanche. Je m'approche à grandes enjambées. Une traînée de terre macule la joue de Colin Watts et sa casquette a valsé.

Au fond, rien de plus sexy qu'un homme qui s'est souillé dans l'exercice de ses fonctions viriles (Messieurs de la Cour, les cuisses boueuses du joueur de rugby et la transpiration du poseur de briques me troublent. Je plaide coupable). Aussi c'est avec un œil neuf que je regarde Colin Watts. Toujours à terre, il cligne des yeux. Ce qui me permet, une fois de plus, de constater cette terrible injustice : pour quelle raison les hommes, non contents d'avoir de longues jambes, ont-ils aussi des cils plus fournis et recourbés que nous ?

— Ça va, miss, lance-t-il en affichant un air de bravoure dont saint Sébastien lui-même aurait été fier. Pas de problème. Je suis seulement criblé de plombs.

Il se lève avec difficulté en retenant un gémissement quand il bouge son épaule.

— La seule chose importante, c'est d'être capable de prendre ma place de lanceur dans l'équipe de Honeyborne. Pour le reste…

De sa gibecière, un rabatteur extirpe un gros morceau de cake aux fruits enveloppé dans du papier-alu. Le paquet est encore tiède de son voisinage avec un pigeon récemment abattu et ses mains noueuses sont tachées de sang. Colin remercie d'un hochement de tête, prend le gâteau et le fourre dans sa poche.

Une minute plus tard, c'est un Richard très affligé qui apparaît :

— L'ambulance va arriver à Court Place. Tu te sens capable d'aller jusque-là en voiture, Colin ?

Et, avec une expression défaite et les yeux brillants de larmes, il ajoute :

— Je suis vraiment navré. Quand je pense que c'est aussi arrivé au cours de la dernière battue.

Ensuite il se marmonne des choses à lui-même tout en fixant le sol. Ses lèvres bougent, sa tête remue. La scène est un peu gênante. Je ne sais pas où regarder. Je déteste voir pleurer un homme. Même le genre d'homme qui, comme Richard, ne récuse pas le côté féminin de sa personnalité. Andrew amène la Land Rover avec une efficacité toute militaire. Il tire le frein à main, laisse le moteur en marche, sort de la voiture, aide Colin à s'installer sur le siège du passager, ce qui provoque un autre cri de douleur. Après quoi, Andrew marche droit sur Max et déclare tout de go :

— Vous devriez vraiment prendre des leçons de tir avant d'épauler un fusil.

Rien qu'à son ton glacé, on devine qu'il s'agit là de la pire insulte qu'un homme peut balancer à un autre.

Max émet une sorte de gargouillis rageur avant de se reprendre :

— Mais, Andrew, je n'ai fait que l'effleurer. Comme j'avais mon casque de protection acoustique sur les oreilles, je n'ai pas entendu ce foutu sifflet. Ce n'est pas de ma faute.

Comme tout le monde évite son regard, il se redresse de toute sa minuscule taille, rejette les épaules et s'en va d'un pas lourd.

— Il tire et se tire ! Quel triste sire, commente

Andrew qui enlève sa casquette pour nous saluer avant d'ouvrir la portière de sa voiture.

— Je vais avec lui, annonce Serena avec détermination.

Rose et moi échangeons un regard. Pendant un instant Richard a l'air inquiet. Il est sur le point de faire une objection (sous quel prétexte ?) et puis renonce.

Serena plonge tête la première sur la banquette arrière. Et Andrew démarre, traverse la prairie suivant les traces d'autres véhicules et débouche sur le chemin qui mène à la ferme et à Court Place.

Je songe à un détail qui m'a frappée : quand Colin a repris ses esprits après le choc, il a laissé tomber son accent péquenot habituel pour parler comme un bourgeois. Un peu comme ces femmes qui, se réveillant après une anesthésie générale, se mettent à jacasser en allemand.

— Tu crois qu'il va manger le cake ? demande Rose.

— Il va sans doute le donner à Serena, dis-je.

— Ça m'étonnerait. Tu l'as déjà vue manger des sucreries ?

— Non ! Mais visiblement elle adorerait avaler quelque chose qui vient de lui.

Rose et moi pouffons en silence.

Richard est assis complètement amorphe et fixe le courant de la rivière.

Quand nous récupérons les Land Rover pour retourner à Court Place, c'est à nouveau l'heure de se nourrir. Un quatrième repas en l'espace de six heures. On ne meurt jamais de faim un jour de chasse !

Après le thé, je prends un appel sur mon portable, ce qui est rare. D'habitude il n'y a pas de réseau. C'est ma fille aînée qui a une question urgente.

Je réponds :

— Non, Mirabel ! Ton père et moi avons assisté à une partie de chasse. Certainement pas à une rave-partie.

Ralph est sinistre. Quand je lui en demande la raison, il dit seulement :

— On ne parle pas de ces choses, Mimi. Question de décence. Surtout lorsqu'il s'agit d'un rabatteur. Toucher un rabatteur est bien pire qu'atteindre un chasseur.

Au moment où nous sommes tous rassemblés devant la maison pour faire nos adieux aux Cobb et les remercier avec effusion, le garde-chasse principal se pointe, l'air grave. Nous l'entourons, pensant avoir des nouvelles de Colin Watts dont l'état de santé est désormais au centre de nos préoccupations. Mais il sort un bout de papier de sa poche et, s'adressant à Richard, déclare :

— Voici le tableau de chasse du jour, monsieur. Deux cent quarante faisans, seize canards, huit perdreaux. Et un rabatteur, ajoute-t-il en baissant la tête.

— Ce n'est pas de votre faute, Mike, s'écrie Richard en posant sa main sur l'épaule de son garde-chasse.

— Excusez-moi, monsieur, mais si, c'est de ma faute. C'était ma responsabilité, ma chasse. Quand même, je pensais qu'en postant Jeff à côté de Mr Max…

— Colin Watts va très bien s'en tirer, répond Richard, la main fermement posée sur l'épaule du garde-chasse. Je viens de parler à ma fille. On l'a transporté aux urgences mais son état n'inspire aucune inquiétude. Et j'insiste : ce n'est pas de votre faute, vous n'y pouviez rien. C'est de la mienne.

Sur ces mots, Richard se détourne et contemple sa propriété. Son regard va des bois à la vallée en passant par le parc paysagé et survole les centaines d'hectares, la forêt, la rivière jusqu'à Hamble Hill où il reste posé pendant un moment. Puis il revient au convoi de Land Rover et autres véhicules tout-terrain parqués en pagaille sur le gravier (la Zone verte à Bagdad n'est rien comparée à ce déploiement désordonné de jeeps !) et à ses invités.

— C'est une leçon, murmure-t-il comme pour lui-même. Mais ça n'arrivera plus jamais.

Avant notre départ, Cath présente à chacun deux paires de faisans déjà plumés, parés de bacon, mis sous film plastique et prêts à cuire. Un second événement me réjouit le cœur : le baisemain appuyé du baron avec effleurement des lèvres et pression des doigts. Ses yeux plongés dans les miens, il me dit :

— Madame, j'espère vivement que nos chemins ne se croiseront plus car si cela se produisait, je ne suis pas sûr de me comporter aussi convenablement que je l'ai fait aujourd'hui.

Évidemment je fonds.

Tant pis si le coquin français sert ce compliment à toutes les filles ! Après tout, c'est exactement ce que nous rêvons toutes d'entendre.

Rose

Je me trouve dans le creux de la vallée du Lar qui abrite la communauté solidaire, le collectif écolo ou l'éco-village (appellation au choix) de Spodden's Hatch. Alors que je me fraye un chemin entre les arbres vers la maison de Jesse Marlon, je croise les résidents vaquant à leurs affaires. Ils se meuvent lentement, traînant les pieds comme si la boue des chemins était de la mélasse. Personne n'a l'air pressé.

Nous nous saluons d'un mouvement de tête. Ou nous nous disons bonjour. Je passe devant la maison ronde où La Charte est affichée. Il y a également un nouvel avis demandant à tous les résidents d'assister à une réunion supplémentaire ce soir. L'ordre du jour ? Discuter de l'achat d'une machine qui transforme les taillis en copeaux de bois en vue d'alimenter une chaudière à biomasse. Évidemment la décision en faveur de l'achat violerait la règle interdisant les engins à combustion interne en vigueur au village. On prévoit un débat au moins aussi passionné que celui qui a précédé l'invasion en Irak.

Quant à La Charte, elle est pareille. En tout cas depuis que je m'aventure dans le coin, c'est-à-dire depuis quelques semaines, elle n'a pas changé.

Surveiller la croissance du pommier Bramle
Déblayer le tas de compost près de la salle d'eau
Arranger les palissades et barrières
Remettre les mûriers dans la zone de régénération
Faucher les orties dans le verger
Faucher les fougères et les chardons
Élaguer les branches basses des pins Douglas
Ramasser les cèpes, châtaignes, noix (pour participer, les enfants doivent avoir réussi les tests « champignons » et « canifs »)
Ramasser les cendres et les disperser dans les bois
Couper les repousses des lauriers
Graisser les harnais
SARCLER !
COUPER LE BOIS ! ! !

Aujourd'hui, jour communal : tout le monde travaille pour le village. Donc pas de boulot à l'extérieur. Quand je tombe sur Sedge, un des copains de Jesse Marlon, je me garde bien de dire que Pierre et moi nous partons skier demain. Trop égoïste, pas du tout écologique, presque criminellement luxueux, ce voyage ! Mais, franchement, l'existence ici est austère. Survivre, quand il n'y a ni électricité, ni eau courante, ni petits coins, ni planchers et plafonds, ni lave-vaisselle, ni machine à laver, ni supermarché, est plus qu'un job à plein temps. On a l'impression horrible de séjourner dans un camping misérable, ce qui est la chose que je hais le plus au monde. Dans cette vallée je suis entourée de mystiques de l'environnement, de verts fanatiques et d'écologistes enragés qui partent du principe que si mettre un rouge-gorge en cage est contraire aux principes sacrés du respect de la nature, installer un sèche-linge dans une cave détruit à coup sûr l'équilibre de la planète. Bref, cette zone est tellement organique qu'elle est capable de photosynthèse.

Ses habitants ont l'air mal nourris, fatigués et frigorifiés, malgré les couches de vêtements – vestes, écharpes, gants, jambières et bonnets – qu'ils n'enlèvent qu'une fois par semaine dans la salle d'eau commune. Je précise que l'utilisation de la salle d'eau est en soi une corvée de deux heures impliquant l'utilisation d'une chaudière à bois vétuste, d'un ballon d'eau encore plus antique et d'une serviette humide, généralement boueuse et toujours trop petite. Et qu'il faut vraiment se sentir au plus bas et au plus sale pour se lancer dans une pareille entreprise.

Il y a le lopin de terre à labourer pour les légumes – blettes, brocolis, choux de Bruxelles, choux-raves –, uniquement des brassicacées à cette période de l'année. Il y a la grange à construire à partir de branches d'arbres tombées, le pressoir à cidre à nettoyer et le distillateur à vapeur à entretenir. Il y a toujours des masses de bûches à couper destinées aux habitations individuelles, à la salle d'eau ou à la cuisine ouverte à tous où une compote de pommes ou un porridge bouillonnent en permanence sur le feu. Il y a deux vaches, Lazy et Daisy, une truie, Jade, un cheval albinos au caractère ombrageux, George, et la chèvre. Il y a toujours des casseroles à laver dans l'évier en cuivre fabriqué à partir d'un vieux chauffe-eau posé sur un billot de pin avec un système d'évacuation plutôt malin. Il y a la vaisselle à essuyer et à ranger dans la cuisine en plein air où des grands plats à cuire en métal noirci sont entassés par ordre de taille sur des étagères. Il y a des repas végétariens infects à base de céréales bon marché et de légumineuses – quinoa et haricots mungo surtout – à préparer.

Ce matin en buvant mon thé de pissenlit, je demande à Jesse Marlon quels seront les autres sujets de la réunion. Voici sa réponse : « Doit-on demander aux végétaliens de traire les vaches ? Doit-on faire saillir la truie ? Doit-on exterminer les limaces ? »

Je regrette ma question. Au fond c'est avec Sophy et compagnie qu'il devrait être, plutôt qu'avec moi. Pendant qu'il parle, je pense à ce que je vais mettre dans ma valise. Un séjour au ski est une affaire sérieuse. Comment savoir ce que je dois emporter sur les cimes neigeuses de Gstaad avant de décider de mon look ? Combinaison high-tech d'adepte de snowboard ? Fuseaux vintage et large bandeau noir style alpiniste anglaise des années 30 ? Je dois décider. En pensant à mes tenues de ski et d'après-ski, la différence entre ma façon de vivre et celle des résidents de Spodden's Hatch me frappe une fois de plus. Ils passent le plus clair de leur temps sur leurs vingt hectares prêtés par les Bryanston, bêchant, semant, labourant, récoltant. Ils prennent leur dîner ensemble, à six heures et demie. Toutefois les parents nourrissent leurs enfants plus tôt s'ils le souhaitent. Jesse Marlon dit qu'ils sont toujours affamés après ces longues journées passées en plein air, sans parler des longues, interminables nuits dans l'obscurité totale de leurs huttes enfumées faites de bois, toile et paille.

Quand il fait sombre, ces baraques sont à peine éclairées par la lueur orange des ampoules basse consommation d'énergie – une par foyer. Le générateur fonctionne à l'énergie du soleil et du vent, deux éléments qui sont loin d'être garantis en plein hiver dans le fin fond d'une vallée du West Dorset.

Cet hiver, il n'arrête pas de pleuvoir. Le capteur de vent installé sur la pente de la colline à côté de la vieille potence s'est arrêté de tourner et de gémir. Et comme les panneaux solaires n'ont aucune lumière à absorber, les habitants de l'éco-village sont parfois privés d'électricité pendant plusieurs jours.

Je sais que, de l'autre côté du marais, à un jet de pierres, Sophy est dans sa petite yourte. Elle l'a construite de ses mains. Elle s'occupe de Noah, son bébé, et prépare ses onguents, baumes pour les lèvres et crèmes pour les mains à base de séneçon, primevère, patience crépue et autres plantes qu'elle ramasse, trie et fait sécher. Elle fait les conditionnements elle-même et écrit le nom de chaque produit sur les étiquettes avant de les fourguer au magasin des produits de la ferme de Cath Cobb.

Pauvre Sophy ! Pas un sou et perpétuellement débordée, surtout depuis l'arrivée surprise de bébé Noah il y a huit mois et donc douze ans après la naissance de Spike qui est à l'école avec Ceci et Mirabel.

— Un accident heureux !

Voilà le seul commentaire qu'elle a fait un jour, dans la cuisine commune.

Maintenant que j'y pense, c'est son tour de cuisiner ce soir. Au menu : soupe d'orties et ragoût de haricots mungo. Miam !

Je me pointe chez elle pour lui donner l'huile de noix qu'elle a réclamée. Bébé Noah est placidement assis sur le sol dans une combinaison ouatinée plutôt crasseuse. De temps en temps il enfonce dans son nez un débris ramassé par terre ou alors il se penche pour mordiller le pied de la table (il fait ses dents, dit sa mère).

À la table Sophy remplit des pots de graisse. Elle croit mordicus à l'efficacité de ses mixtures. Et, plus effrayant encore, elle croit que c'est à cause de sa conviction que ses potions et lotions marchent.

— Les gens qui naissent sur cette terre ont des bobos qui proviennent de cette terre et doivent être traités par des plantes issues de cette terre.

C'est ce qu'elle a affirmé un jour à des journalistes venus faire un papier sur Spodden's Hatch. Beaucoup de ces messieurs-dames de la presse se déplacent pour observer cette tribu investie dans les énergies renouvelables et les techniques non polluantes. Je suppose que l'intérêt des médias est inévitable. Comme le réchauffement de la planète menace l'importation de nourriture comme les haricots verts du Kenya et les fraises d'Espagne, notre futur gastronomique réside dans le « *made in Great Britain* ». Résultats : les suppléments du week-end regorgent de doubles pages sur les champions de la permaculture.

L'autre credo de Sophy ?

— Je crois que mes produits fonctionnent car j'ai utilisé l'énergie naturelle pour les confectionner, l'énergie pure de la guérison et non pas celle qui est souillée par les machines ou les combustibles impropres.

Apparemment, son business maison lui rapporte 20 livres par semaine. En comparaison je me sens coupable de richesse. Vingt livres ! Une misère ! À peine assez pour acheter un morceau de Cheddar, des gants de jardinage, un latte » et un scone au magasin de Court Place. Mais, en fait, une somme suffisante pour régler ses frais de location à la collectivité, payer la nourriture et l'entretien de ses deux fils pour une semaine.

Dieu merci, l'endroit où vit Jesse Marlon se situe à l'extrémité du village, sur un promontoire, le plus loin possible du lit de la rivière. C'est une habitation construite sur des pneus. Ses structures sont en mélèze et le reste en bottes de foin. Il l'a construite lui-même et en tire une immense fierté. L'intérieur est chaud et cosy avec ses murs tapissés d'épis de maïs peints en blanc, avec un sol en pin recouvert de tapis indiens. Il y a une couchette double, quelques assiettes et tasses en céramique ébréchée dans un casier. Sur un plateau tournant, du ketchup bio, de la moutarde, un pot de sucre, un bol de sel, un poivrier et d'autres bocaux de condiments un peu poisseux attestent du besoin très humain de posséder une cuisine.

Sur le plan de travail un iPod ainsi qu'un câble branché sur la prise qui relie le réseau électrique de la maison aux panneaux solaires et au capteur de vent de la colline.

Bien qu'une lumière de moitié de matinée s'infiltre par la fenêtre de la partie cuisine, je suis affalée – c'est le mot – sur une couverture de fausse fourrure devant le feu. Nue comme un ver. Je pourrais être allongée dans mon immense lit aux draps de coton égyptien, avec son couvre-lit en patchwork. Je pourrais être dans ma chambre aux murs ornés d'une collection de natures mortes de fleurs et fruits du dix-huitième hollandais, sur ma chaise longue récemment recouverte d'un lin à rayures. Je pourrais admirer les bibelots de qualité qui s'étalent sur les deux tables de nuit. Eh bien, non ! J'ai abandonné tout ce goût exquis, le confort et l'eau chaude pour cette autre, cette incomparable richesse.

Mes cheveux dénoués effleurent mes épaules et caressent mes seins. Les flammes de la cheminée nimbent mon corps d'une nuance rosée, un peu comme l'intérieur d'un de ces coquillages appelés porcelaines.

Jesse Marlon vient d'entrer. Au lieu de me rejoindre, il fait bouillir de l'eau pour le thé. Ça va mettre des siècles car il doit bourrer le poêle à bois de toutes petites bûches. Mais tout prend du temps à Spodden's Hatch. La préparation d'un repas parfois jusqu'à trois heures. Sur la partie supérieure du poêle trône la bouilloire. Cette vieille bouilloire me turlupine. Il paraît que l'aluminium a des effets néfastes sur la santé. Finalement je me dis que ce n'est pas une tasse de thé de temps à autre qui va me donner la maladie d'Alzheimer. De toute façon je suis bien trop heureuse.

Heureuse de redécouvrir les joies de l'amour et de me souvenir à quel point j'aime ça. Surtout qu'un jeune amant ardent et plein de prévenances contribue pour beaucoup à cette redécouverte – le plein de prévenances est un euphémisme que je vais utiliser quand je révélerai à Mimi l'enthousiasme délicieux de JM à me retourner le compliment oralement.

Un pagne rayé turquoise et blanc ceint ses hanches étroites. Ses pieds sont glissés dans des chaussettes afghanes dont les semelles de cuir sentent légèrement le vomi comme toutes les chaussettes afghanes à semelles de cuir.

Jesse Marlon enlève son pagne et va à la fenêtre. Il reste planté là en toute immodestie. Dehors, la chèvre, Cumberbatch (un nom choisi après des nuits de débat enfiévré, qui signifie « celle qui vit dans une vallée divisée par un cours d'eau »), bêle à plein gosier. À l'intérieur, je contemple la plastique de JM. Ses fesses ont la même forme que celles du *David* de Michel-Ange.

Juste avant d'accrocher son pagne à la manière d'un store occultant, sa superbe nudité s'encadre dans la fenêtre. Tandis que je l'admire, une pensée désagréable s'infiltre dans mon esprit. Mimi a raison. Ceci et Pierre sont au courant pour Jesse Marlon et moi. Et bien entendu les amis de Mirabel et de Ceci. Dieu sait comment ils savent. De toute façon, c'est LE sujet de conversation du village. Et sans doute des trois comtés environnants.

Hier, à l'école, Ceci et Mirabel se sont texté alors qu'elles étaient assises l'une à côté de l'autre, avec leurs portables en mode vibreur. Ça se passait pendant le TCV (total cauchemar vivant), autrement dit les deux heures de cours de maths.

Je me suis infiltrée dans la messagerie vocale de ma fille et voici ce que ça donne :

À : Miri (Mirabel Fleming, bien sûr)
Lhorreur@home. La mother avec ce nul. La tata.

À : Ceci
Tu crois ki baisent ? C 1 mec gouteux. Et ton father késkidi ? xxx

À : Miri
Il é cool. Il C pas kil fricotent. xx

À : Ceci
Ah bon ? y s'en fout ?

À : miri
Occupé 24/7. Je lé hais tous lé 2. LOL xxx

Édifiant ! Mais, au point où j'en suis, je me moque de tout.

Mimi

Mirabel et Ceci sont sur l'ordinateur. Par intermittence, ma délicieuse fille lâche « C'est trop chiant ! » ou « N'importe quoi ! », comme une vulgaire nana de Californie du Sud.

Cas vient de rentrer après s'être exercé à shooter dans un ballon autour de la maison. Dans quelques secondes je sais qu'il va laisser tomber un de ses « Je m'embête » habituels.

Posy est dehors en train de donner des carottes à son poney. Et Trumpet, tout en mâchonnant, donne des petits coups de sabot dans la barrière comme pour lui rappeler qu'il est un poney et qu'il préfère faire des trucs de poney plutôt que de rester enfermé dans le paddock.

Ralph est plongé dans la lecture des journaux, qui est l'occupation chérie de tant d'hommes pendant leurs moments en famille. L'ingestion des quotidiens et magazines est une tâche qu'il peut facilement faire durer jusqu'au dimanche soir, à moins qu'il ne soit pris d'une envie subite de lancer sa mouche sur les eaux calmes de la rivière.

Et moi ? Moi, je viens de finir de ranger la cuisine afin de faire de la place pour mon ordinateur portable sur la table. Comme j'ai au moins deux heures avant de me remettre aux fourneaux, je me concentre sur deux choses. D'abord, lire les réponses à la petite annonce que j'ai postée sur Internet en vue de trouver un nouveau garçon au pair. Ensuite, mettre au point le plan de table du déjeuner que je donne pour l'anniversaire de Ralph –, déjeuner dont – soit dit en passant – le nombre de convives augmente à vue d'œil.

J'envoie un texto à Rose qui est au ski avec les Cobb.

Ana n'est plus là. Elle est partie la semaine dernière, prétendant que sa grand-mère était gravement malade. Un bobard qu'aucun de nous n'a avalé.

Pourtant, à la gare de Godminster, au moment où je l'embrasse en serrant son petit corps maigre, je ressens presque de l'affection pour elle. Probablement parce qu'elle nous quitte de son propre chef et que je n'ai pas à la virer. Et pourtant les motifs de son renvoi ne manquent pas. Entre autres ? Elle ne met jamais le nez dehors alors que je me suis donné le mal de lui montrer le chemin pédestre des trois comtés pour qu'elle puisse se promener. Et elle m'a demandé, dans un de ses rares moments de communication, comment est « la vie au lit » avec Ralph. Mais les raisons qu'elle a de partir sont encore plus nombreuses. Parmi elles : l'ennui, la solitude, une allergie sévère à notre maison et une horreur congénitale de la boue.

Si elle n'a jamais appris à exécuter mes ordres, c'est ma faute, j'imagine. D'ailleurs la seule fois où je lui ai demandé de sortir avec Calypso, elle s'est arrangée pour se faire poursuivre par un taureau et piquer par un taon. J'ajoute qu'il y avait tellement de chauves-souris dans sa chambre qu'elle devait dormir la tête couverte de cette espèce de cloche en gaze imprimée de papillons que je pose sur le fromage ou les gâteaux dans le garde-manger en été. Donc nous sommes à égalité.

En fait, le vrai problème vient du fait qu'elle n'est pas polonaise mais moldave. Et donc en situation illégale dans notre pays. Réaction de Ralph quand j'avoue être tombée sur son passeport moldave après avoir fouillé dans ses affaires pour voir si elle ne cache pas de drogue, ce qui expliquerait son côté totalement déconnecté :

— Tu n'as pas vérifié ?

Mirabel aussi prend son air outragé des grands jours. Surtout quand je révèle que je l'ai engagée sur la simple lecture de son portrait sur un site de filles au pair.

— Au s'cours, mam'. Tu n'arrêtes pas de me pourrir la vie parce que je chatte avec des inconnus en ligne et toi tu ramènes à la maison une totale étrangère que tu as rencontrée sur Internet. Reviens sur terre, mam' !

Donc Ana est partie. À la gare je lui souhaite de trouver un job sympa à Londres. En ajoutant et même en en rajoutant :

— Il y a beaucoup plus de Polonais à Londres. Presque autant que d'Anglais. Ils devraient écrire les noms de rue en polonais comme ils le font à Chinatown.

— Oui ? répond-elle, l'œil rivé sur le tableau des retards et annulations comme si son passage des frontières en dépendait.

Quand le train arrive, je me dis que, vu les circonstances, c'est plutôt héroïque de ma part d'avoir supporté

Ana jusqu'au bout. Et qu'il est temps de trouver un Australien, blond, musclé, joyeux et bronzé qui jouera… au foot avec Cas, bien sûr. Qui lui apprendra l'art du surf et qui dira « Sûr, pas de souci » quand je lui demanderai de ranger le foutoir du débarras et de nettoyer la salle des bottes qui n'a pas été lavée depuis… disons… quatre siècles.

J'ai donc composé une annonce.

Demande garçon sportif pour s'occuper de trois enfants dont un fou de cricket de douze ans. Anglais première langue et amour de la campagne exigés. Permis de conduire nécessaire. Petites tâches domestiques demandées. Chambre et salle de bains particulière. Week-ends libres. Salaire à négocier.

Assez satisfaite, je m'attends à des milliers d'offres provenant de mecs ultra-bronzés aux cheveux décolorés par le soleil, issus des familles nombreuses, pétants de santé avec l'expérience des enfants, ayant été moniteurs dans des colonies de vacances et bien sûr titulaires d'un brevet de sauvetage en mer et d'un diplôme de secouriste qui débarqueraient dans le Dorset au volant de leur minibus bourré de planches de surf et de guitares en fredonnant les chansons de Jack Johnson, le musicien-surfer bien connu.

Le téléphone sonne dans la cuisine.

Personne ne bouge.

— Ce n'est jamais pour moi, s'exclame Ralph.

C'est toujours quelqu'un de ta famille, Mimi. Ton frère, ta mère ou autre.

C'est vrai, quand le téléphone sonne c'est toujours pour moi. Explication : je viens d'une grande tribu d'Irlandais jacasseurs alors que la parentèle hyperchic de mon mari considère toute espèce de communication, sauf avec les animaux, d'un commun abyssal et n'appelle que pour annoncer une mauvaise nouvelle.

Comme le commentaire de Ralph me pique au vif, je laisse sonner. Et commence à lire le mail que Cath m'envoie en réponse à mon coup de fil de la semaine dernière, avant son départ pour son château en Suisse avec Pierre et Rose. La raison de mon appel ? Lui extorquer des contacts et des adresses, des idées de menu et de boisson et n'importe quelle forme d'aide pour la fête au jardin que j'organise pour le quarantième anniversaire de Ralph : un pique-nique très décontracté où les invités seront installés sur des tapis éparpillés dans le verger.

J'adore le concept de déjeuner sur l'herbe, écrit-elle. Je suis un peu occupée avec le mariage et mon mois de mai est déjà tellement encombré. Mais pourquoi pas un thème vénitien ? Ça fonctionne toujours. Je vois des serveurs habillés en gondoliers et je peux vous prêter notre chef italien Giancarlo. Il est de Bologne et c'est lui qui a fait mon risotto au parmesan – vous vous souvenez ?

Si je me souviens !

Petite digression à propos de la noce dont elle parle.

J'ai déjà félicité Cath pour le mariage de Serena et Colin bien que, comme Ralph me l'a fait remarquer, si on voit clairement pourquoi lui veut l'épouser, on ne saisisse pas très bien ses raisons à elle.

— Ils sont amoureux, je proteste. C'est tellement beau !

— Ils sont trop jeunes, rétorque Ralph. Et elle doit être en cloque.

Je n'ai pas osé demander à Cath la raison d'une telle précipitation. On m'a dit qu'elle voulait que le mariage ait lieu à l'apogée de la saison des fleurs, au moment où son jardin n'a rien à envier au célèbre *Chelsea Flowers Show* de Londres.

Revenant à son mail, je lis :

> Il peut vous préparer toutes sortes d'antipasti ainsi que le plat principal. Ses recettes de poisson sont formidables. Je pense à du bar de ligne en croûte de sel aux herbes, quelque chose de simple qui pourrait servir de test pour ma réception de mariage de 250 couverts.

Je suis sur le point de répondre que je préférerais des salades de pâtes, viandes froides, salades vertes et un gâteau d'anniversaire. Et que mon budget ne peut dépasser 10 livres par tête de pipe. Mais un bruit à l'extérieur m'en empêche.

— Qui sont ces bonnes femmes ? beugle Ralph. Qu'est-ce qu'elles fabriquent dans notre jardin ?

Contrairement à moi dont la vie dépend littéralement de contacts sociaux, Ralph ne s'est jamais donné la peine de mettre un nom sur les têtes des habitants du village. Je m'approche de la fenêtre. Une seconde après, toute la famille, moins Posy, est penchée au-dessus de l'évier émaillé pour tenter d'apercevoir ce qui se passe à travers le bazar d'herbes aromatiques en pots qui orne le rebord de la fenêtre.

Gwenda Melplash et Ruth Wingfield sont en train d'enfiler un licou en corde sur la tête de Trumpet.

— Nous avons appelé mais personne n'a répondu, glapit Ruth à notre intention. Nous venons pour Trumpet. Désolées d'avoir mis tant de temps.

— J'ai envie de t'étrangler, s'écrie Ralph.

— Mirabel, Ceci, dépêchez-vous ! Courez ! Allez les arrêter ! dis-je.

Inutile de laisser entendre aux membres de ma famille qu'au cours de mes édifiantes conversations sur la chasse au renard avec Gwenda et Ruth, je leur ai plus ou moins donné la permission. Ils ne comprendraient pas.

— Pas ques', Mam', proteste Mirabel, comme si j'avais perdu la tête ou le peu qu'il en reste. D'abord ces mémères me flanquent les boules. Et puis, je vais pas mettre mes nouvelles Uggs dans l'herbe mouillée.

Les deux intruses tapotent le dos de Posy comme si elle était un animal de compagnie. Puis les voici trottinant avec Trumpet à travers champs vers la barrière, avec l'air gauche des propriétaires de chiens de concours quand ils galopent autour de la salle avec Médor. Gwenda ouvre la barrière en un tour de main

– à croire qu'elle s'est exercée ! Et tous les trois dévalent la route à vive allure sans même un regard en arrière pour la pauvre Posy.

Je laisse échapper un gémissement en me souvenant, mais un peu tard, du message de Ruth Wingfield de la semaine dernière précisant qu'elle viendrait samedi et qu'elle téléphonerait avant sa visite. Par contre, impossible de me rappeler le motif de son appel.

De toute façon je n'y peux rien.

Depuis l'arrestation d'Henry Pike et de Martin Thomas, tout le village apporte son soutien massif à la chasse à courre. Dans mon cas, ça signifie que je dois me soumettre à la volonté de fer de la brigade « Au Trot » et assister impuissante à l'emprunt, pour ne pas dire l'enlèvement, de notre adorable Shetland/Exmoor pour la saison de chasse au renard.

Je prends l'air insouciant et mets la bouilloire sur le feu :

— C'est sans importance, les enfants ! Il va revenir bientôt.

Posy fait irruption dans la cuisine. Une grosse larme aussi brillante qu'une goutte de glycérine coule sur sa joue de pêche. Je me sens nulle. Mais quand même, pour être honnête, je suis étonnée par la réaction de Posy. J'ai toujours pensé qu'elle s'intéressait plus aux licornes qu'aux poneys.

— J'ai une idée, dis-je. On va partir à l'aventure !

Trois paires d'yeux convergent sur moi, chargés de suspicion. Ralph a le nez dans les pages « Famille » du *Guardian* dont l'article principal de ce samedi raconte les détails poignants de la circoncision d'un bébé. Mon mari est la seule personne de ma connaissance à lire chaque section de chaque journal du week-end de la première à la dernière lettre. Et même les rubriques « Spéciales filles » qui devraient lui faire dresser les cheveux sur la tête.

— L'aventure ? Pas le dentiste ! s'exclame Cas.

— Mais non, pas le dentiste. Une surprise sympa, promis !

— Mais mam', tu nous as dit ça quand on a fait cette marche à « donf » et tout ce qu'on a eu c'était une glace, s'offusque Mirabel. J'ai pas confiance. Moi, je viens pas.

Refusant de me laisser abattre, je les presse jusqu'à la voiture.

Et donc, dans le but de distraire mes enfants de la perte de Trumpet, je me retrouve quelques minutes plus tard en train de me garer sur le terrain glissant de Larcombe's Foot qui sert de parking et de centre postal aux habitants de Spodden's Hatch. J'arrête la voiture à côté d'une boîte aux lettres montée sur pilotis. Et nous partons à travers buissons et taillis vers l'éco-village où Sophy donne un cours magistral. Thème ? « Comment prendre conscience du patrimoine de nos plantes ? »

Je n'ai pas prévenu les enfants. Simplement, en chemin, je leur ai dit que nous allions vivre une aventure pleine de potions magiques et de biscuits magnifiques – des biscuits à l'épeautre sucrés à la mélasse de caroube qui ont sûrement un goût de plâtre mais ça je me suis bien gardée de le leur annoncer. Après tout, ce sont encore des enfants – enfin, pas pour longtemps – et pour eux un biscuit est toujours un biscuit.

Rose

Sur le télésiège avec Richard, me gorgeant du panorama grandiose des pics neigeux à 360°, de l'air pur et du bonheur d'être ailleurs sans avoir à me préoccuper des repas.

Oh ! quelle euphorie quand, en octobre, j'ai reçu l'appel de Cath :

— J'ai envie de remplir la maison pour la semaine de Pâques. Est-ce que toi et Pierre vous êtes libres ?

Nous ? Libres ? Pour aller skier ? Et séjourner dans le château des Cobb ? Me retenant à grand-peine pour cacher ma joie, j'ai dit qu'il fallait que je vérifie mon agenda, mais que j'étais à peu près sûre que c'était d'accord.

Les Cobb ont un château en Suisse qu'ils prêtent à l'occasion à des amis ou qu'ils louent à des gens assez riches pour se le permettre car, dans le loyer, sont inclus les gages d'un chef, de plusieurs femmes de chambre, d'un chauffeur, etc. Bien évidemment, nous ne jouons pas dans la même cour : Pierre n'a pas vendu une sculpture depuis trois ans.

Pour être honnête, quand Cath a appelé, je n'étais pas certaine de pouvoir y aller. Même si la semaine est complètement gratuite, il faut quand même s'offrir le voyage, puis le taxi de Genève à Gstaad et de là à

Rougemont et donner des pourboires au personnel. En revanche les Cobb ont un compte au magasin de ski et leurs invités peuvent emprunter tout le matériel qu'ils souhaitent, essayer le dernier snowboard et mettre sur la note des petits articles comme des gants ou du baume protecteur pour les lèvres. Ils ont à leur disposition les moniteurs en rouge de l'École de ski suisse. J'ajoute que les Cobb refusent toujours avec gentillesse l'offre que fait Pierre du bout des lèvres d'inviter toute la maisonnée à dîner dehors.

Sont aussi présents : Virginie et Mathieu Lacoste – elle, c'est une Française délurée qui dévale les pentes comme une déesse avec force balancements de hanches. Le baron dragueur et sa femme, alias Esmond et Jacqueline. Et les quatre jeunes Cobb dont Serena qui est très tranquille et qui, cette année, pour une raison inconnue, n'est pas emballée par le ski.

Hier soir, notre grand sujet de conversation pendant la fondue a porté sur Hutton, la maison que tout le monde croit à vendre sans en être vraiment sûr. C'est, sans conteste, la propriété de Sir Michael Hutton. Pour le reste rien n'est clair. Mais les Lacoste l'ont visitée quand ils ont passé le week-end chez les Cobb. Et, à ma connaissance, Clare Sturgis l'a également vue.

La raison de ce grand mystère est la suivante : les maisons comme celle-là, qui sont restées dans la même famille pendant des générations et dans leur jus, sont aussi rares dans le Dorset qu'une poule avec des dents. De leur vivant les propriétaires terriens détestent se défaire de la moindre parcelle de leur propriété à moins qu'ils n'y soient obligés car ils désirent transmettre l'intégralité de leurs biens à leur héritier mâle. Dans le cas présent il y a un hic : Sir Michael n'a pas d'héritier mâle. D'où la cour dont il fait l'objet. Sir Michael Hutton (Hutton Manor, Hutton, par Godminster, Dorset – pas mal comme adresse, non ?) n'a de contacts qu'avec son notaire et de manière intermittente. Donc rien ne se passe vraiment. Même l'agent immobilier hésite à l'approcher directement de peur de s'attirer ses foudres et de se voir rejeter pour l'éternité. Sir Michael a la réputation d'avoir un caractère difficile. Par conséquent, personne n'ose lui demander ses intentions au sujet de cette maison et des deux cent cinquante hectares d'excellente terre qui vont avec. Suggérer que cette parcelle pourrait être à vendre serait un crime de lèse-majesté. Et pourtant je sais que…

Clare Sturgis loue un cottage aux Bryanston pour voir si elle se plaît dans la région. J'ai découvert ça le jour où elle m'a dit qu'elle avait fait une offre pour Hutton par l'intermédiaire de l'agent. Je ne me suis pas gênée pour demander combien. « Plusieurs millions », a-t-elle répondu sans entrer dans les détails.

Mon portable bipe.

Il y a un réseau même dans l'Oberland bernois. Certainement un nouveau message de Ceci qui habite chez les Fleming et qui m'a déjà texté :

Je ne veux pas que tu sois partie. Reviens ! Il fait froid et c'est pas juste.

Elle voulait aussi des renseignements pour ses révisions en biologie !

J'extirpe mon portable de la poche de mon anorak, ce qui veut dire enlever mes gants, les coincer entre mes genoux et demander à Richard de tenir mes bâtons.

— Je tiendrai le tien quand tu veux, dis-je faisant une plaisanterie de mauvais goût à mes propres dépens.

— Je sais, Rose. Pourquoi crois-tu que je t'ai invitée ?

C'est un texto de Mimi disant que Ceci va bien. Le reste du texte a sauté. J'imagine que ça a un rapport avec la fête pour Ralph. Récemment Mimi n'a pas été en forme. Récupérer son entrain habituel lui a pris du temps. Mais elle est comme un bouchon : même pendant la tempête elle reste à la surface sans jamais sombrer. Et avec Ralph ils ont l'air d'être repartis du bon pied. Envisager de donner une réception, après tout ce qu'elle a traversé en janvier, est un signe positif. C'était il y a deux mois seulement. Ça montre qu'elle est à nouveau elle-même et qu'elle se préoccupe de la santé de son couple. Et que Ralph doit être adorable avec elle. Parce que, généralement, il est contre toutes formes de réception. *A fortiori* celles qui sont organisées en son honneur.

Tout est donc pour le mieux dans le meilleur des mondes. Car divorcer à la campagne est hors de question. Et puis, en fait, la condition d'épouse est très supportable. À condition d'avoir des distractions extérieures et de rester discrète. En revanche, le statut d'une femme divorcée est atroce, même pour quelqu'un d'aussi sympathique que Mimi. Dans nos régions, la vie sociale est entièrement organisée par des femmes mariées à l'intention des autres femmes mariées. Les divorcées qui vivent seules sont marquées du sceau de l'infamie. Tout ça parce que des matrones en culottes de cheval ont peur de se faire piquer leurs mochetés de maris, bedonnants et dégarnis – des types qui croient exprimer leur originalité en portant des pantalons en velours côtelé de couleurs vives et des cravates fantaisie.

Je préfère ne pas épiloguer.

Je remets mon portable dans ma poche sans répondre. Et s'il m'échappait des mains et atterrissait dans une crevasse ? Oh, je suis sûre que Virginie, la vamp des cimes, le ramasserait en un clin d'œil.

Bref, je me cale dans ma chaise, enchantée d'être à la fin mars et de ne pas grelotter. Les chaises oscillent doucement vers le sommet. Comme nous sommes en avance, Richard a demandé au technicien de ralentir la vitesse. Côte à côte, nous contemplons les surfeurs des neiges découper les pistes et les skieurs plus âgés descendre prudemment. C'est le moment idéal pour parler à Richard.

— Comment va Mimi ? demande-t-il. Tout est OK à Home Farm ?

— Oui ! En réalité…

Et je commence à raconter, tout en profitant de la vue sur les mélèzes saupoudrés de neige et des pics dorés par le soleil. Nous rions en observant les chutes à répétition de débutants maladroits et nous applaudissons la virtuosité des petits bolides casqués qui dévalent la pente.

Qu'est-ce qui me prend ? Est-ce l'air frais aussi

piquant que du champagne Krug ? La perspective de la croûte au fromage brûlante qui nous attend quelques centaines de mètres plus haut ? J'y vais carrément. Tout en éprouvant l'habituel petit remords qui suit la divulgation d'un secret.

Richard m'écoute avec attention. Il se montre inquiet, charitable et même horrifié quand j'arrive à la partie hôpital du récit. Je lui demande de garder ces révélations pour lui et il m'assure :

— Ce qui a été dit sur le Wasserngrat restera sur le Wasserngrat.

À quoi je réponds :

— Crois-moi ! Vu les circonstances, j'aurais préféré avoir une conversation plus légère. Quand je pense que je suis assise sur un télésiège privé qui m'emmène vers un club privé ! Et que, dans un instant, nous allons avoir notre lunch à 35 000 livres !

Explication : 35 000 livres, c'est le prix de la cotisation d'entrée à l'Eagle Club, établissement privé entre tous, qui refuse des princes et des stars et ne permet à ses membres que trois visites par an. Les Cobb n'y vont qu'une fois par an, d'où la plaisanterie sur le prix du déjeuner. J'ajoute que pour l'occasion Richard a mis le chandail Eagle Club avec un badge, sur le côté gauche, spécialement dessiné par Valentino.

— Écoute, Rose ! Cette Clare. Il faut absolument l'empêcher de s'installer à Godminster. Tu t'en occupes ou c'est moi ?

Tout en vérifiant le contenu de mes poches – écran total pour les lèvres, lunettes de ski Vuarnet, abonnement et autres luxes fournis par Richard –, je m'exclame :

— Pas de panique ! Cette fille n'a certainement pas l'intention de détruire la famille Fleming. Elle loue un cottage, un point c'est tout. Elle ne va pas faire de scandale. Elle y gagnerait quoi ? Elle a autant à perdre qu'eux.

— Dieu sait ce qu'elle mijote. Cette histoire, c'est emmerdes et compagnie.

Après quoi, parvenus au sommet, nous soulevons les barres du télésiège et nous glissons en direction du fameux déjeuner.

Tout le monde est au rendez-vous. Tout le monde est d'excellente humeur. Pour une fois personne ne manque à l'appel comme ça arrive souvent pendant les séjours de ski où on passe son temps à attendre en se gelant sur pied des gens qui n'apparaissent jamais.

Richard donne le coup d'envoi en commandant un magnum de rosé et des crostinis aux morilles à la crème.

Pendant le déjeuner, je remarque qu'il a changé. Il me confie qu'il vient de s'inscrire à une série de cours à Londres. Psychothérapie. Je tais le fait que Mimi m'a déjà mise au courant. Et qu'elle a précisé qu'à Notting Hill le processus était banal. Apparemment, les femmes arrêtent de travailler parce que leurs maris gagnent énormément d'argent, elles ont alors une mauvaise image d'elles-mêmes et commencent à voir un thérapeute, puis deviennent accroc et suivent une formation pour être psys.

— Ah, le pouvoir de psyché, commente Cath sans dévoiler ce qu'elle en pense.

— Mais alors et le hedge fund ? s'enquiert le baron. Qui va gagner le beefsteak de la famille Cobb ?

Nous éclatons de rire. Richard, cet heureux mortel, a déjà amassé tellement d'argent qu'il n'a plus besoin de s'enrichir encore. Il est arrivé au point où il veut et peut changer d'orientation, faire ce qui lui plaît.

Et moi qui ai toujours pensé que les gens attirés par la psychothérapie étaient ceux qui en avaient le plus besoin ! Faux, archifaux ! Richard est le type le plus sain et équilibré que je connaisse. Je suis tout ouïe quand il me parle de ses cours à Tavistock, en particulier du consentement et de l'acceptation des faits qui sont hors de son contrôle. Une allusion sans aucun doute à la relation amoureuse de sa fille Serena avec Colin Watts, le soi-disant violeur du village. Mon intuition est d'ailleurs confirmée quand il m'affirme à deux reprises que Colin Watts est un type bien. Il remplit mon verre de San Pellegrino. Et je sens le regard froid de Virginie Lacoste sur moi, le genre de regard qui met légèrement mal à l'aise. Pendant ce temps Cath se donne un mal de chien avec Mathieu. Ce type est peut-être un génie du marketing mais, quand il s'agit de simple bavardage, il est zéro.

— J'ai parlé aux policiers, murmure Richard. Il n'y a pas d'évidence sur la culpabilité de Colin. L'histoire est compliquée, mais je ne peux rien dire de plus. Quoi qu'il en soit, Serena a une passion pour lui. Ils s'adorent depuis qu'ils sont gamins.

— D'accord, mais d'abord qui a violé qui ? dis-je.

En prenant l'accent du Dorset, j'imite Garry, le patron du pub, me disant avec un malin plaisir « Je ne suis pas du genre à refuser une petite bêtise quand elle se présente » et « Il l'a prise des deux côtés, si vous voyez de quoi je parle ».

Richard hausse les épaules et décrit la victime présumée : une fanatique du mouvement alternatif, mère célibataire, herboriste, habitant dans l'éco-village.

Tout ça est bien gentil mais je dois me comporter en bonne invitée. Cath, vivement encouragée par une Virginie déchaînée qui flirte avec la table entière, y compris les serveurs et les bouteilles de vin, veut annoncer les nouveautés du magasin des produits de la ferme.

— Ah yes ! Parlez-nous de *your* saucisse, Catherine ! supplie Virginie dans son *terreebel* franglais. Racontez comment vous vous êtes remuée le derrière pour *zis* projet.

— Remuer quoi ? demande Richard

— Bouger les fesses, explique Cath. Une expression américaine qui signifie travailler dur.

— *Zis* saucisse de la *farm eeeez* tellement bonne, continue Virginie, que j'en ai envoyé à maman à Soissons.

— Elle fait partie de nos nouveaux produits créés pour l'ouverture de la Grange aux dîmes, précise Cath. Tout ça est tellement excitant ! Nous lançons aussi une collection de peinture. Vous n'allez pas en croire vos oreilles. Figurez-vous que, quand les hommes venaient au magasin, ils s'arrangeaient pour prendre un petit morceau de bois comme échantillon à reproduire chez eux. Nous vendrons donc des pots de notre célèbre gris-vert Court Place. Et puis, merci, Virginie, il y a notre saucisse de venaison au fenouil. Tout cela est le fruit d'un travail collectif et je fais beaucoup d'efforts pour que notre équipe soit performante.

Ma parole ! On dirait qu'elle s'adresse à une assemblée d'actionnaires ou à des futurs investisseurs. Après cette profession de foi, Cath lève son verre et annonce :

— Voilà. Quand j'aurai finalisé ces projets, Carole Bamford et Debo Devonshire, les deux papesses chicissimes des produits bio, n'auront qu'à bien se tenir !

À mon tour d'intervenir :

— Cath, je suis impressionnée ! Mais étant donné le niveau de qualité et de raffinement des lignes rivales et de leurs magasins, la concurrence va être difficile.

— Tu as raison ! Quelle réussite ! Tout ce que fait Carole Bamford est formidable, s'enthousiasme Cath avec une sincérité bien américaine.

Elle admire le succès des autres, voit toujours le côté positif des choses et adore faire un compliment quand il est mérité.

— Voici ma dernière idée, poursuit-elle. Comme on dit en jargon commercial, la UPS, la up-selling proposition. Maintenant que je vais avoir un café et un magasin dans le même local, la réglementation pour le bio devient un vrai casse-tête. Aussi je laisse tomber l'organique, j'abandonne le certifié 100 % naturel.

— Mais au moins *your breast*, votre poitrine, *eeez* toujours naturelle, interrompt Virginie d'un air canaille.

Virginie complimente Cath de ne pas s'être trafiqué

les seins. Elle doit être drôlement paf car rien ne l'arrête :

— C'est un tel *plaizheeer* de voir une Américaine de la West Coast qui n'est pas passée par la chirurgie esthétique. Vraiment, à Los Angeles je n'ai jamais vu, *nevair, nevair,* un seul cheveu gris. Et les *faces* des femmes, *zay look* comme si elles avaient été dans un *terreebel* incendie.

— Merci de penser que je prends de l'âge d'une manière harmonieuse, chère Virginie. Venant de vous c'est un éloge. C'est vrai que je refuse de me laisser embêter par la chirurgie esthétique. Je la compare toujours au type qui saute du Golden Gate Bridge de San Francisco : une solution permanente à un problème temporaire… ou le contraire. Mais revenons à la Grange aux dîmes, notre nouveau magasin-coffee-shop. Ce sera différent du magasin de Court Place. Comme aujourd'hui tout le monde fait du bio, j'ai trouvé une astuce. Nos prix seront tels que même les gens du coin vont pouvoir se permettre d'être clients. On a été un peu fort pour les prix mais, à partir de maintenant, plus de marge ridicule. Tout le monde pourra acheter mes saucisses, pas seulement Virginie.

Applaudissements nourris. Comme si on se souciait vraiment de l'éthique d'un magasin dont les clients, gros bonnets de l'industrie ou oligarques russes, venus par hélicoptère dépenser 8 livres pour des carottes et 1 500 pour une robe de chambre en cachemire, polluent la couche d'ozone avec leur kérosène. Le baron fait un toast :

— À *Madame* Cobb, la reine des abeilles de cette

ruche bourdonnante qu'est Honeyborne. Qu'elle règne parmi nous pendant longtemps !

Chacun de nous rit et lève son verre en l'honneur de Cath avec énergie. Quelle matinée ! Au moins trois descentes et un déjeuner largement arrosé dans l'élite des clubs alpins où la hiérarchie des tables est au moins aussi complexe que l'ordre de préséance du parking des vans avant un match de polo.

Taki, le célèbre play-boy grec, s'approche de notre table. Il porte le même chandail que celui de Richard. L'œil fixé sur Virginie, il nous invite tous à une fête le lendemain soir dans son chalet.

— C'est au Palataki, souligne-t-il. Demandez à n'importe quel chauffeur de taxi. Au fait, ça signifie « le petit palais de Taki ». Un jeu de mots.

Au cas où on n'aurait pas compris !

Je regarde Virginie. Une fête ? Trop amusant ! Et ce Taki, j'en suis sûre, est le genre de type toujours partant. Nous prenons l'air ravi et nous nous confondons en remerciements. Mais dès qu'il tourne les talons, Cath, Richard et le baron, encouragé par sa tête de rat d'épouse, déclarent qu'ils n'iront pas et font des commentaires vachards sur les vieux boucs frelatés qui folâtrent avec des nymphettes qui ont l'âge de leurs petites-filles.

Mimi

Nous sommes dans la yourte serrés les uns contre les autres. Dans les temps anciens, à cette époque de l'année, Casimir serait à un match de cricket à Stamford Bridge. Mirabel, chez Top Shop. Posy jouerait à cache-cache dans le square privé pendant que Ralph et moi serions en train de composer un déjeuner délicieux à base de produits d'importation achetés chez un traiteur de Notting Hill pour le prix d'une petite voiture.

Au lieu de quoi nous sommes, avec Ceci, à Spodden's Hatch, dans la yourte de Sophy. Prix d'entrée 50 pence mais le matériel est gratuit. Un verre en carton de jus de pomme coûte 50 pence, les cookies avoine-miel de Sophy 20 pence pièce, les muffins aux myrtilles-épautre-lait de soja faits par sa copine Rain, 70 pence.

Les enfants, pourvus de gants de jardinage et de bocaux, me jettent des regards meurtriers.

Bébé Noah, près de la cheminée ouverte, enfonce un crayon dans son nez. Spike, la mine désespérée, est assis sur un lit de camp couvert d'une couverture en bouts de chiffons, patchwork et laine d'aspect crasseux. Visiblement, il est mortifié que Mirabel, avec laquelle il est en classe, l'observe dans son habitat comme s'il était un panda au zoo.

Sophy est devant la table avec tout un assortiment

de plantes et de pots. Elle ne porte pas de soutien-gorge. On voit bien que, malgré les grands vêtements informes dont elle se drape, sa silhouette est toujours attrayante.

— C'est une sorcière ? demande Posy à haute voix, sidérée par son long cardigan violet tricoté à grosses mailles, ses cheveux noirs parsemés de gris et ses godillots en peau de mouton.

Très gênant. D'autant que je ne l'ai jamais traitée de sorcière devant les enfants.

— Non, mon chou. Sophy est une sorte de magicienne.

Nous passons une demi-heure à broyer des feuilles, à renifler des essences, à apprendre les propriétés de plantes variées pendant que Spike, le nez dans les aventures de Just William, laisse de temps à autre échapper un grand rire spontané. Je me dis que c'est un gentil garçon.

À une heure moins dix, fin de la séance. Pendant la classe, nous avons identifié le lychnis à vésicules, l'herbe-aux-chats, la lavande, la bourrache, l'aneth, l'hysope, la rue, l'ache des montagnes, le thym et la mélisse. Nous avons ensuite frotté chaque plante entre nos doigts pour libérer ce que Sophy, yeux fermés d'extase et narines palpitantes, appelle « leur senteur individuelle de fabrique ».

Même si, au bout d'une heure, les enfants – y compris ma docile Posy – soupirent, grimacent et supplient de partir, moi je suis emballée. Je suis finalement en phase avec la nature et sens au fond de moi que j'ai eu raison d'éloigner les enfants de l'ambiance matérialiste des quartiers à la mode de Londres. Raison de les éloigner de la fréquentation des autres enfants – « déjà m'as-tu vu », comme dit Ralph – qui claironnent qu'on leur a acheté un appartement dans Lansdowne Road, qu'ils ont hérité d'une grosse somme d'argent, qu'ils reviennent tout juste d'un éco-safari dans les Maldives. Raison de les éloigner de la troupe de mères ambitieuses qui trimbalent leurs enfants des cours de soutien particuliers aux leçons de violon, des groupes de réflexion philosophique aux tournois d'échecs, de manière à ce que leurs rejetons, à qui on a rajouté des cours supplémentaires de luth, soient repérés par le responsable des admissions d'Eton. Raison de les rapprocher d'une communauté où les enfants apprennent à connaître les vertus des plantes, lisent des Just William et mangent des biscuits sans gluten dans des yourtes.

Je soupire de satisfaction en songeant que je donne à mes enfants l'occasion de ne pas rentrer dans le rang des consommateurs de l'ère digitale, l'occasion de s'ennuyer, d'inventer des jeux, de respirer l'air pur du West Dorset. L'occasion de leur vie, en fait. À vrai dire, j'ai presque envie d'assister au prochain cours de Sophy sur le compost bio dynamique. Enfin pas tout à fait. Pas tout de suite. J'ai encore un petit côté Notting Hill…

— J'adorerais venir, Sophy, mais j'ai déjà un engagement important ce jour-là.

À m'entendre, on croirait que j'ai un rendez-vous avec le Premier ministre pour discuter du discours du président américain devant la Chambre. Mais comme je déborde d'amour de mon prochain et d'émotion, j'ajoute :

— Avez-vous besoin de quelque chose, Sophy ? Avez-vous un souhait ? N'importe quoi ? Je serais trop heureuse de vous rendre ce que vous m'avez transmis.

Sophy s'aperçoit que j'examine sa yourte, ses vêtements et les couches de coton suspendus comme des drapeaux le long des parois, le poêle à bois, le sol en terre battue recouvert de tapis de teintes indéterminées, l'étagère à livres bourrée d'éditions de poche dépenaillées, l'unique ampoule.

— Mais je n'ai besoin de rien, proteste-t-elle avant d'avaler une autre gorgée de tisane.

Elle boit de la sauge parce qu'elle est habituée, dit-elle, aux saveurs amères et que c'est excellent pour arrêter la montée de lait maintenant que Noah a presque un an.

Je regarde Spike en me demandant combien de temps il va pouvoir supporter de vivre dans cette sorte de tente avec une mère qui ne se nourrit que de haricots secs, un bébé braillard et pas de télé alors que tous ses copains d'école habitent soit dans des maisons neuves aux murs rectangulaires, avec des sols en dur et des écrans plasma, soit dans des presbytères vieux de trois cents ans, soit dans des moulins pleins de charme. D'après Mirabel, quand Spike rentre de l'école affamé à quatre heures et quart, demandant ce qu'il y a pour le goûter, Sophy répond invariablement « Des lentilles surprises ! », bien que ce gâteau de lentilles à l'ail et oignon constitue son unique friandise jour après jour.

Je suis vraiment gentille avec Sophy pour la bonne

raison que nous sommes sur le point de partir une heure avant la fin du cours. Je donne le signal du départ aux enfants rassemblés près de la sortie : un triangle de lumière dans l'obscurité de la yourte. Tout d'un coup le regard de Sophy s'attarde sur le vieux poêle à bois dont le tuyau fissuré laisse échapper un filet de fumée, puis s'illumine.

— Peut-être une nouvelle cheminée, suggère-t-elle.

Elle ferme la combinaison imperméable du bébé et le repose par terre. Noah reste immobile puis commence à ramper à toute allure vers l'ouverture de la yourte et le monde extérieur, vers la boue et toutes sortes d'objets sympathiques à se fourrer dans la bouche.

Sophy observe sa progression comme s'il s'agissait d'un jouet mécanique : à la fois détachée et curieuse de voir où il va s'arrêter. Même si elle fait tout pour le cacher, on peut lire dans ses yeux un certain désespoir. Elle se demande sans doute comment elle va y arriver, toute seule, pendant les dix-huit prochaines années.

— Moi, je sais ce dont j'ai besoin, marmonne Spike à l'intention de Mirabel. Des murs plats, un vrai sol et puis, peut-être, une PlayStation.

On se traîne vers la voiture, en passant devant des silhouettes occupées à ramasser des baies.

— Dis, mam', c'est ça l'idée du fun dans le West Dorset ? demande Cas qui, comme Mirabel, montre une tolérance niveau zéro pour l'aspect retour aux racines de la vie en milieu rural. Si on était à Londres je pourrais m'entraîner avec mes copains au Lords.

C'est exactement ce à quoi je pensais tout à l'heure. Mon fiston poursuit :

— Mais ici, on doit payer pour rencontrer une bande de hippies nases, faire une promenade de plantes et puis une étude de plantes pour « s'imprégner » (et là Cas mime des guillemets avec ses mains) de graines sauvages et d'herbes qui soignent. Trop sympa, mam' ! Heureusement que mes vieux potes ne me voient pas dans ce truc débile.

À la maison, après le déjeuner, j'ai un flash. Le garçon au pair ! Il faut que je vérifie les milliers de réponses qui ont dû arriver. Après le départ d'Ana, les enfants sont venus en délégation me dire qu'ils préféraient n'avoir personne. Et tant pis si j'étais de mauvaise humeur tout le temps. Je leur ai caché mon projet d'engager un dieu du surf australien.

J'ai quarante-six nouveaux messages. Youpi !

Hello !

Mon nom est Slaweck, j'ai 24 ans et je suis fini la faculté l'année dernière en anglais. C'est pourquoi mon anglais est très courant, oui ! J'aime les enfants et les animaux. Je suis active non-fumeur aimant la marche, le cinéma et les ordinateurs. Mon anglais est aussi courant pour les ordinateurs et Internet. Je viens de Pologne et cherche un travail pour aider les gens, s'occuper d'enfants et pour un homme je suis bon pour faire des choses à la maison : blanchir, repasser et tout mais pas de cuisine. J'ai aussi une licence de conduite.

Bien à vous
Slaweck

J'ouvre le suivant.

Je suis Monica d'Espagne et suis très intéressée d'aller à Londres en vitesse. Ma première langue est espagnol mais je veux parler mieux anglais. Je suis sport, honnête et gentille et je chéri les criquets.
Monica

Pas possible ! Ils ont dû se tromper d'annonce. Je retourne sur le site pour vérifier mon texte. Oui, j'ai bien demandé un garçon avec l'anglais en première langue.

Je reviens à ma boîte de messages avec le sentiment d'être maudite. Criquet ou cricket, c'est une situation forcément vouée à l'échec. Dans la mesure où les Bogdan, Dragolbug et autres Moldo-Valaques ne parlent pas l'anglais, comment peuvent-ils comprendre que je cherche un mâle, sportif et anglophone ?

En même temps je suis navrée pour toutes ces filles, femmes, garçons, je comprends presque leur désir évident de trouver un boulot payé dans un pays occidental, leur empressement à faire vingt-quatre heures en bus à partir de Victoria Station avec une bouteille d'eau et un méchant sandwich au jambon pour aller laver les sous-vêtements de ma famille. Mais quand même ! Je suis déterminée à ne pas répéter la même erreur qu'avec Ana. J'ouvre environ trente mails, mes yeux brûlent et les enfants réclament leur goûter. Et puis je clique sur l'adresse ry@campervan.com.

Salut, je m'appelle Ry, j'ai vingt-cinq ans, suis

australien mais je vis actuellement à Londres, dans le quartier de Notting Hill.

Je m'occupe depuis un an d'un garçon de huit ans et d'une fille de six. Je suis titulaire d'un permis de conduire britannique et d'un brevet de secouriste. Je ne fume pas et m'adonne régulièrement à plusieurs sports dont le tennis, le football, le cricket et, en Australie, le surf. Je compose et j'interprète mes propres chansons (vous trouverez ci-joint trois extraits de mon premier album).

En espérant recevoir de vos nouvelles très bientôt…

Finalement la vie n'est pas si moche.

Je réponds immédiatement à Ry et, malgré les préventions de Mirabel, lui dis que c'est d'accord.

Rose

Ned se tient devant sa table de travail à la manière d'un proviseur de lycée. Amaigri et pâle, il donne l'impression d'avoir besoin de partir en vacances. Chaque fois qu'il y a un bruit de pas dans le corridor qui va de la salle de billard à son bureau, il cligne des yeux. Comme s'il appréhendait l'arrivée de Lulu. Il y a une seule personne au monde que Ned Bryanston craint plus que sa mère, et il a fallu qu'il l'épouse. Curieux comme certains hommes et femmes, même séduisants, sont liés non par l'amour ou le désir mais par la peur et la haine.

Son attitude raide confirme mes soupçons : je suis convoquée, un peu trop tard, pour ma conduite passée. Mais je suis armée pour le pire. Quelques jours après mon retour du ski, Ceci a trouvé un mot de Jesse Marlon.

C'était dans le tiroir de ma coiffeuse.

Ma fille est dans sa période « Punk-Goth », qu'elle appelle « emo » et qui est, avis à ceux qui l'ignorent, un genre musical, un style vestimentaire, un état d'esprit sinistre propre aux adolescentes. Toujours est-il qu'elle était à la recherche d'un taille-crayon pour affûter son eye-liner. Et qu'elle a dû fouiller dans les grandes largeurs car le mot était au fond du tiroir glissé sous l'écrin qui abrite mon collier de diamants. Ceci l'a déposé sur le bureau de son père, dans l'atelier, juste à côté du *Dictionnaire médical*, où il ne manquerait pas de le voir.

Dans sa lettre, Jesse Marlon me suppliait de reconsidérer ma décision, de revenir et de reprendre mes activités matinales à Spodden's Hatch. Quelle malchance que Pierre soit en possession d'un document prouvant mon infidélité maintenant que c'est fini.

Donc, il trouve la lettre que ma propre fille lui a gracieusement transmise. Et dans cette lettre il a fallu que JM mentionne justement une pratique sexuelle interdite dans plusieurs États des États-Unis. C'est en tout cas ce que Ceci m'a affirmé. Pourquoi les jeunes sont-ils tellement critiques ?

Nous vivons un vrai cauchemar. Ceci passe son temps à sangloter dans son lit en textant frénétiquement à Mirabel. Même Spike, leur ami de cœur, vient témoigner son soutien. En passant devant la chambre de ma fille sur la pointe des pieds, j'entends les commentaires suivants. Ceci déclare que « c'est dégoûtant » et que je suis « très vieille ». Mirabel renchérit : « Oui, presque aussi vieille que l'actrice Liz Hurley. » Et Spike conclut en disant :

— Les adultes me dégoûtent. Tous les mecs que je connais ont sauté ma mère ou la mère de quelqu'un d'autre.

— Ouais, ça craint grave, acquiesce Ceci.

Après le coup de fil de Ned me demandant de passer à Godminster, j'ai décidé de soigner mon look, histoire de ne pas souligner les vingt ans de différence qu'il y a entre moi et son fils. Je préfère avoir l'air d'une « cougar », comme Demi Moore, que de jouer les mamans. Je porte un gilet Agnès B. sous un ensemble en jean – veste près du corps et pantalon large roulé aux mollets. Chaussures ? Des hawaïennes.

Je me gare sur le gravier près de la statue de Pan. Et j'entre dans la maison par les lourdes portes en acajou qui sont grandes ouvertes. J'appelle :

— Ned ?

Pas de réponse. Les portraits de famille, un William Beechey, un Gainsborough et un Ramsay, me regardent avec une expression moqueuse et blasée que je trouve réconfortante. Dans cette vaste entrée, une odeur de feu de bois et de vieux livres perce sous le parfum intense d'un grand bouquet de lys posé sur une table.

— Rose ? Je suis dans le bureau.

Je suis préparée à recevoir une dégelée de remontrances pour avoir corrompu Jesse Marlon, l'héritier baraqué et sexy de la dynastie. D'ailleurs, le bureau est un lieu parfaitement approprié. D'après un manuscrit datant de l'époque Tudor, c'est dans cette pièce qu'un ancêtre de Ned a occis le prêtre du village pour l'avoir surpris en train d'embrasser sa femme dans le cou. Une tache de sang indélébile en face de la cheminée témoigne du crime et prouve que, malgré les siècles qui passent, rien ne change vraiment entre les personnes de sexe opposé. Je m'approche sans me presser et m'assieds en face de lui dans un fauteuil bas recouvert de velours prune un peu usé.

Et…

C'est bizarre. Ned ne dit pas un mot de mon aventure avec son fils. Il me dit seulement que les choses sont compliquées et problématiques au sujet de Little Ned.

Oui, vraiment bizarre. Little Ned a onze ans et, comme je le lui fais remarquer, je ne vois pas pourquoi il me parle de lui.

— En quoi Little Ned me concerne ?

Je me garde d'ajouter « et Jesse Marlon » car, pour être franche, tout ceci arrive après la bataille. Quelle tragédie tragique que Ceci ait trouvé la lettre alors que j'avais déjà trouvé quelqu'un d'autre, quelqu'un de plus gentil, de plus doux.

— Oh, c'est le pavé dans la mare ! Rose, tu es mon seul espoir.

Mon assurance remonte de plusieurs degrés :

— Ned, je ne comprends rien. Tu t'exprimes comme le maître d'Anakin dans *La Guerre des étoiles*.

— Rose, je t'aime bien et je me fiche comme de ma dernière culotte de ce que tu fabriques dans ta vie privée. Chacun fait comme il veut, c'est ton problème. Écoute, c'est au sujet de Godminster. La propriété.

Je pousse un soupir de soulagement.

Ned poursuit :

— Je pensais que tout était emballé et pesé, tu vois. Que Jesse Marlon ne prendrait pas ma suite. Lulu était enchantée de voir le vieux bazar passer dans les mains de Little Ned. Mais voilà, il se trouve que Jesse Marlon…

— Ned, excuse-moi de t'interrompre, mais quel est mon rôle dans cette histoire ?

Ce n'est pas parce que j'ai pris du plaisir à mes parties de jambes en l'air avec son fils que j'ai envie de me retrouver plongée dans les complications sans fin de l'héritage Bryanston. Franchement, avec un mari, une adolescente en pleine puberté, un ex-amant passionné, une nouvelle liaison encore plus torride, ma coupe est pleine.

— La manière dont tu te conduis avec ton mari, même si ça concerne mon fils, ce n'est pas mes oignons. Mais tu me tirerais d'un sacré pétrin si tu pouvais le persuader de revenir sur sa décision.

— Quelle décision ?

— Lulu est persuadée que tout doit revenir à Little Ned, car il s'appelle Little Ned et moi Big Ned. C'est trop long à expliquer mais depuis que la famille existe, la coutume veut que le fils aîné et héritier se nomme toujours Ned. Donc, elle comme moi, nous pensions que ça allait de soi.

— Mais Ned n'est pas l'aîné des Bryanston, fais-je remarquer. C'est Jesse Marlon.

Et j'ajoute bêtement :

— Qui ne s'appelle pas Ned.

— Je sais bien. Mais Jude, ma première femme, sa mère, ne croyait pas au droit de primogéniture. Et moins encore à la coutume Little Ned - Big Ned. Il y a vingt ans, ça ne semblait pas être un problème. Nous étions jeunes, rebelles et je-m'en-foutistes.

— Mais aujourd'hui, c'est un problème.

— Oh, je n'ose pas aborder le sujet avec Lulu. Chaque fois que je suis sur le point de le lui dire, je cale. Tout est de ma faute. D'ailleurs les avocats viennent de me confirmer que, même si je le souhaitais, Little Ned ne peut pas hériter de Godminster. J'ai tapé à la porte des administrateurs du National Trust qui m'ont renvoyé dans mes buts. Quand même, cet endroit est dans la famille depuis toujours. Il y a des meubles et des tableaux, des peintures et des porcelaines, tout ce qu'on peut imaginer, mais ils ne sont pas preneurs. « Nous serions intéressés si votre château était en péril, si cela représentait un danger pour le patrimoine du pays », m'ont-ils dit. Ils bougeraient si un roi du portable démolissait une aile pour ajouter un parking souterrain ou une piscine à l'ozone. Bref, c'est à Jesse Marlon de jouer.

Il s'affale dans un fauteuil en acajou sculpté. Comme chaque meuble ici, c'est une pièce ancienne, rare, superbe qui raconte une histoire.

— Rose, aide-moi, je t'en conjure. Tu es la seule qu'il écoute. Ma vie ne vaut pas d'être vécue. Deux séries d'enfants avec deux femmes différentes et une seule propriété à donner, c'est tellement difficile, dit-il sans se rendre compte de l'énormité de la chose.

— J'en suis sûre, Ned.

Mon ton ironique est destiné à lui rappeler qu'il y a beaucoup de gens qui aimeraient avoir ses problèmes et qu'il doit assumer ses responsabilités. J'aimerais aussi qu'il se souvienne de ma situation financière. Comme j'aime à le rappeler aux gens, c'est moi qui pourvois à l'entretien de ma famille. Autrement, nous vivons sur l'argent que la vente de notre maison de Londres a rapporté. Mais ce capital fond comme neige au soleil.

Tout en me demandant s'il va m'offrir une tasse de thé ou un verre, je reprends :

— Bon, pour résumer, tu veux que je persuade ton fils aîné de renoncer à ses droits pour les céder au fils de Lulu. Une substitution, en quelque sorte.

— Oui, c'est l'idée générale, acquiesce Ned. Même si ce n'est pas conforme au code d'honneur Bryanston.

— En fait, tu redoutes que ton antimatérialiste de fils, Jesse Marlon, change un jour d'avis. Et s'il laisse entendre qu'il reprendrait Godminster après ta mort, tu as peur que Lulu ne veuille plus jamais coucher avec toi. J'ai raison ou pas ?

— Vrai. Si Little Ned n'hérite pas et si je n'ai plus d'argent, elle demandera le divorce et retournera à Londres où elle a toujours voulu vivre. Tu ne sais pas de quoi elle est capable.

— N'importe quoi, dis-je agacée.

Je décide de lui cacher que j'ai viré JM.

Si Ned pense que j'ai de l'influence sur son fils, tant mieux. Et pour Lulu, il a raison. Si quelqu'un est intéressé par l'argent, c'est bien elle. D'un autre côté elle se considère maintenant comme un personnage du monde littéraire. Dans les dîners, pour épater la galerie, elle laisse tomber les noms des écrivains célèbres qu'elle invite aux débats, conférences et tables rondes du Festival de Godminster. En outre, pour une femme, le divorce peut s'avérer fatal. Même pour une beauté futée comme elle.

— Elle ne peut pas divorcer. Et pourtant, je dois reconnaître que partager Godminster Hall avec ta mère ne doit pas être facile tous les jours. Celia n'est pas la plus accommodante des belles-mères. D'un autre côté, redevenues célibataires, les jolies poupées comme Lulu ne peuvent survivre ici. Les autres bonnes femmes les traitent aussi mal que les fermiers traitent les chiens perdus.

Ned sourit. Plus détendu, il me tend deux feuilles de papier qui sont sur sa table de travail.

C'est un mail imprimé.

De : ccobb@courtplacefarm.com
À : lulu@godlitfest.org
Cc : rcobb@thegreenfund.co.uk, nedbryanston@btinternet.com

Chers Ned et Lulu,

Après beaucoup hésitation, j'ai décidé que je devais vous écrire et, en tant qu'Américaine, d'aller droit au but. Alors je me lance en souhaitant que notre longue amitié n'en pâtisse pas.

Je suis sûre que vous agissez avec les meilleures intentions et que vous ne voulez nuire ni à Richard, ni à moi, ni à qui que ce soit de Honeyborne. Et pourtant c'est ce qui risque de se passer.

Voici donc le fruit de mes cogitations, en espérant que vous prendrez le temps de les lire.

— Votre projet d'éolienne et le préjudice visuel qui en résultera forcément à Hamble Hill sont inacceptables.

— Le dossier sur l'environnement que vous avez présenté est loin d'être concluant, en particulier la partie portant sur le rendement de l'éolienne.

— Le fait que Godminster Hall fonctionne à

l'énergie renouvelable ne saurait compenser les inconvénients esthétiques imposés par votre projet à cette région harmonieuse et paisible que nous aimons tant.

J'ajoute qu'écouter vos arguments et ceux de Jesse Marlon n'a fait que renforcer mes craintes : vous sacrifiez un certain bon sens au profit d'un symbolisme malencontreux. Vous savez, je souhaite autant que vous que les petits-enfants de mes petits-enfants puissent voir les ours de la banquise. Et, comme vous le savez sans doute, tout ce qui est entrepris à Court Place l'est avec un souci d'écologie qui dépasse les standards courants.

Mais l'installation d'une éolienne à Hamble Hill nous donne une raison de réfléchir. Je ne peux imaginer comment Ned et vous pouvez même l'envisager. Et je veux croire que la rumeur concernant l'installation d'un mât mobile sur l'éolienne est seulement une rumeur et pas plus.

Bien sûr, nous sommes amis. Mais vous conviendrez que, lorsqu'il s'agit d'un problème comme celui-là, les relations d'amitié ne comptent plus. L'important, ce sont les réactions du public et des résidents inquiets.

Je sais que votre planning est chargé avec le « GodLitFest », que j'attends avec impatience – le programme a l'air fantastique. Et le débat entre les romancières Jilly Cooper et Joanna Trollope avec Lady Bamford est génial. Réservez-moi un siège au premier rang !

Mais, s'il vous plaît, gardez à l'esprit que…

J'en ai lu assez.

Si les Cobb sont opposés à l'éolienne, le projet ne

verra jamais le jour. Et si Lulu fait venir des gens comme Cooper et Trollope, ça signifie qu'elle ne partira jamais. Elle a un joujou avec lequel s'amuser jusqu'à la saint-glinglin.

— Écoute, Ned, oublie la propriété, Little Ned et Fred, dis-je pour le remonter. Oublie les cottages, les revenus des cottages, le jardin clos, le château, les terres. Toi et Lulu, vous n'allez pas divorcer. Contrairement à la Caroline Spencer, belle-sœur de la princesse Diana, qui a démarré le Festival des livres de Althorp et qui a dû le quitter pour cause de divorce, Lulu n'abandonnera jamais son « LitFest » et ses mondanités littéraires. Elle aimerait mieux voir ses fils bouffés tout crus par des loups.

— Tu as raison, réplique Ned. Je suis un vrai crétin. En y repensant, je trouve logique de s'en tenir au plan initial.

Il me jette un regard suppliant, comme pour me convaincre que faire hériter son fils aîné et exclure ses autres descendants, surtout s'ils sont de sexe féminin, était le meilleur système. Et il conclut :

— On peut dire ce qu'on veut sur la primogéniture, mais ça marche.

Mimi

Enfin ! Le jour tant attendu (attendu par tous, sauf par le héros du jour) de l'anniversaire de Ralph est là. Une semaine après l'arrivée de Ry, notre nouveau garçon au pair.

Installée à la table de la cuisine, je travaille sur le placement des invités. Ils seront assis autour de tables rondes sous une tente dont le gréement oscille doucement dans la brise.

Le pauvre Ralph est tout pâle. Il a eu un coup de téléphone du 10 Downing Street lui demandant d'écrire un papier pour le *Guardian* de lundi. Bien entendu, son nom n'apparaîtra pas. Car, comme cela arrive souvent, le bureau du Premier ministre demande à des experts des articles qui sont signés par d'autres.

— C'est sur quel sujet ? dis-je.

Après tout, c'est moi la journaliste de la famille, même si ma carrière se résume aujourd'hui à des comptes rendus de quinze lignes sur des spas spécialisés dans les traitements à l'épeautre. On est loin du prix Pulitzer !

— Les répercussions internationales maintenant que le gaz et le pétrole sont au cœur des problèmes de sécurité.

J'étouffe un bâillement – un réflexe grossier chaque

fois que Ralph me parle de son boulot, mais impossible de m'en empêcher.

— Pas un sujet pour toi, Mimi darling. Je peux utiliser ton ordinateur portable ? J'ai laissé le mien à Londres.

— Utilise plutôt celui de Mirabel. J'essaye de me dépatouiller avec le placement de quatre-vingts invités.

— Je vais lui demander. Peut-être que, si je lui dis que j'écris un article pour le Premier ministre, elle sera impressionnée. Mais ça m'étonnerait.

Mon cher Ralph essaye de faire belle figure devant l'épreuve qui l'attend. Il porte la chemise bleue achetée à Venise qui s'assortit exactement à la couleur de ses yeux, un pantalon de chez Cordings, la vénérable maison de vêtements pour hommes qui existe depuis 1839 à Londres, et les chaussures Lobb cousues main qu'il a sauvées du bûcher lors de la dernière fête de Guy Fawkes à Notting Hill. Et je me dis que mon mari est drôlement séduisant.

Évidemment, avant de revoir ses vieux copains, il a besoin d'un bon coup d'attendrisseur, un peu comme un steak coriace avant un barbecue. Je précise que pour avoir droit à l'appellation « vieux copain », comme Machin et Chose, ses meilleurs amis d'école, on doit connaître Ralph depuis l'âge de huit ans. Viennent ensuite ceux qu'il n'aime pas spécialement mais qu'il fréquente depuis toujours : dans son jargon, ce sont les « vieux potes ». Inutile de mentionner les douzaines de nouveaux amis qu'il va être obligé d'accueillir. Rien que d'y penser, mon pauvre Ralph doit être à l'agonie.

Heureusement, Ry, le nouveau garçon au pair, est

absolument parfait. Son seul défaut ? Sa taille qui l'oblige à se déplacer accroupi à l'intérieur de la maison. C'est vrai que notre nouvelle demeure était une masure où les paysans vivaient au coude à coude avec leurs vaches et leurs moutons. Biddy Pike m'a montré une vieille photo de la cuisine prise dans les années trente où on voit des agneaux orphelins couchés sur des sacs de jute. Un spectacle qui m'a fait pleurer (encore le trop-plein d'hormones !) et qui a presque fait mourir Posy d'excitation. Du coup, elle m'a fait jurer de lui offrir un bébé agneau en remplacement de Trumpet qui, à l'heure qu'il est, doit être en train de trotter joyeusement dans le manège du centre équestre de Honeyborne.

Ry, qui n'est chez nous que depuis une semaine, a déjà gagné ses galons de champion toutes catégories en promettant à Cas de lui apprendre les rudiments du surf, à Posy de lui enseigner l'art du skateboard et à Mirabel de lui enregistrer les iTunes sur son portable. Les enfants sont enchantés. Et moi itou.

J'essaye de mélanger mes invités. Pas facile vu qu'ils viennent d'horizons très différents. Il y a les résidents secondaires. Les amis de Notting Hill. Le gratin authentique, les nouveaux riches, les fauchés. Et, bien sûr, les locaux que je ne sais pas avec qui caser.

— Je déteste quand c'est un buffet et que les gens se mettent où ils veulent, dis-je. Au moment de s'asseoir, c'est la panique. Tout le monde se précipite pour être à côté de copains avant qu'il n'y ait plus de place. Ou ils investissent la table des enfants. Ou ils se retrouvent en face d'une grand-tante sourde comme un pot. C'est pire que le jeu des chaises musicales.

— Ne sois pas ridicule, proteste Ralph. À force de te donner trop de mal, tu vas avoir tout faux. Et les locaux vont penser que tu es une horrible snobinarde. Laisse les invités se débrouiller.

Mais je suis assise en me rongeant les sangs. Bien sûr que j'adore les gens du village, que je dépends d'eux pour l'essence, le whisky, les potins, le compresseur d'air pour pneus, les bébés agneaux, les trajets vers Godminster, les informations essentielles telles que la date de la fête annuelle, le jour de la course au fromage (une foule courant à la poursuite d'une énorme roue de Cheddar dévalant Hamble Hill) ou le week-end de la compétition des radeaux. Il n'empêche… les placer est un casse-tête.

Exemple : où mettre Mr et Mrs Hitchens, du Magasin ? Ils connaissent tous les cadavres des placards et sont furieux non seulement pour cette histoire d'éolienne, mais parce qu'il est probable que le Maître et son piqueux vont aller en prison et que leur bureau de poste risque d'être supprimé par décret gouvernemental.

Comme disent les villageois, voilà qui remet les choses en perspective.

Autre exemple : où mettre Gwenda la Terrible et Ruth Wingfield qui font amies-amies avec moi et m'offrent des leçons d'équitation pour les enfants depuis que je leur ai donné Trumpet ?

À propos, pourvu que ses vrais propriétaires, Johnnie

et Sophie Boden, ne demandent pas de ses nouvelles pendant le déjeuner !

Ralph rejette systématiquement toutes mes tentatives de placement sous prétexte qu'il ne peut pas sentir sa future voisine de table.

Je m'arme de patience :

— Non, chéri, tu ne peux pas passer tout le déjeuner à côté de Posy. Je t'ai mis Cath. Elle nous a passé la tente indienne et Giancarlo.

Ralph s'énerve :

— Giancarlo ? Jamais entendu parler de ce type ! Je croyais que cette fête était donnée pour mes amis.

— Ne sois pas bête. Tu sais bien que les fêtes ne sont jamais données pour les amis. D'ailleurs, Giancarlo n'est pas un invité, c'est le chef de Court Place. Il apporte la *caponata*. Tellement sympa de la part de Cath, tu ne trouves pas ? Il est de Bologne.

— La quoi ?

— Les antipasti. Tout va être délicieux. On va avoir du risotto et des gnocchis. Tu as toujours dit que tu adorais les gnocchis.

— Arrête de me prendre pour un idiot. Je sais parfaitement ce que veut dire antipasti. Mais pourquoi m'imposer un gala vénitien avec des serveurs déguisés en gondoliers, comme si on se trouvait sur le Grand Canal et non pas dans un champ de la campagne anglaise ? En ce qui me concerne, un quignon de pain et un bout de fromage m'iraient très bien, surtout pour le déjeuner.

Cependant il est d'accord pour une table d'honneur. À ses conditions :

— Pas question d'être à côté de Biddy Pike, elle me rappelle trop la princesse Anne. Et certainement pas non plus cette Gwenda qui ne parle que de canassons. Et, je t'en prie, surtout pas l'espèce de sinistre sorcière qui vit dans une yourte.

— Mais Biddy a un superbe derrière, dis-je. Quant à Sophy, elle ne vient pas, à cause de son bébé ou d'un séminaire sur le compost. Mais Spike, son fils, est un ami intime de Mirabel, alors, s'il te plaît, fais un effort de civilité.

— Comme c'est mon anniversaire, je trouverais aimable que tu mettes quelqu'un entre moi et Gloria Saville. L'autre jour, dans le train, elle m'a entretenu pendant deux heures de ses polytunnels, merci beaucoup. En plus, elle fait partie des fondateurs de Densa, le système des tests d'intelligence.

Je pense tout d'un coup à l'héritière enceinte mariée à l'avocat futur député qui essaye de s'assurer un siège dans la région.

— Et Suki Rous ?

Mais Ralph fait sa tête de martyr. Même l'idée d'un tête-à-tête prolongé avec la plus jolie fille du jour l'afflige.

Pendant cet échange Mirabel nous surveille avec une expression sarcastique.

— Je ne comprends pas. Tous ces gens sont vos amis. Ils sont invités à la fête de papa. Alors, pourquoi vous n'arrêtez pas de dire des trucs horribles sur eux, derrière leur dos ?

Vous êtes tous les deux tellement méchants.

— Tu comprendras quand tu seras plus grande. Bon,

Ralph, tu n'as pas d'autre choix que de t'asseoir à côté de Cath Cobb. Ils nous ont invités à trois dîners et nous ne les avons eus qu'une fois. (Mais le dîner était mémorable. D'abord la table s'est effondrée après l'entrée. Ensuite, me trouvant à court d'assiettes, j'ai annoncé à mes invités qu'ils allaient manger la tourte aux fruits de mer dans l'assiette qui avait contenu le melon-jambon. Et le lendemain, j'ai reçu de chez Conran douze grandes assiettes en porcelaine blanche accompagnées d'un mot de Richard disant : « Chère Mimi, la prochaine fois, souviens-toi que je ne mange pas de porc ni de fruits de mer et jamais dans la même assiette. Mais qu'importe ! Je me suis amusé comme un fou. »)

— D'accord pour Cath Cobb, répond Ralph, plus aimable maintenant qu'il a presque fini son article. Toutefois, pour paraphraser le fameux oxfordien Maurice Bowra, « c'est plus à contrecœur qu'on dîne avec les Cobb qu'avec plaisir ».

Les enfants tendent un Bellini à chaque personne qui arrive. « Ah ! Venise dans un verre », pétille Cath Cobb en recevant le sien des mains de Ry. Très vite les invités se mélangent, se baladent d'un groupe à l'autre. Le brouhaha des voix augmente. Par chance, le temps est superbe. Un beau soleil à peine voilé par quelques petits nuages. Le jardin baigne dans un éclat doré. Les marguerites et jonquilles pointent leur nez jaune et blanc dans l'herbe luxuriante. La tente du déjeuner est installée entre le verger et le paddock, mais nous prenons un verre sur le gazon (enfin, sur la bande d'herbe ébouriffée qui, entre la maison et le paddock, sert de solarium à la famille et de terrain de foot à Casimir).

Tout baigne. Même Ralph circule ou, plus exactement, ayant trouvé un type membre de la Société de pêche, bavarde avec lui en vue de repousser toute tentative de rapprochement des autres invités. En particulier sa bête noire : le jeune retraité de la City qui, à quarante-cinq ans, a créé son propre fonds et déclare sans qu'on lui demande que « ça marche plutôt bien pour lui, en fait ».

Posy sonne le gong et tout le monde se précipite pour trouver sa chaise. J'ai punaisé les plans de table sur un chevalet des enfants à l'entrée de la tente. Après beaucoup d'allées et venues et d'exclamations comme « Suis-je à la table 6 ? Impossible de lire. Je n'ai pas mes lunettes. Chérie, où sont mes lunettes ? Où est la table 6 ? », tout le monde trouve sa place.

Une fois les invités assis, les gondoliers – c'est-à-dire le personnel de Court Place emprunté pour l'occasion – font leur entrée avec les antipasti et débouchent le Chianti qu'ils versent dans les ravissants verres multicolores en Murano de Cath Cobb. Et les chanteurs de l'opéra de Godminster – amenés par les Bryanston – entonnent des arias de Verdi et Puccini à vous faire frissonner.

Je me félicite de ce triomphe.

— Quel boulot formidable, s'exclament les invités ravis, alors qu'ils dégustent les poivrons marinés, tranches de salami et de mozzarella arrosés d'huile d'olive.

Je fais ma modeste. En fait, c'est Cadi qui a œuvré pour tout. Les poteaux de la tente disparaissent sous les roses. Des chemises de coton et des serviettes rayées sèchent sur des cordes comme dans les passages du Dorsoduro. Des gondoles en papier mâché décorent les tables, d'immenses poivriers rappellent les tavernes. Il fait chaud sous la toile. Je ferme les yeux, prends une gorgée de mon second Bellini et sens une onde de bien-être me submerger comme les eaux de la lagune envahissent les pavés les jours *d'acqua alta*.

Les peaux ridées des plus âgés sont ravivées par les teints parfaits, les chevelures brillantes et les fesses rebondies. J'ai invité plusieurs générations. Les amis des enfants, comme Spike, mais aussi Colin Watts et Serena Cobb, Jesse Marlon et d'autres comme Virginie Lacoste, que même Ralph le Difficile trouve irrésistible. Je lui suis reconnaissante d'être aussi jolie et bien habillée. Comme chacun l'apprend, sans y être cependant préparé, la vie en milieu rural a tôt fait de vous faire sentir vieux.

Après les antipasti variés, après le risotto et les gnocchis, après la focaccia aux olives, je vais dans la cuisine pour admirer les dernières touches apportées au dessert par le chef pâtissier de Court Place. Je surveille avec inquiétude la progression de l'énorme gâteau rococo, orné de belles fraises anglaises primeur et de crème fouettée, qui est porté par trois gondoliers. Un *putto* dodu et harpiste est étendu au sommet de ce chef-d'œuvre.

Le biscuit est d'un jaune profond qui suggère aux gourmands que les œufs légendaires de la non moins légendaire ferme de Court Place ont été abondamment incorporés à la préparation. Ce gâteau fait l'admiration des enfants et adolescents dont Posy, Cas, les jumeaux Bryanston et Mirabel qui monte la garde avec férocité.

Les serveurs courent partout et remplissent les verres sans arrêt. Le bruit ambiant à son maximum indique que les invités ont atteint un degré d'ébriété avancé, qu'ils s'amusent énormément et que la glace est définitivement rompue.

Je regarde autour de moi.

À ma table, Serena Cobb est assise sur les genoux de Colin Watts. Il lui murmure à l'oreille quelque chose où il est question d'aller faire un tour au paddock – leur code pour un petit coup rapide, je suppose – et Serena hoche la tête.

Virginie, habillée comme Tadzio dans *Mort à Venise* avec un costume marin Céline et une blouse à col d'organza, et Hugh Fearnley-Wittingstall, le grand chef, journaliste culinaire, chroniqueur à la télé, ont l'air de s'entendre comme larrons en foire pendant que Rose, la mine morose, ignore son mari comme d'habitude.

Mathieu Lacoste, peu enclin à faire des frais à la divine Suki, regarde sa femme se faufiler entre les tables jusqu'à la sortie de la tente, dans ce qui ressemble à une manœuvre de poursuite d'un as de la gastronomie.

Ralph se lève d'un bond et, sur le point de faire un speech, cogne sa cuiller contre son verre :

— Quel bruit infernal ! Pouvez-vous vous taire un instant ? Je ne serai pas long. Ma règle absolue dans la vie est de ne jamais rien dire à personne. Mais il y a des occasions spéciales, comme aujourd'hui, où il convient de déroger à cette règle. D'abord, j'aimerais remercier Catherine Cobb et son équipe de Court Place pour l'idée du thème vénitien et la décoration de la tente. Tout cela est magnifique.

Applaudissements. Cath, à côté de lui, rayonne de fierté.

— J'aimerais aussi remercier Ned et Lulu Bryanston pour nous avoir amené les chanteurs de Godminster. Vous serez heureux d'apprendre que nos amis chanteurs vont reverser leur rémunération à l'association Venise en péril. Ceux qui se sentent proches de cette cause peuvent faire un geste analogue. Ils trouveront tous les détails dans les brochures présentes sur les tables.

« Ensuite, j'aimerais vous remercier tous d'être venus. Certains de Chesilborne – petit geste à l'intention des Raus, alias le couple d'or – ou de Hutton – mouvement de tête vers Sir Michael qui lève son verre en retour. Croyez-moi, je sais quelle contrainte c'est de se traîner à travers le comté, surtout un samedi où les gens sensés restent chez soi à lire ou jardiner. Alors, bravo et merci !

Et il lève son verre plein.

— Enfin je voudrais remercier Mimi.

Dans sa voix toute la tendresse du monde. Mes yeux picotent et ma gorge se serre. Nous formons une équipe. Un couple. Nous avons connu des hauts et des bas, c'est vrai. Mais on s'en est sortis et nous voilà toujours unis.

— Ma femme, précise-t-il.

Il me regarde encore, comme à la recherche des mots pour exprimer ce qu'il ressent.

— Si ce n'était pas pour lui faire plaisir, je n'aurais jamais accepté cette fête, poursuit-il. Bon, je sens que je vais me trouver très bientôt à court de paroles, alors je me dépêche de dire que j'admire la façon dont elle réagit aux événements, dont elle s'adapte aux changements, à la vie à la campagne et autres. Mimi darling, tu es formidable !

Quand il lève son verre, je peux lire dans ses yeux l'ineffable gratitude d'un mari pour sa femme, quand celle-ci, qui aurait des tas de bonnes raisons de faire des histoires, s'abstient.

Je suis sur le point de pleurer. Ce n'est pas tous les jours qu'un Anglais, éduqué à Eton de surcroît, rend hommage à une femme, de surcroît son épouse.

— Avec un cran inouï elle m'a forcé à donner ce déjeuner pour mon quarantième anniversaire et je suis heureux qu'elle ait insisté. Vraiment heureux. Vous savez quel a été son argument décisif ? Je n'avais pas eu de fête d'anniversaire depuis mes vingt et un ans et nous n'avions pas donné de réception depuis notre mariage. Aujourd'hui est une bonne occasion de tuer le veau gras ou, à défaut, de couper ce gâteau plein de bougies. Alors, sans plus de cérémonie, levons nos verres tous ensemble et portons un toast…

Soudain Ralph s'arrête. Les invités qui attrapent leur verre en riant ne remarquent rien, mais je vois, moi, qu'il se fige. Comme lui, je regarde l'entrée de la tente décorée de roses.

Clare Sturgis se tient sur le seuil, avec un petit garçon aux cheveux bruns dans les bras. Il est vêtu d'un chandail bleu tricoté à la main et d'un short en velours côtelé marron. Aux pieds, des bottes en caoutchouc L'Ours Paddington rouges et bleues qui me ramènent dix ans en arrière.

Les invités jettent un bref coup d'œil vers l'entrée, se lèvent comme un seul homme en même temps que Ralph, involontairement, lève son verre, le couteau pour découper le gâteau dans l'autre main.

Tout le monde attend son signal. Mais rien ne vient. Ses yeux sont fixés, non pas sur la femme qui se tient dans l'embrasure de la tente, mais sur le petit garçon qu'elle porte. On dirait qu'il voit un fantôme.

— Ai-je déjà rencontré cette femme ? rugit Sir Michael. Ne l'ai-je pas déjà vue à Hutton ? Il me semble qu'elle parlait sans cesse de diététique et autres fadaises.

Et à son voisin de table :

— À mon avis elle a l'air un peu loufoque, vous ne trouvez pas ?

Un ange passe. Puis toute l'assemblée reprend en chœur « *À la santé de Mimi* » tandis que le membre de la Société de pêche crie :

— Raidissez les lignes !

Une façon qu'ont les pêcheurs de se souhaiter bonne chance entre eux.

— À LA SANTÉ DE MIMI !

C'est la dernière chose que j'entends.

Une semaine plus tard

— C'était assez renversant de découvrir que mon mari avait fait un enfant à ma meilleure amie – enfin, maintenant c'est ma pire ennemie. Et cela en plein milieu de la fiesta que j'avais organisée pour lui.

Un verre de punch planté à la main, je commente le déroulement de la fête d'anniversaire. J'ai déjà oublié, ou presque, que d'autres personnes compétentes ont œuvré pour fournir et décorer la tente, commander les tables et les chaises (Cath), créer les invitations et les marque-places (Rose), faire la cuisine (Giancarlo). Dans mon souvenir, j'ai tout fait et j'ai bien l'intention, malgré la fin grand-guignolesque du déjeuner, de m'en attribuer tout le mérite.

— Tout le monde s'en souviendra, répond Rose. C'est assez rare que la maîtresse de maison s'évanouisse au moment où les invités sont debout pour lui porter un toast.

Je proteste :

— Tu sais, je ne l'ai pas fait exprès

— Mais je plaisantais, Mimi ! Je trouve que tu as été fantastique. Vu les circonstances. Avec… enfin, tu sais ! Et puis ensuite avec cet autre truc. Vraiment, je t'admire.

Je revois la scène. Clare apparaissant et moi ayant un malaise. Sur les genoux de Sir Michael. Après coup, j'ai eu droit aux commentaires de la délicieuse Mirabel, m'accusant d'attirer l'attention sur moi alors que son père faisait un discours « pour la première fois depuis toujours ».

L'enfant que tenait Clare était le portrait de Casimir à dix-huit mois. Le portrait du petit frère que Casimir réclamait à grands cris quand il était plus jeune. En plus, il était habillé de la même façon que Cas au même âge, tout pareil jusqu'aux bottes L'Ours Paddington. Quand j'ai posé les yeux sur ce petit garçon, j'ai eu la certitude qu'inconsciemment je savais depuis un moment.

Rose et moi sommes allongées sur des chaises longues en teck habillées de coussins en coutil marine et blanc. Des serviettes éponge blanches sont roulées sous nos têtes. Nous sommes au bord de la piscine de la maison de Sir Michael à la Jamaïque. Une maison appelée *Perdition*.

— Pas mal cette petite baraque dans les Caraïbes, dis-je pour changer de sujet.

— Oui, très Ralph Lauren comme style, remarque Rose.

Mais ce jour-là, nous ne savions pas que c'est après avoir vu *Perdition*, sa gamme de tissus marine et blanc sur fond de bois tropical et de vieux cuir brun, ses photophores, ses parquets cirés à larges lattes, ses lits à baldaquins, ses grandes pelouses et ses jardins créoles que le grand designer américain avait créé une de ses collections pour la maison.

Je contemple la piscine. Ce n'est pas une piscine à débordement – non, rien d'aussi commun –, mais un simple bassin bleu rectangulaire construit dans les années 50 dans le même style que celui du célèbre dramaturge Noël Coward, un peu plus haut sur la colline. Je respire à pleins poumons pour m'imbiber de l'air chaud chargé de senteurs épicées aussi enivrantes qu'un vieux rhum. Dehors, la Ford Falcon « vintage » merveilleusement entretenue avec ses sièges en cuir rouge et ses chromes n'est plus là. Les « boys », comme nous appelons désormais nos maris, sont partis faire une balade.

— Incroyable d'être là ! C'est bon pour le moral, dis-je.

Je savoure sans me lasser le bonheur de me prélasser, après trois jours de paresse si intense qu'il me fallait toute une matinée pour me décider à quitter ma chaise longue pour aller chercher mon livre dans ma chambre. Et quelle chambre : un grand lit en acajou, une salle de bains joliment carrelée et une vue imprenable sur la mer couleur azur. Notre hôte mérite vraiment nos plus chaleureuses pensées.

Quand j'ai atterri sur ses genoux, Sir Michael a sauté sur l'occasion – si je puis dire. C'est un homme qui ne supporte pas les impairs de moindre importance : le garde amenant la Range Rover au lieu de la Land Rover, le valet de chambre choisissant la mauvaise cravate, le majordome renversant du bordeaux. Par contre, en cas de crise grave, il se montre tout à fait à la hauteur.

À mon avis, voici ce qui s'est passé.

Sir Michael a interrogé Richard qui lui a donné jusqu'au moindre détail. Rose m'a avoué qu'elle lui avait presque tout raconté pendant le séjour au ski. Mais je n'ai pas eu l'énergie de lui demander quels sujets avaient été abordés. La raison de notre départ de Notting Hill ? Les apparitions mystérieuses de Clare à

Honeyborne ? Mon expédition d'un jour à Godminster ? Depuis un moment ma vie prend des tournants tellement compliqués que je m'y perds.

Richard et Sir Michael ne m'ont pas donné la possibilité de refuser : je devais filer aux Caraïbes, aux frais de Ralph, et séjourner à *Perdition.* J'avais envisagé d'appeler Fenella pour voir si elle était toujours partante pour que j'aille dans le spa spécialisé dans l'épeautre, passer un peu de temps toute seule et m'apitoyer sur mon sort pendant qu'on me ferait un gommage aux céréales.

Mais Ralph était d'accord pour m'accompagner. Apparemment il avait confié à Richard :

— Bien que je déteste les vacances, les lits étrangers, les voyages en avion, les climats ensoleillés et la lecture dans un deck-chair, il serait extrêmement désobligeant de ma part de refuser l'offre généreuse de Sir Michael. Je suis donc prêt, cette fois, à faire une exception.

Une façon de reconnaître officiellement le chagrin qu'il me cause.

Rose et Pierre étaient également partants. Rose, qui mourait d'envie de venir, gardait un petit pécule destiné aux imprévus. Et il se trouve justement que mon évanouissement et l'irruption de Clare entrent dans la catégorie des imprévus.

Bref, pendant que les « boys » sont au golf, Rose et moi sommes alanguies au bord de la piscine, profitant de ces vacances loin de l'Affaire.

L'Affaire, c'est-à-dire le scandale du pique-nique vénitien.

Rien à voir avec Colin et Serena pris en flagrant délit de radada dans les toilettes pour hommes de Home Farm par le révérend Wyldbore-Smith. Une première, soit dit en passant, pour nos petits coins du rez-de-chaussée dans lesquels le couple s'était caché.

Non, le vrai scandale concerne Ralph et moi. Et Clare. Et, bien sûr, Joe.

Flash-back.

Quand je reviens à moi, j'ouvre les yeux sur les visages inquiets de mes enfants.

— Mam', maintenant que tu es réveillée, est-ce qu'on peut avoir du gâteau d'anniversaire ? demande Posy.

Ralph est invisible.

Il s'occupe du « problème Clare ». Et il ne revient, avec une sorte de sourire grimaçant, qu'au moment où les invités partent. Sans leur dire au revoir, nous filons dans la Subaru.

Le COS – Commandement des opérations spéciales – de Court Place, dirigé par les Cobb et les Hutton, a pris les choses en main. Les enfants, emmenés par Ry, notre nounou géante venue d'Australie, construisent une maison dans les arbres.

Nous parcourons une dizaine de kilomètres en silence, empruntant un bout de route nationale, puis des chemins dans les bois ensoleillés.

— Je vais me garer là.

Ralph a l'air résolu et calme. Comme si, en parlant trop fort ou en bougeant trop vite, il risquait de mettre le feu aux poudres.

Pendant un moment nous suivons un sentier qui aboutit à une cabane construite au bord d'une rivière. Ralph a le code du cadenas. Nous entrons. L'endroit est sombre avec des trophées et des cannes à pêche accrochés sur les murs en planches, des étagères bourrées de livres sur les carpes et les ombles de rivières et la collection reliée et complète de la *Fishing Gazette* – très éclectique, la bibliothèque ! Quelques touches décoratives sur le thème de la pêche, comme une tête de brochet tenant en sa bouche un gobelet argenté, des anguilles sculptées ornant les pieds d'une table en acajou, des panneaux vernis supportant d'énormes truites naturalisées. Dans une petite pièce, à droite, des piles de cuissardes, des vieilles vestes imperméables et des bottes en caoutchouc oubliées. Autrement dit, le genre d'endroit où Ralph se sent à son aise et heureux. Maintenant qu'on est dans le saint des saints on va pouvoir parler.

— Ralph, dis-je d'une voix étranglée. Dis-moi, s'il te plaît, que ce n'est pas vrai. Je ne peux pas supporter l'idée. Pas après…

Impossible de continuer. Les larmes inondent mon visage. J'ai le sentiment que je ne pourrai jamais m'arrêter de pleurer. Une douleur, comme un coup de poignard, me transperce la poitrine. J'ai peur d'avoir un infarctus, une crise cardiaque qui retarderait bien à propos l'explication à laquelle j'ai droit. À savoir, pourquoi Clare, mon ancienne amie de cœur, est-elle arrivée chez nous avec un petit garçon qui ressemble comme deux gouttes d'eau à notre Casimir ?

Toute cette histoire semble absurde. Et je ne vois pas ce qu'il pourrait dire pour arranger les choses.

Ralph rompt le silence.

— Crois-moi, je sais que la situation semble indéfendable et que mes actions sont au plus bas. Néanmoins, je veux t'expliquer et, si tu ne me pardonnes pas, au moins écoute-moi !

Il transporte deux chaises ouvragées de part et d'autre d'une table en chêne où les membres peuvent s'asseoir et admirer le crépuscule tomber sur le Lar, si jamais ils sont fatigués de contempler le gros poisson empaillé et les post-it indiquant l'endroit, le poids et l'auteur de la prise qui lui font face. Puis, dans le placard, il prend une bouteille de whisky et deux verres.

Je suis immobile, le cœur trop déchiré pour lever le nez. Il prend ma main et, pour la première fois de notre vie commune, serre mes doigts autour du gobelet.

— Whisky, annonce-t-il inutilement.

Il dit que Clare était d'accord pour ajouter un énorme supplément au prix de la vente de notre maison de Notting Hill s'il acceptait de l'aider à concevoir un enfant, même si la proposition n'a jamais été exprimée en termes médicaux. Que le marché de l'immobilier à l'époque étant moins haut qu'aujourd'hui et la maison en mauvais état, il avait craint de ne pas en retirer la somme dont nous avions besoin. Et que donc l'offre de Clare semblait acceptable. Après une pause il ajoute : « à ce moment-là ».

Je tressaille.

À ce moment-là, je m'étais amourachée de Si

Kasparian. Je mettais mon mariage en péril. Je trompais mon mari. Bien sûr, si on l'interrogeait, Ralph contesterait les faits. Bien trop fier pour admettre ma trahison. Et puis, au fond, même si j'avais erré comme un mouton en perdition, j'étais toujours sa femme pour le meilleur et pour le pire, comme il l'avait confirmé pendant son discours du déjeuner.

Il a l'air de sous-entendre qu'il n'a pas eu de relation sexuelle avec Clare et qu'il s'est contenté de fournir le nécessaire. Je ne sais pas si je dois le croire. Qu'est-ce qui est le plus improbable ? Ralph se livrant à des ébats fougueux avec Clare ou Ralph faisant la chose dans un laboratoire, un réceptacle à la main ? Il m'affirme qu'il y a des conditions très strictes à l'accord conclu. Clare a juré que personne ne saurait jamais la vérité. Et que l'enfant ne saurait jamais que son père n'est pas Gideon.

Ralph se tait comme s'il avait fait le tour de la question. Je respire à fond et le regarde droit dans les yeux :

— Ralph, tout ça ne rime à rien. Tu sais que les conditions très strictes, ça n'existe pas. Il y a toujours quelqu'un qui rompt le contrat. Même la loi a changé de manière à ce que les enfants puissent retrouver leur père biologique. Dorénavant, les gens sont en droit de remonter la piste afin de connaître leur héritage génétique. Tu pensais que ces mesures ne s'appliquaient pas à toi ? Que tu étais au-dessus, parce que tellement merveilleux ?

Ralph est blême.

— C'est incroyable que tu aies risqué le bonheur de

ta famille pour quelques centaines de milliers de livres.

— Je me suis trompé. Je croyais que je pouvais avoir confiance en elle. Et puis j'étais désolée pour elle. Il y a quelque chose avec Clare, je ne sais pas si tu l'as remarqué…

Il semble accablé. Pour autant que je sache, parmi les règles cardinales de Ralph, il y a d'abord « Ne jamais rien dire à personne », suivi de « Ne jamais se fier à une femme ».

— Tu dois me croire, Mimi darling, je ne l'ai fait que pour des raisons financières. Il n'y avait rien, absolument rien, entre Clare et moi, mais c'était difficile de refuser après ce qu'elle m'a révélé sur Gideon. J'imagine que je voulais simplement lui montrer que tous les hommes n'étaient pas des salauds comme son mari. Et finalement je me suis conduit comme un salaud.

— Et pour l'enfant ? Tu crois que Gideon ne se doute de rien ? Avec sa femme qui insistait tant pour acheter notre maison ? Qui, après dix ans de stérilité et de traitements en tous genres, tombe enceinte du jour au lendemain ? Avec toi qui t'évapores dans le Dorset ? Avec un bébé qui est ton portrait et celui de Casimir ? Cette ressemblance avec Cas au même âge ! Ces mêmes boucles ! Tu ne trouves pas que ça semble drôlement louche ? Si l'enfant était couvert de poils comme un homme des cavernes, ça passerait peut-être, mais comment Clare espère faire croire à Gideon qu'il est le père ? Et puis, Ralph, si tu étais d'accord pour avoir un autre enfant, pourquoi as-tu voulu que je me débarrasse du nôtre ?

Mes yeux sont braqués sur lui comme des pistolets. Ralph soutient mon regard, ce qui est courageux de sa part. La plupart des hommes auraient faibli.

Il y a un long silence. Ralph observe les remous de la rivière, les pierres rondes qui bordent la berge, la lumière pommelée de la fin d'après-midi, les arbres dont les feuilles s'agitent dans la brise, comme s'il s'agissait de vieux amis. Il se lève et va vers la fenêtre, comme s'il venait de repérer un brochet dans un trou ou une truite à la surface de l'eau. Puis il me dévisage.

Je suis immobile sur ma chaise, toujours vêtue de ma tenue vénitienne sur laquelle j'ai enfilé l'anorak de Cas. Mon visage est maculé de larmes et de mascara.

Ralph s'approche de moi et commence à m'embrasser dans le cou en murmurant des choses gentilles.

Je résiste, mais pas longtemps.

— Allonge-toi, ordonne Ralph en enlevant son chandail et sa chemise.

Nous sommes sur un vieux divan dont le rembourrage s'échappe. Au-dessus de nous, sur une aquarelle, la reine Victoria en train d'attraper une truite monte la garde.

J'ai retiré mes vêtements sauf ma jupe. Au cas où un pêcheur débarquerait pour remplir sa boîte à mouches et que je doive me renipper vite fait.

— Ralph, je dois te dire quelque chose.

Il faut que je lui dise, même si cela doit interrompre notre moment de passion débridée.

— Pas maintenant, grogne-t-il avant de couvrir ma bouche de la sienne.

— Je n'en ai pas tout à fait fini avec toi, dis-je en remettant mes vêtements.

Mes joues sont rouges, mes cheveux en bataille. Au fond, je suis soulagée de ne rien lui avoir dit, mais je me demande quand ce sera le bon moment. Si ce n'est pas maintenant, alors quand ?

— Ralph, comment s'appelle cet endroit ?

— La cabine des gaules.

— Ah ! Ah ! Tordant ! Dis-moi, il y a des toilettes ? Ralph fait un geste vers l'extérieur.

— Il y a des gogues derrière. Mais, honnêtement, personne ne prend la peine de les utiliser. Va plutôt dans les joncs.

Ralph a l'air rajeuni. On lit sur son visage que l'orage est passé en laissant place à un beau ciel bleu.

— OK. Mais tu n'as toujours pas répondu à mes questions, dis-je en respirant l'air frais de la rivière qui s'infiltre dans la pièce par la fenêtre.

— Je vais le faire, ne t'inquiète pas.

Et, après un temps d'arrêt :

— Je n'ai jamais couché avec Clare.

— J'espère bien.

J'ai toujours des doutes, mais je ne veux pas y penser.

— Et elle ne prétend pas que l'enfant est de Gideon, reprend Ralph. Elle lui a dit que… Joe n'est pas de lui. Son psychothérapeute le lui a conseillé. Tu sais que Clare suit des cours pour devenir psy ?

— Oh non ! On dirait que pour devenir psy il faut avoir été fou à lier !

Ralph remplit à nouveau son verre avant de reprendre la parole.

— Peu importe ! En fait, Gideon savait déjà que Joe n'était pas son fils. Il le savait avant même sa naissance.

— Mais comment ?

Un instant avant, je me sentais comme une flaque, envisageant de me jeter dans le Lar, mais ce que m'annonce Ralph a le don de me faire réagir. Je suis à nouveau moi-même. Rien ne vaut une nouvelle de choix pour vous remonter.

— Gideon ne peut pas avoir d'enfants, poursuit Ralph. Mais il l'avait caché à Clare, préférant lui faire croire que c'était elle qui avait des problèmes. Donc, quand elle est tombée enceinte, la première fois, en octobre mais qu'elle a fait une fausse couche quelques semaines plus tard…

— Je m'en souviens.

— … il a tout de suite deviné que quelqu'un d'autre était responsable de la grossesse de sa femme.

— Il a eu quoi ? Une vasectomie ?

Ralph tousse. Sa façon de me signaler que ce n'est pas le genre de question qu'un gentleman pose, surtout à la femme d'un copain. C'est comme de demander à un type s'il a une liaison. Ça ne se fait pas. Si vous posez la question et qu'il vous répond, vous êtes au courant. Et ensuite, si quelqu'un d'autre vous pose la même question, au lieu de répondre que franchement vous n'en avez aucune idée, vous vous sentez obligé de sortir un truc et même de mentir. Pour cette raison les mecs en général évitent ce genre de sujet – une forme d'autodéfense.

— Bon, d'accord, Gidéon sait que Joe n'est pas son fils. Mais sait-il qui est le père ? Et dis-moi, pourquoi Clare est-elle fourrée tout le temps à Honeyborne ? Qu'est-ce qu'elle nous veut ?

— Hum ! fait Ralph, le regard rivé sur la fenêtre comme s'il espérait qu'un pêcheur vienne à sa rescousse. Mimi, écoute, voici la mauvaise nouvelle… elle avait un faible pour moi.

Mon mari pique un fard. Normal qu'il se sente dans ses petits souliers. Après tout ce qu'il m'a fait. Quand je pense qu'il a ensemencé ma meilleure amie, soi-disant pour se venger de ma brève incartade avec un milliardaire célibataire totalement irrésistible qui m'avait draguée. Pour moi, fonder une famille bis est un crime bien plus grave qu'une ou deux parties de jambes en l'air. Pour le moment, j'ai l'avantage. Et j'entends bien garder cette supériorité morale pendant les mois à venir. Car je sais qu'une nouvelle crise se profile à l'horizon.

— Charmant ! Mais maintenant qu'est-ce qu'elle mijote ? dis-je folle de rage.

— Écoute, Mimi darling, bien sûr qu'il ne va rien se passer ! Mais elle veut… que je procure à Joe… un petit frère ou une petite sœur.

Revivre ces moments douloureux me tire les larmes des yeux. Combien de temps suis-je restée immobile et silencieuse ?

— Jamais je ne me pardonnerai de t'avoir caché la

vérité au sujet de Clare, confesse Rose en se redressant. Mais je ne savais pas quoi faire.

Ce qu'elle est sexy dans son bikini en broderie anglaise ! Elle a la taille fine, des cheveux à la Bardot qui cascadent sur ses minces épaules bronzées, des seins superbes mis en valeur par un soutien-gorge à balconnet et, encore plus remarquable, des chevilles et des pieds gracieusement dessinés. Elle est tellement adorable que je comprends pourquoi JM est tombé sous le charme de la fameuse Messaline des trois comtés. Et pourquoi Virginie Lacoste, je viens de l'apprendre, veut, elle aussi, sa part du délicieux gâteau.

Je me sens moche dans mon maillot une-pièce, allongée sur le dos pour que mes hanches paraissent moins larges. Évidemment je dois rentrer mon ventre plutôt proéminent ces jours-ci – une réalité que tout le monde a le tact de ne pas commenter.

— J'espère bien que tu auras toujours des remords, dis-je pour la punir. D'ailleurs je me demande pourquoi tu l'as laissée te faire des confidences. T'ai-je dit que non seulement elle m'a piqué ma maison (je passe sur le fait que c'était la résidence londonienne de la famille Fleming), mais aussi volé mon employée de maison, la chère Fatima (je passe sur le fait que Fatty ne venait nettoyer la maison que trois fois par semaine et sans beaucoup d'empressement).

— Oui, tu me l'as dit plusieurs fois. Ça faisait partie de sa manigance, non ? Il fallait qu'elle ait ce que tu avais.

Nous observons la voiture qui stoppe sur le gravier de la cour dans un bruit rauque. Ralph en sort, tout bronzé, vêtu d'un pantalon de lin et d'une chemise bleu vif. Une scène digne d'une comédie américaine avec Peter Lawford ou Cary Grant.

— Je me demande pourquoi.

— En tout cas, dès qu'elle a su que tu attendais un enfant, elle a voulu être enceinte. Tu allais avoir un autre bébé, il lui en fallait un également. Très logique. Et bien que vous ne soyez plus voisines, elle doit absolument te copier. Il y a un mystère : comment savait-elle que tu étais enceinte ?

— Comme une idiote, je le lui ai écrit, dis-je en me rappelant le long mail que je lui avais envoyé en réponse au sien. Mais attends, Rose ! Tu as raison ! Je lui ai écrit que je *pensais* être enceinte, pas que je l'*étais*. C'est toi qui as mouchardé ?

— Absolument pas, proteste Rose. Tu sais, nous n'étions pas intimes à Cambridge et c'était il y a vingt ans. Elle a repris contact et, quand elle s'est pointée à La Laiterie, j'ignorais que tu la connaissais et que vous aviez habité dans le même square privé. Ce n'est pas mon genre de divulguer les détails de la vie privée de mes amis à une vague relation. Quelle garce quand même !

Pierre et Ralph, qui ne se mettent jamais au soleil, ni en maillot et ne trempent pas même un doigt de pied dans la piscine, entrent dans la maison avec des journaux anglais coincés sous le bras. Dans une heure, un déjeuner tardif sera servi sur la terrasse.

— Bref, elle l'a appris. Mais elle s'est trompée de couple. Oui, elle a misé sur les mauvais chevaux. On ne récompense pas un homme heureux en ménage qui vous a aidée par bonté d'âme (pas la peine de m'étendre sur l'arrangement financier) en le menaçant de tout dire à son innocente femme s'il refuse de mettre en route un second enfant. Eh non ! ça ne fonctionne pas comme ça. Ralph est imperméable à tout chantage affectif. Crois-moi, j'ai essayé.

— Mimi, tu es sûre que Clare lui a fait du chantage ? C'est peut-être aller loin, non ? Elle est tellement mollassonne. Et, même si ça t'est désagréable à entendre, elle a l'air assez gentille.

— Non, je ne suis pas sûre pour le chantage. Mais alors, pourquoi se pointer à notre fête au culot ?

— Je n'en sais rien, Mimi. Elle était coincée dans son cottage toute seule avec l'enfant. Si j'ai bien compris, Gideon n'est pas très présent en ce moment. Tout le monde allait à ta fiesta. Elle ne chasse pas et elle ne peut même pas se promener puisque Joe est toujours dans sa poussette. Peut-être qu'elle a perdu les pédales et s'est dit : « Je vais y aller. Ralph va me prendre en pitié, Mimi sera à nouveau gentille et tout ira bien. »

— Je n'ai jamais été méchante avec elle. Mais avoue que la situation était bizarre. Et c'est pire maintenant que je suis au courant de tout.

Heureusement que Rose n'aborde pas l'histoire de l'avortement. Vu les circonstances, ce n'est pas le moment. Surtout vis-à-vis de Ralph.

— Tu n'es pas obligée de répondre, lâche Rose en examinant ses chevilles élégantes, mais tu vas l'annoncer aux enfants ?

— Leur annoncer quoi ?

Au-dessus de nos têtes les oiseaux pépient un tantinet trop fort. Autrement, nous baignons dans la perfection absolue, dans une maison divine à la Jamaïque, en très bonne compagnie. (Question à ce propos : pourquoi Rose trompe-t-elle son mari à l'heure et à la course ? Pierre est amusant, cultivé, beau garçon et, surtout, charmant avec moi. Il est vrai qu'elle est mariée avec lui et moi pas. Ce qui explique bien des choses.) Malgré les prédictions pessimistes de Ralph, il ne fait pas trop chaud, il n'y a pas de moustiques. Les seules plaintes qu'on entend viennent de moi : quand les repas servis tout cuits par le personnel arrivent un peu en retard.

— Et leur petit demi-frère, Joe, il est mignon… adorable. Il est le fils de Clare mais également celui de Ralph, comme tout le monde peut s'en apercevoir.

— C'est vrai, dis-je en fermant les yeux. En particulier quand Clare, pour sa première sortie publique en présence de son père, s'amuse à l'habiller avec les vieux vêtements de Casimir que je lui ai donnés.

Pendant le silence qui s'ensuit, je me souviens du choc que j'ai éprouvé. Le chandail bleu tricoté par ma mère ! Le short en velours côtelé ! Les bottes L'Ours Paddington. Et la lueur de triomphe dans les yeux de l'autre femme.

— Bien entendu, je vais parler de Joe aux enfants.

Pourtant, je n'en suis pas convaincue. Comment les informer ? « Mes chéris, hum… Papa et moi nous avons quelque chose à vous dire. Une merveilleuse surprise ! Vous vous souvenez de Clare à Notting Hill ? Comme elle ne pouvait avoir de bébé avec Gideon son mari, elle a demandé très gentiment à papa… »

Impossible de continuer. Trop ridicule. Même Posy n'y croira pas une seconde. Sans parler de Mirabel…

Tout d'un coup, je suis épuisée. Quand Ralph et Rose me demandent pourquoi je suis toujours fatiguée, j'invoque la chaleur, « le jet-lag », le stress. Tout le monde sait que le stress est crevant. Et stressant.

— Je leur dirai quand je m'en sentirai le courage.

Sur cette déclaration, je m'extirpe de la chaise longue pour m'abandonner au plaisir insouciant de la baignade.

Rose

Cath est chic dans son tailleur kaki et ses mocassins Tod's, le modèle classique dont la semelle à picots remonte derrière la chaussure. Elle boit de l'eau pétillante additionnée de citron vert. Mimi (vodka tonic), en jean et bottes, porte sa sempiternelle veste polaire sur une grande chemise d'homme écossaise. Elle arbore encore le bronzage et les cheveux décolorés de la Jamaïque avec en prime un air heureux. Elle dévore un paquet de chips oignon-fromage. Moi qui n'ai jamais vraiment faim, j'envie non seulement son corps voluptueux mais son appétit.

Sir Michael Hutton (scotch sans glace) est venu avec Lady Elizabeth (sherry). Richard est censé arriver en hélicoptère avec Kasmin, le célèbre collectionneur d'art contemporain et sa femme Pernilla qui a une émission gastronomique à la télévision. Sophy (jus de tomate assaisonné) de Spodden's Hatch est habillée comme une poupée de chiffons d'oripeaux reprisés qu'elle a sûrement, hélas, confectionnés elle-même.

Il y a plein d'autres gens.

Nous sommes entassés au *Farmer's Bar* dont la porte fermée est ornée d'un écriteau annonçant RÉUNION PRIVÉE. En grande fille modèle, j'ai commandé un verre d'eau minérale. Assise à côté de Cath, j'essaye de ressembler à une respectable mère de famille, fabricante de confitures et créatrice de paniers de pique-nique raffinés plutôt qu'à une poule effrontée et voleuse de mari. Et je souris d'un air de défi à deux matrones désapprobatrices aux cheveux permanentés comme des chrysanthèmes japonais. L'expérience m'a appris que, plus on prenait la mine contrite, plus les gens étaient horribles avec vous. Par conséquent, si je relève la tête bien haut, je serai plus vite acquittée.

Il est dix-huit heures. Cath regarde sa montre. D'après l'avis de réunion que nous avons tous reçu, dans une heure et demie un vote à main levée commencera dans la salle municipale du village concernant 1. L'avenir du Magasin-bureau de poste. 2. L'installation de l'éolienne. 3. Le sort des deux chasseurs arrêtés pour avoir violé la loi.

Je note que Mr et Mrs Hitchens arborent une mine intensément réjouie malgré – ou à cause de – la notification arrivée de Londres stipulant la fermeture de leur gagne-pain et raison de vivre, en même temps que des centaines d'autres magasins-bureaux de poste en milieu rural. Il n'y a rien que les Hitchens aiment plus qu'une bonne grosse catastrophe, surtout quand ils en sont les acteurs principaux.

— À tout malheur quelque chose est bon, fait remarquer Mrs Hitchens avec satisfaction. C'est une personne intelligente qui l'a dit – peut-être Einstein –, alors ça doit être vrai.

Je félicite Cath d'être présente en dépit de son emploi du temps ultra-chargé avec le nouveau magasin des produits de la ferme, le mariage et tout le reste.

Il paraît que la fiancée est complètement obsédée par son apparence, par le shopping, son trousseau, le linge fin et la coutellerie. Comme beaucoup de filles sur le point dire oui, la voici transformée en une caricature de mariée, tyrannique, égoïste, exigeant un mariage en grand tralala de deux cent cinquante invités. Elle a engagé un as des relations publiques pour l'occasion et a mis en concurrence les deux magazines people *OK* et *Hello !* pour la publication des photos de la noce. Selon les rumeurs, elle passe un temps fou devant un miroir à trois faces en tenue de mariée, avec voile ou sans, tournant, s'examinant sous toutes les coutures et demandant à tout bout de champ si son ventre est visible. Ces potins sur Serena Cobb, c'est Mimi qui me les a relayés quand nous étions dans les Caraïbes.

Son ventre ! Mais bien sûr ! Je devais être aveugle pendant la semaine de sports d'hiver pour ne pas avoir remarqué que Serena était enceinte. Il faut dire que j'étais éblouie par une autre femme et ce n'était pas la Serenissima.

— Comment le sais-tu ? ai-je demandé à Mimi.

— Par Ralph.

— Et lui ?

— Il a deviné. Ensuite j'ai questionné Richard qui, après beaucoup d'hésitations, de raclements de gorge et de bafouillage, me l'a avoué.

— Voilà pourquoi elle n'a pas chaussé les skis une seule fois. C'est pour ça qu'ils se marient ?

— Aucune idée. Mais, dis-moi, pourquoi tout le monde éprouve le besoin de convoler ?

J'ai trouvé Mimi un peu énervée sur le sujet.

Après le choc dû à l'annonce de la fermeture du Magasin, nous faisons de notre mieux pour nous lamenter, prétendant que nous ne pouvons pas imaginer d'autres personnes dans le Magasin, que c'est tout simplement effarant, tout en sachant parfaitement que d'ici quelques mois les Hitchens seront partis et que nous les aurons oubliés. Après tout, la vie ne cesse d'évoluer !

Secrètement nous nous sentons coupables. Peut-être que le Magasin n'aurait pas fermé si nous l'avions fréquenté davantage au lieu de nous précipiter au supermarché Waitrose de Godminster. Soudain, après un autre regard sur sa Breguet, Cath prend la parole avec son entrain habituel :

— OK, tout le monde ? On peut commencer ? Vous avez tous un verre ? Un siège ? Fabuleux ! Alors, voilà où je veux en venir. Nous pouvons refuser la décision de fermeture. La notification vient peut-être des instances gouvernementales mais en tant que communauté nous avons notre mot à dire. Pour être plus précise, nous avons la possibilité de prendre en charge le Magasin et ses activités. J'ai rencontré le directeur général de l'Association des commerces de détail en milieu rural qui m'a expliqué la marche à suivre.

Avec une concision admirable, elle nous explique comment le Magasin peut fonctionner en tant que magasin autogéré par les habitants du village tout en conservant ses activités de bureau de poste deux heures par jour, tous les jours de la semaine.

Nous sommes sidérés. Ce que vient de présenter Cath est tellement simple, tellement évident. Pourquoi personne n'y a pensé avant elle ? Il y a quelques questions portant sur le nombre d'équipes nécessaires, sur le mode de profit, sur les différents fournisseurs, les stocks, la comptabilité. Mais personne ne semble opposé au maintien du Magasin ou ne soulève d'objection. On peut toujours compter sur la bonne vieille apathie des Anglais !

Au bout d'un bon moment, Cath signale d'une voix forte à l'assemblée :

— Il est temps de procéder au vote à main levée car nous sommes attendus dans la salle municipale dans moins de dix minutes.

Et la main sur le cœur, dans la plus pure tradition américaine, comme si elle prêtait allégeance à son pays d'adoption, elle déclare :

— Moi, Catherine Cobb, je jure de me remuer pour maintenir en activité le Collectif de Honeyborne. Qui se joint à moi ?

Une forêt de mains en l'air. Cath rayonne de satisfaction.

— Formidable ! Je suis vraiment fière de faire partie de cette communauté. Oh, j'allais oublier ! J'ai persuadé Richard de s'occuper des finances.

Un tonnerre d'applaudissements éclate : Richard, qui hait la publicité et était furieux de figurer sur la liste des grandes fortunes publiée par le *Sunday Times*, est selon le supplément business du *Daily Telegraph* le troisième patron de hedge fund anglais en terme de réussite. Voilà qui confirme mon sentiment. Richard peut largement se permettre de devenir psychothérapeute. C'est même, comme il l'a laissé échapper l'autre jour en riant, une nécessité.

Tous les participants quittent le pub pour la salle municipale, chargés à bloc d'optimisme et d'alcool. Sir Michael entonne *There'll always be an England*, le chant patriotique si populaire pendant la Seconde Guerre mondiale. Seuls les Hitchens, à mon avis, font un peu la tête.

Plus tard, le même soir. Richard Cobb, Sir Michael Hutton et Ned Bryanston de retour au *Farmer's Bar*.

Ils sont assis autour d'une petite table ronde à l'équilibre instable. Au moindre mouvement, les verres menacent de se renverser. Installée au bar, j'attends Pierre : trop occupé dans son atelier pour assister à la réunion, il a promis de venir me rejoindre avant de me ramener devant mes fourneaux.

Ned a déjà descendu un grand verre de whisky.

— Un autre ? propose Sir Michael.

— Avec plaisir, répond Ned d'une voix abattue. Merci mille fois, Michael.

Sir Michael remarque ma présence :

— Rose, venez donc vous joindre à nous.

Il avance une quatrième chaise. Ned, tête baissée, semble au pire de sa forme. Et moi je ne sais pas trop où regarder.

Puis Ned relève la tête, une étincelle malicieuse dans ses yeux bruns.

— Vous savez, mon arrière-arrière-grand-père avait un corniaud appelé Zéro. Quand on lui demandait de quelle race il était, il répondait invariablement « C'est un zéro ».

Sir Michael lui donne une tape de sympathie dans le dos.

— Allez, vieille branche. Toutes les familles traversent des mauvaises passes. Tiens le coup ! Droit dans tes bottes !

Richard change aussitôt de conversation. Il revient sur le succès du nouveau statut du Magasin.

Dans la salle municipale, le village réuni a ovationné frénétiquement le plan soumis par Cath en détail. Le Magasin va devenir une boutique de qualité spécialisée dans les produits du Dorset. Toutes les dames du coin voient se profiler une manne de dollars à l'horizon. Il faut dire que Cath a été brillante. De toutes les étoiles qui brillent au firmament de Honeyborne, elle est sans aucun doute la plus étincelante :

— Je souhaite également que la nourriture des cantines soit plus saine. Ça serait épatant si vous fournissiez des légumes aux cuisines des écoles et collectivités. Aux États-Unis, il existe des « jardins de la victoire » où des personnes comme vous et moi font pousser des fruits et des légumes et les envoient aux soldats stationnés au loin. Vous verrez la différence. C'est tellement meilleur. Je voudrais convertir chaque habitant aux plaisirs des produits de saison. Mais je suis heureuse de commencer avec les enfants. Faire en sorte que leur mémoire garde le goût des framboises et des salades fraîchement cueillies. La saveur des produits des bois et des prés, des bords de route et des jardins potagers et des délices de notre ferme de Court Place.

J'aimerais vous donner à tous la possibilité de déguster les merveilles qui poussent chez nous.

Son discours, moitié Jamie Olivier moitié New Age californien, nous a enthousiasmés. En particulier quand elle a annoncé son projet de « jardin du goût » pour éduquer les petits et les amener à manger des épinards plutôt que des nuggets. Un monde futur peuplé d'enfants en pleine forme gambadant au milieu des fleurs sauvages et ramassant des pissenlits dans les prairies semble apparaître au loin.

Par contre la proposition de Ned a échoué. C'était la délibération qui venait en numéro 2. L'installation de l'éolienne. Plus une autre question qui ne figurait pas à l'ordre du jour officiel.

D'abord la fichue éolienne. Après le rapport de l'ingénieur à la retraite qui plaidait en défaveur du projet, le village a voté contre comme un seul homme. En outre, encouragés par le noyau pur et dur des résidents de l'éco-village – dont fait partie Sophy –, certains locaux ont suggéré que Ned pourrait tailler ses bois de manière répétitive et utiliser une chaudière à biomasse, un système plus efficace et moins polluant esthétiquement que l'éolienne prévue. Quand les mêmes ont exigé que Ned paye les gens de Spodden's Hatch pour les travaux d'élagage, j'ai cru qu'on frôlait la révolte paysanne.

Résultat ? Ned a quitté le *Farmer's Bar* dans un état de fureur avancé. Jesse Marlon n'était même pas là pour le soutenir. Ce qui semblait bizarre, vu leurs prises de position communes lors de la précédente réunion. Bizarre, jusqu'à ce que Mrs Hitchens me glisse dans le creux de l'oreille que JM était à ce moment même interrogé par les policiers au commissariat de Godminster.

— Pourquoi donc ?

— Viol.

Ma première réaction a été de me tourner vers Garry, le patron du pub, avec indignation – pourquoi ce salopard m'avait-il affirmé que c'était Colin Watts ? Mais il s'est bien gardé de regarder dans ma direction. Jesse Marlon violeur ? Le cœur m'a manqué. Impensable. Invraisemblable. « Bien que notre histoire soit finie, me suis-je dit, il faut que je sois à ses côtés. »

D'où ma présence au pub, ce qui est assez courageux de ma part.

Quand Sir Michael apporte un double whisky sur la table vacillante, Ned s'en empare et commence à siroter. Je ne pipe pas. Richard essaye de le consoler de son échec tout en me faisant part avec moult sous-entendus de son incrédulité quant à la culpabilité de Jesse Marlon par rapport à son futur gendre Colin. C'est un message difficile à faire passer, mais je dois dire que Richard s'en acquitte avec élégance et humanité.

— Écoute, Ned, dit-il, un accord n'est un bon accord que lorsque les deux parties se sentent un peu lésées. C'est ainsi que ça marche.

Il fait référence au nouvel arrangement avec Spodden's Hatch concernant les sources d'énergie renouvelable en se gardant bien de parler de l'interrogatoire de Jesse Marlon à la police.

— Mais Richard, bougre d'andouille, j'ai

complètement merdé ! proteste Ned. Ils ont gagné haut la main et j'ai perdu. En toute honnêteté, je n'étais pas fou de cette histoire d'éolienne mais je pensais que, si j'avais l'air de me soumettre à la pression générale, je bénéficierais d'assez de bienveillance pour…

— Pour quoi ? n'ai-je pu m'empêcher de demander.

— En fait, je me disais que si je m'inclinais et abandonnais l'idée de l'éolienne, que de toute façon je répugnais à voir au sommet de Hamble Hill, je passerais pour un propriétaire terrien compréhensif. Et cette vague de complaisance me permettrait de vendre discrètement quelques terrains sur le Lar, à côté de Spodden's Hatch.

— À quelle distance de Spodden's Hatch et à quel usage ? dis-je.

— Équipé de panneaux solaires, non récepteur de carbone, ce serait un…

— Oh, de grâce, épargne-nous cette abominable science verte. C'est par trop ennuyeux ! s'exclame Sir Michael.

— … un lotissement. Modeste de taille, qui se fondrait dans le paysage et tenant compte de la croissance durable. Maintenant, évidemment, ça n'a plus d'importance. C'est fichu. Il me reste à payer les résidents de l'éco-village pour vivre sur mes propres terres. Saloperie ! Sales petits bricoleurs ! Depuis quand « propriété » se confond avec a intendance » ? Et qu'est-ce que c'est que ce bordel de coupe de rajeunissement, d'abord ? Et pourquoi est-ce soudain si important ? Seigneur ! Pourquoi suis-je obligé d'entretenir une bande d'écolos poilus au lieu de les exploiter ? C'est contre nature !

— Oh, n'y pense plus, mon vieux ! s'écrie Sir Michael. C'est notre lot à tous. On appelle ça le prix à payer des privilégiés. Tu sais bien : la propriété est un vol, et autres balivernes.

— Privilégié ? C'est le comble, explose Ned. J'ai passé ma vie entière à déboucher les cheminées de mes locataires, à nettoyer leurs égouts, à me farcir les centaines de baptêmes de leurs centaines d'enfants. Alors que mon vœu le plus cher c'était de faire des films documentaires. Au lieu de quoi je suis l'homme à tout faire de tout le monde. Je vis dans un château branlant en me préoccupant sans cesse des trous de ma toiture et en supportant la présence de ma mère. Je ne peux pas vendre de terrains pour m'offrir une nouvelle installation électrique. Je ne peux pas mener la vie que je souhaite. Je ne peux pas léguer la propriété à Little Ned, le seul de mes fils suffisamment rapace et malveillant pour se débarrasser des fermiers et tirer quelque chose de Godminster Hall. Non, je dois passer ce domaine, qui est dans ma famille depuis quatre cents ans, à celui qui rêve d'en faire un phalanstère pour des végétaliens passionnés de compost. Quel horrible merdier !

Après cette longue diatribe, Ned enfouit sa tête dans ses mains.

— Allez, vieux ! Tout finit toujours par s'arranger. Quant à Jesse Marlon… bon… il faut y aller doucement. Attendons de voir comment les choses s'arrangent.

Sur ces belles paroles, Sir Michael toussote en évitant mon regard et celui de Richard.

En entendant le nom de Jesse Marlon, Richard se lève brusquement et annonce que, s'il ne retourne pas en vitesse à Court Place pour dîner avec des amis, Cath va lui faire passer un mauvais quart d'heure.

Au moment de quitter de pub, il me lance :

— Au fait, Pierre et toi, vous êtes chez vous demain à l'heure du thé ? J'aimerais montrer à Kasmin les estampes de Pierre.

Sir Michael reste vaillamment sur le terrain. Il faut bien que quelqu'un se charge du sale boulot.

— Qu'est-ce qu'il a fait encore ? demande Ned.

Il parle bien sûr de JM. Et me jette un regard acéré comme si j'avais corrompu son précieux bébé. Ce qui est d'autant plus perturbant que JM est désormais soupçonné. Mais franchement, si Jesse Marlon est le violeur du village, moi je suis Myra Hindley, la tueuse d'enfants de sinistre mémoire.

— Ce n'est quand même pas lui qui a envoyé la vidéo où on voit le Maître et son piqueux chasser avec une meute, si ?

— Non, pas exactement, répond Sir Michael. J'ai parlé à Henry Pike après coup. Personne ne sait qui est à l'origine de cette vidéo. Au début, on a cru que c'était cette Sophy, une fille qui fait des enfants sans père mais fabrique un onguent vert très efficace sur l'impétigo de mes fox-terriers. Oui, un truc sensationnel ! Il y a eu confusion car elle a donné un paquet à Jesse Marlon avec lequel elle entretient une de ces relations au goût du jour pour qu'il le dépose au bureau de poste du Magasin en allant à La Laiterie. Elle ne quitte pas beaucoup Spodden's Hatch, à cause d'un enfant en bas âge. Bref, Jesse Marlon, qui n'est pas le plus malin de la portée, je dois le dire, n'avait pas remarqué qu'il était inscrit « *Police de Godminster* » sur l'enveloppe. Mais Mrs Hitchens, si. Une vraie idiotie ! Donc les Hitchens ont fait le rapprochement à leur manière et se sont trompés sur les grandes largeurs.

— Mais qu'y avait-il dans ce paquet si ce n'est pas la vidéo de la chasse ?

Je suis curieuse de savoir, bien que j'aie ma petite idée sur la question.

— Je n'en sais rien, Rose. De toute façon l'eau a passé sous les ponts. Ned, tu es parti avant la nouvelle, non ? Concernant le cas des chasseurs ? Fin de non-recevoir. La cour abandonne les poursuites. Une erreur technique. Alors, la vidéo n'a plus aucun intérêt.

— Quelle histoire ! commente Ned. Je me demande pourquoi cette Sophy voulait…

À l'évidence il ne sait rien sur le viol. Et ce n'est pas nous qui allons éclairer sa lanterne.

— Tout le monde devrait t'être reconnaissant, l'interrompt Sir Michael. Tu as été épatant de quitter ce maudit projet de moulin à vent. Et tu es épatant de laisser ces hippies vivre sur tes terres et, si tu es d'accord pour ces élagages réguliers, de leur permettre de gagner leur vie. La famille Bryanston s'en sort très bien et je suis certain que ces bêtises au sujet de ton fils vont se terminer très vite. Maintenant je DOIS vraiment filer.

Pierre vient me chercher.

— Alors, raconte-moi, dit-il, une fois que nous sommes dans la voiture. La réunion portait sur quoi ?

— Je me le demande moi-même. Enfin, je crois que j'ai compris ce qui a été dit au *Farmers's Bar*, mais peut-être pas tout.

Et j'explique à Pierre que Sophy a été violée mais que ce n'est pas sûr. Que l'auteur du viol n'étant plus Colin Watts, ça pourrait être Jesse Marlon. (Je ne m'appesantis pas sur Jesse Marlon et Pierre a la courtoisie de ne pas poser davantage de questions.) Que la même Sophy a envoyé un paquet à la police qui doit contenir une preuve de quelque chose. Qu'il n'y aura pas d'éolienne sur Hamble Hill, pas de prison pour Martin et Henry et que les habitants de l'éco-village vont se faire quelques sous en vendant du bio-fuel à Godminster Hall.

— Eh bien, je suis content de ne pas y avoir assisté, conclut mon mari.

Une semaine plus tard

En route pour le spa de Brambletye avec Lulu et Mimi.

Dès que nous avons reçu l'invitation, si épaisse que j'aurais pu gratter la glace de mon pare-brise avec, Mimi et moi avons décidé qu'il nous restait très peu de temps pour réparer des mois de négligence. Nous allons donc passer une journée entière à nous faire chouchouter (pédicure, manucure, cheveux, épilation jambes, épilation bikini, épilation moustache, etc.)

avant le mariage dans l'espoir d'être aussi présentables que la belle Lulu.

Dans la Subaru de Mimi le désordre bat les records. À sa demande, je jette à l'arrière les papiers de bonbons, cartons de jus de fruits et catalogues variés.

— Pourquoi voyager confortablement dans trois voitures quand on peut s'entasser dans une seule caisse moche ? hurle Mimi en prenant à la corde les virages d'une petite route, ce qui a pour effet de nous faire rire comme des gamines.

Après avoir signé les formulaires d'admission (nos allergies et opérations médicales doivent être obligatoirement signalées, les interventions de chirurgie esthétique, aussi), nous gagnons chacune une cabine différente. Mimi va subir un « déboisement » intégral et une teinture des cils. Lulu a rendez-vous pour une épilation-remise en forme des sourcils et un massage facial à la vitamine C. Quant à moi, j'ai retenu pour un soin des yeux au collagène, un soin du visage hydratant et une pédicure à l'acide de fruit.

À l'heure du déjeuner nous nous retrouvons comme convenu dans la salle de relaxation. La buée ambiante me rappelle ma voluptueuse séance de sauna avec Virginie quand nous étions en Suisse, chez les Cobb. Un intermède coquin qui m'a permis de me rendre compte de ma vraie… personnalité.

— Ce que je me sens bien, dis-je, repoussant ces idées égrillardes et en m'abandonnant sur les coussins en éponge blanche de ma chaise longue réglable.

Je glisse un oreiller sous ma tête en me disant qu'il n'y a pas de mal à se faire plaisir pendant une journée entière. Surtout maintenant que j'ai de l'argent à dépenser.

— Aujourd'hui, je sais que j'aime Pierre profondément. C'est un vrai challenge – enfin, c'était – de vivre dans l'isolement campagnard avec un homme qui s'intéresse plus aux silex qu'à sa famille. Alors, je pense que c'était ma façon de réagir.

C'est vrai. Je sais maintenant que la volonté de Pierre de se soustraire systématiquement aux tâches ménagères, de ne jamais donner un coup de main est en fait un appel au secours. Il exprime ainsi non pas l'inhérente paresse qui va avec son tempérament artistique (et avec sa grande tolérance), mais une forme de rébellion contre mon autoritarisme domestique.

Clair comme de l'eau de roche.

À propos, on nous a recommandé de boire beaucoup. Justement, sur une table à côté des magazines du mois, il y a des carafes d'eau citronnée où nagent des feuilles de menthe et des particules noires – du charbon, qui est censé équilibrer notre pH ou un truc comme ça. Les gens qui dirigent le spa ont démarré à San Francisco. Ils savent ce qu'ils font.

Lulu et moi avons pris la précaution d'huiler nos cheveux avant de les tirer en arrière. Du coup, nous ressemblons à des phoques brillantines. La tignasse de Mimi au contraire se dresse tout autour de sa tête. On dirait le chanteur Phil Spector dans ses années *Wall of Sound.*

— Rose, c'est vraiment top ! Une fiction qui devient réalité. Dis-moi encore comment ça s'est passé ? demande-t-elle.

Je commence à raconter sans chercher à cacher ma satisfaction :

— Richard m'avait prévenue qu'il passerait nous voir avec Kasmin au milieu de l'après-midi. Donc, après notre première tasse de thé Oolong accompagné de mes scones maison, nous avons fait une promenade dans le jardin des fleurs à couper, puis le tour du potager et, tout naturellement, nous sommes allés dans l'atelier de Pierre. Tellement simple, en fait !

— Oui, acquiesce Mimi en faisant bouger ses doigts de pied pour faire sécher plus vite son vernis.

Pendant ce temps Lulu est absorbée dans *Vogue.* C'est comme si l'article sur une nouvelle crème pour le contour des yeux avait plus d'importance que l'allégresse de Pierre dont tout l'assortiment d'œuvres vient d'être raflé par le plus grand collectionneur d'art moderne de notre temps.

Retour en arrière, dans l'atelier.

Quand nous poussons la porte, Pierre nous attend rayonnant, animé, joyeux comme je ne l'ai pas vu depuis longtemps. Le long d'un mur, sont alignées une série de sculptures en forme d'œuf ou de cosse. Chacune d'elles mesure à peu près un mètre soixante. Certaines présentent des décrochements, des creux et parfois des protubérances. Elles sont d'une puissance extraordinaire. Et ont dû demander des mois et des mois de labeur.

— Chéri, elles sont faites en quoi ? dis-je.

La présence du puissant et célèbre Kasmin me met dans un état d'excitation avancé.

Au lieu de me répondre, Pierre commence à expliquer à l'amateur d'art qu'il a voulu explorer en profondeur les polarités métaphysiques : la présence et l'absence, l'être et le néant, le lieu et le non-lieu, le solide et l'intangible.

— Je veux donner de la matière au ciel, précise-t-il. La force mâle dans l'énergie femelle.

Et Kasmin acquiesce comme si ça allait de soi :

— Oui, il faut savoir si le message est dans l'œil de celui qui regarde ou s'il est inclus dans l'œuvre.

— C'est une manipulation de l'acte de regarder, répond Pierre. Subtile et en même temps limpide.

La seule note discordante, en dehors du langage absurde des deux hommes, c'est une pile de bûches soigneusement empilées dans un autre coin de l'atelier. Kasmin demande à Pierre des explications, tandis que sa femme et moi nous nous en approchons. Je prétends connaître la signification de ce tas de bois. Je prétends même y avoir participé. Maintenant que quelqu'un d'aussi important s'intéresse au travail de Pierre au point d'investir de grosses sommes, je veux en faire partie.

— J'espère que vous allez venir au vernissage, dis-je aux filles tout en buvant un second verre d'eau. C'est à la Fondation Kasmin. Nous ne connaissons pratiquement plus personne à Londres, alors nous avons besoin de votre soutien. Mimi, toi qui as été journaliste, tu connais des critiques d'art ?

— Hum, hum, élude Mimi.

— Il paraît que Kasmin a acheté tout le lot pour

3 millions. C'est vrai ? demande Lulu d'un ton boudeur.

Je prends un air nonchalant pour répondre :

— Oui, au fond, Pierre le mérite.

— Alors plus de récriminations ni de gémissements ?

— Tu veux dire quoi, Lulu ?

— Avec tout l'argent que ça rapporte, tu ne peux plus te plaindre de ce que Pierre passe ses journées dans son atelier au lieu de t'aider dans la maison.

— Oui, tu as raison, ce n'était pas sympa de ma part.

Il est clair que notre nouvelle opulence exaspère Lulu. Elle et son mari vivent sur leur capital et sur les loyers des cottages. Le Festival littéraire leur coûte une fortune chaque année. Ils ne peuvent plus bazarder de terrains aux promoteurs immobiliers sans se mettre tout le village à dos. Après cette histoire de l'éolienne et d'énergie renouvelable, les voilà même obligés de casquer pour garder les résidents de Spodden's Hatch sur leurs propres terres.

Mon air suffisant se transforme en sourire quand je vois qu'elle me dévisage. Elle lâche son magazine et dit :

— Écoute, Rose, j'ai un truc à te dire. En fait, j'hésitais, mais l'amie psychothérapeute que je vois m'a conseillé de ne pas le garder pour moi. Il paraît que c'est mauvais pour ma santé et pour ma bonne mine.

— Ah oui ?

Mon cœur fait des embardées. Encore une effroyable

révélation ? Mais quoi ? Il y a de nombreuses possibilités. Va-t-elle m'annoncer que Jesse Marlon couchait avec d'autres filles ? Qu'il est vraiment l'auteur du viol ? Que Pierre m'a faite cocue ? Que Virginie me trompe ?

Mimi et moi sommes à l'agonie, mais Lulu fait durer le suspense. Elle se verse un verre d'eau, fait mine de réfléchir et lance finalement :

— Ceci a un petit ami.

Quelle manière prudente de parler ! Trop polie pour être honnête. Ça ne me dit rien qui vaille.

— Tu peux répéter ?

Pourtant j'ai parfaitement entendu. Ceci, mon unique trésor, ma fille parfaite, qui ne regarde jamais la télévision, qui ne mange ni sucre ni farine raffinée – en tout cas, pas à la maison ? Ceci, la prunelle de mes yeux en qui je mets tous mes espoirs et qui, j'espère, obtiendra une bourse pour entrer dans la très sélecte école Marlborough ? Ceci qui n'a que treize ans ?

— C'est Spike, ajoute Lulu.

— Et alors ? Nous adorons Spike, objecte Mimi.

— Oui. Ceci aussi, apparemment.

— Arrête de tourner autour du pot, Lulu.

Au fond, je n'ai jamais aimé cette fille. Quelle idiotie de l'avoir incluse dans notre journée beauté.

— Ceci et Spike se retrouvent dans la maison de Jesse Marlon quand ce dernier va à La Laiterie pour planter tes salades ou… autre chose, ajoute-t-elle avec un sourire moqueur. Ils le font devant le feu. La personne qui me l'a dit a trouvé des préservatifs. Biodégradables, je présume.

— Pas la peine de plaisanter ! Comment tu sais ça, Lulu ? C'est encore Sophy, hein ?

Chaque fois que je pataugeais dans la boue pour aller voir JM, je voyais Sophy m'observer à travers la fente de sa yourte. Mais je pensais qu'elle se fichait éperdument de mes galipettes avec lui. Comment imaginer que cette hippie en guenilles écolos puisse se comporter comme une ex-maîtresse bouillante de jalousie ?

Je suis sous le choc à propos de Ceci. Le mot préservatif me donne mal au cœur. J'ai envie d'étrangler Lulu.

— Exact. C'est Sophy. Elle m'a téléphoné, très bouleversée. Elle avait peur que Ceci fasse marcher son fils. Tu ne peux pas lui en vouloir.

Mimi vient à ma rescousse.

— Tu sous-entends quoi ? s'écrie-t-elle.

— Je dis juste que Rose ne peut pas en vouloir à Sophy de l'histoire Colin Watts. Ce n'est pas lui le violeur, mais il s'est laissé accuser à la place de Jesse Marlon.

Je grogne vaguement et attrape le dernier *Tatler* dont le titre de couverture annonce « *Tous au vert dans le Dorset* » avec en sous-titre « *Quand Cath Cobb flirte avec la nature* ». Je trouve la première page du reportage et commence à examiner les nombreuses photos.

— Regardez, il y a un article sur Cath. Les photos de ses carrés d'herbes sont divines.

Je lis le papier de la première à la dernière ligne. Il s'agit à vrai dire d'un de ces reportages richement illustrés sur une personne riche, entreprenante et raffinée, qui donne automatiquement au lecteur l'impression d'être pauvre, nul et mal dégrossi. Il y a une photo de Cath particulièrement attrayante : en robe de bal au milieu du poulailler avec un petit coq à la main. La légende précise : « *En avant, la volaille !* »

Quand je pose le magazine pour m'abreuver, Mimi le récupère. Et se met à rire. Elle vient de tomber sur un papier intitulé « *Sexy, affriolante, sensuelle, la doudoune est de retour* ».

Ayant repris mes esprits, je me tourne vers Lulu :

— Écoute, j'ai décidé une fois pour toutes de ne prêter aucune attention aux potins du village. J'ai déjà oublié ce que tu viens de dire. D'ailleurs, à ma connaissance, le viol appartient déjà à l'histoire ancienne. En revanche, si j'étais toi, je ferais plus attention en parlant de Jesse Marlon, dis-je en décidant de remuer le couteau dans la plaie. Dans quelques années, tu risques d'avoir à le supplier de prêter une grange à l'un des jumeaux. Et, à toi, l'ancien logement des palefreniers.

TROISIÈME PARTIE

Samedi 9 mai – 10 heures 30

Mimi

Malgré mes talons hauts nous grimpons à pied vers la vieille église de style normand perchée sur la colline. Le drapeau de la croix de Saint-Georges flotte au sommet du clocher. Je suis essoufflée et mes pieds me font mal mais, de toute façon, il aurait été impossible de trouver une place de parking. Garées le long de la route, des Bentley hors d'âge luisent au soleil, tels de grands requins en eau peu profonde.

En chemin, j'admire la nature. L'herbe verte et épaisse. Les chatons sur les branches. Les bourgeons encore serrés sur certains buissons et les arbres en fleurs. Le ciel bleu traversé de nuages blancs effilochés. Les agneaux jouant dans les prés, inconscients de leur avenir éphémère. Honeyborne est à son firmament. Même les grands manitous d'Hollywood et leurs superproductions ne pourraient rendre la perfection parfaite de ce village du West Dorset, un jour comme aujourd'hui.

Cette année, le printemps est arrivé tard. J'ai cru même qu'il n'arriverait jamais. Ce samedi, il est mûr à point.

Nous sommes à l'intérieur de l'église, bâtie en

pierres grises au début du dix-septième siècle. Les bancs en bois poli brillent. Les cloches carillonnent à toute volée comme pour annoncer les noces dans toute la vallée. Six petites filles d'honneur aux cheveux bouclés attendent sagement de faire leur entrée solennelle derrière la mariée. Elles portent des robes Empire à manches ballon en taffetas jaune pâle agrémenté de ganses, rubans et petits volants en velours vert foncé. Et nous voilà, aux premières loges, pour voir Richard conduire la mariée à l'autel dans la meilleure tradition des mariages anglais à la campagne. Dehors, l'air sent l'ail sauvage et le chèvrefeuille et à l'intérieur les gerbes de fleurs accrochées par Cath au début de chaque travée embaument. Elle aurait pu, bien sûr, confier l'arrangement floral à un artiste de Knightsbridge. Mais ce n'est pas son genre. Elle voulait que le mariage de sa fille reflète ses goûts, sa personnalité mais aussi ses centres d'intérêt. Aussi a-t-elle composé elle-même tous les bouquets, de ses blanches mains, avec amour et joie.

Comme elle dit souvent, la simplicité est le plus grand des luxes.

C'est l'heure. Cath se glisse au premier rang et s'assied, aussi droite et mince qu'un bouleau.

À côté de Ned Bryanston se trouve une vieille dame ratatinée, aux yeux bleus perçants, au visage ridé tout poudré, dont les cheveux blancs coiffés en casque pour l'occasion soutiennent une voilette noire. Celia a pris un coup de vieux, je trouve. Il est vrai que les gens qu'on ne voit que très rarement semblent vieillir justement à vue d'œil. Derrière Lulu et Ned : Jesse Marlon, sa mère Judith ainsi que sa compagne Kit et leur fille Jeremy. Toutes les trois ont fait le voyage depuis les Catskills. Un bel exemple, plutôt moderne évidemment, plutôt anti-conventionnel certainement, de famille recomposée ou mélangée, comme on voudra.

Sir Michael et Lady Hutton, amis proches de Celia, ont pris place devant elle. De temps en temps, ils se retournent pour voir si elle va bien tout en fronçant les sourcils à l'intention de Lulu en train de texter sur son mobile.

L'air est saturé du parfum des fleurs, de l'odeur de vieux papier des livres de psaumes anciens, des effluves de moisi provenant des antiques coussins brodés attachés aux prie-Dieu.

Nous attendons tous avec impatience le moment où l'organiste va entonner la marche nuptiale de Wagner et où la radieuse Serena fera son entrée.

Cinq minutes de silence. Dix minutes. Vingt. Ralph n'arrête pas de compter les minutes qui passent.

— Ça fait au moins trois quarts d'heure qu'on patiente, me glisse-t-il, imperturbable.

Colin Watts a l'air esseulé et misérable, même vu de dos. L'autel a des allures de « chac mool » aztèque ou table sacrificielle, prête à recevoir en offrande le sang des jeunes gens forts de la tribu pour apaiser la colère du Dieu-Soleil.

Je regarde droit devant moi, embêtée d'avoir versé quelques larmes avant le début du service (j'ai fait l'erreur fatale de lire le nom de tous les jeunes paroissiens tombés pendant la guerre de 14-18 qui sont inscrits en lettres d'or sur les grandes plaques commémoratives). Chaque événement un peu émouvant, comme les rentrées d'école, un match de cricket pères contre fils, un défilé de vétérans en uniformes, les visites d'orphelinats et les cérémonies où la reine est présente, me fait abondamment pleurer. De toute façon, depuis un moment je passe ma vie à me tamponner les yeux.

Que peut-il bien se passer pour que Serena soit tellement en retard ?

Sa mère, qui a fait preuve jusque-là d'une maîtrise parfaite, montre des signes d'inquiétude.

— Serena a-t-elle changé d'avis ? S'est-elle enfuie avec un type mieux assorti ?

L'esprit en ébullition, je ne peux pas m'empêcher de parler à haute voix. Je me remets à pleurer et dois essuyer mon nez et mes yeux sur ma manche. Quel réconfort quand Ralph prend ma main moite et brûlante dans la sienne qui est sèche et rassurante.

— Ça va ?

— Oui, mais j'étouffe.

— C'est le réchauffement de la planète, marmonne Ralph pour la première fois de la journée.

Car c'est devenu un tic. Chaque fois qu'on fait une remarque sur la température – chaude ou froide –, le temps – beau ou mauvais –, la météo – inhabituelle pour l'époque –, il y va de son commentaire.

— Mam' ? demande Posy accrochée anxieusement à mon bras.

— Oui, ma puce ?

— Qu'est-ce qui arrive aux chiens à cause du réchauffement de la planète. Ils meurent ?

Comment répondre à cette triste question ? Je m'abstiens. Ralph observe le dos raide de Colin Watts. Comme n'importe quel futur marié dans sa situation, le pauvre donne des signes d'accablement et de capitulation.

« On dirait un agneau à l'abattoir », marmonne Ralph dans sa barbe. Ce à quoi Posy lui répond de se taire car on est dans une église. Alors, avec pas mal d'à-propos, il se met à chantonner tout bas le refrain de *Encore un autre qui mord la poussière,* la chanson western bien connue.

Pierre, Rose et Ceci sont à quelques rangs de nous. C'est fou comme j'ai de l'affection pour eux ! Rose est exemplaire à tous points de vue : belle, talentueuse, créative, « boho chic » juste ce qu'il faut, avec un goût exquis, capable de confectionner une couronne de Noël ou un panier de pique-nique bourré de choses succulentes en moins de temps qu'il ne me faut pour beurrer des toasts dans le bazar de ma cuisine. Et Ceci ! Ceci est formidable, une nymphe des bois aux boucles rousses, pleine de fougue.

Pierre fait continuellement tomber le livret de l'office pour le ramasser ensuite, et mâche des Nicorette en faisant du bruit. Ce qui me laisse penser que, bien qu'ayant fait fortune, il a toujours le même but dans la vie : exaspérer sa femme.

Rose

Tandis que les clochent sonnent et que l'organiste, Dotty Smallpiece, joue à pleins tuyaux *L'Arrivée de la reine de Saba* de Haendel, les invités s'installent en bavardant joyeusement.

Je prends un livret et m'assieds deux rangs devant les Fleming au grand complet qui ont envahi un banc entier. Les Cobb et consorts prennent tout le côté gauche de l'église alors que, sur le côté droit, la famille et les invités de Colin Watts occupent seulement deux rangées. Parmi eux, le boucher de Godminster avec ses joues marbrées qui a pris de l'importance depuis la fermeture de plusieurs abattoirs des environs. Les cousins qui tiennent le magasin de fournitures pour chevaux. Les gens du garage, quelques oncles et tantes, tous légèrement mal à l'aise dans leurs beaux atours. Les hommes sont en jaquettes louées. Les femmes portent des twin-sets habillés provenant de cette boutique de Godminster spécialisée dans les vêtements de cérémonie, et des chaussures plates alors que la plupart des autres gens sont sur leur trente et un. L'église offre le spectacle ravissant de l'Angleterre dans ce qu'elle a de plus élégant : chaussures de grands faiseurs, robes de couturiers et chapeaux excentriques. Côté Cobb, les femmes font assaut de couleurs vives, de tailleurs admirablement coupés, de bibis à plumes. On dirait des pierres précieuses éparpillées sur le bois chocolat des bancs.

Lulu est spectaculaire dans une robe de la créatrice belge Véronique Branquinho. Ned a revêtu l'habit de son arrière-grand-père. Mimi est enveloppée dans une jupe Whistles, qu'elle a améliorée par de nouvelles chaussures achetées en ligne sur le site Net-à-Porter. com (elle m'a confié qu'elle soudoie le facteur pour qu'il livre les paquets quand Ralph est absent) et un joli petit haut en velours. Moi, j'ai mis ma robe à motifs floraux (rouges sur fond blanc) de Gucci, avec des sandales à talons hauts. Ceci, que je tiens à l'œil depuis que Spike a été envoyé en pension (merci, Richard ! merci, Pierre ! C'est eux qui s'acquittent des frais), est en Top Shop comme Mirabel.

Sophy est aussi là, plutôt somptueuse avec ses épaules laiteuses émergeant d'un bustier en velours et ses cheveux à la Titien. D'ailleurs Henry Pike lui lance des regards incandescents, ce que Biddy, sa femme, fait mine d'ignorer. Il paraît que Sophy va lire un poème de sa composition en l'honneur des nouveaux mariés. Une « carte sonore » du Lar, d'après le peu d'informations qu'elle a consenti à donner. Un pensum redoutable, d'après mon intuition personnelle. Et Biddy ? Visiblement, elle a fait son shopping chez Boden : jupe imprimée et cardigan à ruchés de soie. Je ne porte jamais de Boden mais, sur elle, c'est super.

Mimi

Les minutes passent mais rien ne se passe. Nous avons examiné les tenues et les chapeaux des autres jusqu'au moindre bouton, jusqu'à la moindre plume. Et toujours rien.

— Mam', j'ai chaud, chuchote Posy comme si j'avais le pouvoir de faire baisser la température dans l'église.

Elle porte une adorable redingote en tweed Young England qui provient de l'inépuisable stock de vêtements d'enfant de Ceci. Bien sûr, c'est un refilage, mais c'est de loin la plus jolie chose que ma Posy possède. Je me penche pour la réconforter.

Au même moment, un invité descend la travée centrale pour murmurer quelque chose à l'oreille du révérend Wyldbore-Smith. Le sourire béat du saint homme qui s'était légèrement figé au fur et à mesure que les minutes s'étiraient et que l'organiste réattaquait *L'Arrivée de la reine de Saba* pour la quatrième fois, disparaît complètement. Murmures, bruits de pieds, têtes qui se tournent : la congrégation en ébullition se pose des questions.

Et finalement Serena apparaît au fond de l'église.

Comme toutes les mariées, le jour de leur mariage, elle est absolument ravissante et rayonnante. Il y a comme des branches brillantes dans ses cheveux qui provoquent le même murmure d'appréciation que celui que les rédactrices de *Vogue* au premier rang d'un défilé émettent pendant la semaine de la mode à Paris.

L'assemblée respire. Le futur marié desserre ses poings et son témoin lui donne une tape réconfortante sur l'épaule. Les larmes d'émotion perlent dans les yeux de tout un chacun tandis que la mariée flotte vers l'autel au bras de son père, suivie de ses demoiselles d'honneur couronnées de pois de senteur.

Mais cette scène charmante, destinée à faire fondre les cœurs les plus endurcis et les célibataires les plus obstinés, ne dure pas. À l'instant où le couple va échanger ses consentements, quelqu'un fait irruption et provoque un remue-ménage sans précédent – « le choc de notre vie », comme Mrs Hitchens le répétera *ad nauseam* au cours des mois qui suivront avec l'assurance d'un témoin assermenté.

La cérémonie a atteint le moment touchant où le prêtre demande :

— Si une personne dans l'assistance a une raison valable qui empêcherait cet homme et cette femme de s'unir par les liens du mariage…

L'assemblée écoute avec toujours le même petit frisson cette archaïque figure de style et puis quelque chose se produit, quelque chose qui nous rappelle qu'au-delà des somptueuses résidences secondaires, des chalets dans les Alpes, des châteaux en France, des villas en Toscane et des bastides en Provence, nous sommes dans un coin reculé de l'Angleterre. Dans le Wessex où les bonnes donneront toujours naissance à leurs bâtards dans des refuges, dans le Wessex où les simples garçons d'écurie joueront toujours à se faire tomber au fond des puits.

— … qu'il s'exprime maintenant ou se taise à jamais. Et cette fois, une personne s'exprime.

— C'est le réchauffement de la planète, grommelle Ralph.

Étant donné sa tête, je vois que, au lieu de perdre son précieux temps libre du week-end à assister à un mariage de la gentry, il aimerait mieux être harnaché de ses cuissardes en train de pêcher la truite dans le Lar.

— Chut ! souffle Posy.

Je me retourne pour voir qui a parlé. Mes yeux se posent sur des dizaines de gens qui s'éventent avec le livret de la cérémonie. Sur un océan de plumes fuschia, sur des couvre-chefs en forme de palettes de peintre, de tour Eiffel, de cornes d'abondance, de libellules argentées, de tricornes phalliques. Et s'arrêtent sur la silhouette pleine de défi qui se tient dans l'embrasure de la porte d'entrée, à l'exact endroit où la divine Serena et son père débordant de fierté formaient ce tableau si joliment composé.

— Oh, mon Dieu !

Toute l'assemblée s'est exprimée en même temps (à l'exception de Ralph décidément imperméable à toute forme de scandale) en détaillant la femme, son tailleur coupé près du corps en moire rose, ses sublimes escarpins – Emma Hope à vue de nez – en daim de la même couleur.

— Ooooh, fait Casimir en regardant à son tour. Le monde est en train de devenir brûlant. J'avoue.

L'apparition porte une mantille noire, un accessoire hautement approprié à la fois à l'élégance des invités et à la solennité de la cérémonie.

Je me retourne vers Ralph et lui glisse :

— Mais qu'est-ce qu'elle fabrique ici ?

11 heures 45

Rose

— ... qu'il s'exprime maintenant ou se taise à jamais.

— Moi !

Ce cri jaillit du fond de l'église.

À cause du contre-jour il m'est difficile d'identifier la silhouette que l'assemblée tout entière lorgne avec stupéfaction. Je dois accommoder ma vision à l'obscurité intérieure et à la lumière qui filtre de l'extérieur pour avoir une image nette. Pierre et Ceci, qui ont assisté à d'innombrables mariages ennuyeux, sont terriblement agités par cette interruption.

— Vous ne pensiez quand même pas commencer sans moi, poursuit la femme dont la voix de stentor doit s'entendre du sommet de Hamble Hill à l'ancienne potence du village.

Et Gwenda Melplash s'avance vers l'autel avec l'assurance inébranlable d'une Naomi Campbell revenant défiler pour Roberto Cavalli après s'être acquittée des travaux d'intérêts locaux auxquels elle a été condamnée. Elle est superbe. Dans un tailleur impeccable et peut-être même couture.

Elle se dirige vers le premier rang où Mr et Mrs Watts

sont assis avec une tante autrefois mariée à un Témoin de Jéhovah.

— Pas sans la mère du futur marié, j'espère, reprend Gwenda sans aucune honte. Allez, Mike, pousse-toi !

Plusieurs personnes obéissent et Gwenda la Terrible prend place sur le banc. À côté de Sir Michael Hutton. Elle croise ses mains gantées sur ses genoux et jette un coup d'œil rapide à droite et à gauche pour s'assurer que tout le monde la regarde – ce qui est le cas.

On dirait que Serena va fondre en larmes. Colin a l'air effaré mais réussit presque à donner le change. Le révérend reste bouche bée. Quant à Sir Michael et Lady Elizabeth, visages fermés et regards fixes, ils sont décidés, quoi qu'il arrive, à ne rien montrer de ce qu'ils éprouvent.

Le village de Honeyborne est fasciné. Moi aussi. Pas tant par la déclaration publique de Gwenda. À vrai dire, nous savons tous que Colin a été adopté. D'ailleurs il y a toujours eu des rumeurs sur la famille Watts et même toutes sortes de spéculations, en particulier quand Colin a commencé à donner un coup de main au Centre équestre. Non, ce qui nous impressionne, c'est l'allure de Gwenda combinée à son courage de kamikaze. C'est sa façon d'appeler Sir Michael « Mike » pour affirmer, *urbi* et *orbi* et sans contestation possible, qu'il est le père de Colin.

Je me trompe ou pas ? Il semble que Colin Watts adresse un clin d'œil discret à sa mère biologique avant de faire un sourire rassurant à ses parents Watts. Après un haussement d'épaules, il pivote vers le révérend Wyldbore-Smith, dont l'expression de pieuse commisération devant la faiblesse humaine tourne au vilain rictus d'impatience. Clairement, il aimerait bien que l'office se termine vite fait. Et Serena ? Même si elle en meurt d'envie, elle ne prend pas ses jambes à son cou. Probablement parce que son escadron de demoiselles d'honneur lui barre le passage.

Je n'ose pas regarder le boucher et sa femme. Les pauvres ! C'est trop affreux. Par contre, je jette un œil vers les Hutton qui, avec les Watts, sont les seules personnes de l'église à ne pas observer Gwenda avec un ravissement horrifié. Le visage de Sir Michael a pris une drôle de couleur.

Gwenda fait un signe et le révérend, imperturbable, reprend la cérémonie comme si de rien n'était. Après tout, ici c'est l'aimable Angleterre où tout se passe dans la discrétion et le bon ton. Et, en entendant les mots immuables que le prêtre prononce, les mêmes mots qui sont dits dans le même ordre depuis des siècles et des siècles, il semble qu'en vérité il ne se soit rien passé.

Soulagés, nous sourions. Le spectacle continue, comme il se doit.

Dans un monde idéal, Serena n'aurait sans doute pas découvert le jour de son mariage que Gwenda était la mère de son nouveau mari et que Sir Michael en était peut-être le géniteur. Peut-être, car au fond il reste des doutes. D'ailleurs ces cas générèrent toujours des spéculations sans fin. Mais l'important, dans cette histoire compliquée, est de ne pas en faire un drame, de ne pas tout gâcher. C'est la raison pour laquelle je préfère de beaucoup vivre à la campagne plutôt qu'à Londres.

Mimi

Serena, sans son voile, est finalement sortie de l'église avec son délicieux troupeau de demoiselles d'honneur, montrant autant de dignité et de sang-froid qu'elle le pouvait. Quant à nous, les invités, nous prétendons, dans un sursaut d'humour anglais, que la petite pantomime pendant la messe n'était qu'un interlude organisé pour mettre un peu d'animation.

Les félicitations ont lieu devant l'entrée principale de Court Place, appelée Little Hall.

Ralph et moi, nous nous tenons debout sans rien dire, nos enfants derrière nous. Ils sont nerveux et assoiffés. Je ne suis pas sûre que Ralph a tout assimilé. Cet extraordinaire coup de théâtre au sujet de Colin Watts. Et Gwenda. Et, plus bizarre encore, Sir Michael.

Mirabel tient serré le bouquet de mariée, ayant prévenu Ceci qu'elle voulait l'attraper ! Et son vœu le plus cher, grâce à un magnifique lob de Serena, a été exaucé.

Lulu, immobile et sans expression, joue les cariatides, se demandant, comme toutes les jolies femmes, si elle est en beauté. Celia Bryanston, qui est curieusement vêtue de noir, colle à Lulu telle une ventouse, et la tient fermement par le bras. À côté d'elles, Ned s'adresse aux parents de la mariée :

— Vous avez peut-être perdu une fille, mais l'heureuse Serena, elle, a gagné un beau-père supplémentaire et la possibilité d'occuper la maison près de Hutton Hall. Mais il faudra que tu manœuvres bien, Richard, vieille branche !

Si j'entends encore quelqu'un proférer une de ces brillantes remarques à propos de perdre une fille mais de gagner de quoi la remplacer, je hurle. Pourtant je me contente de sourire poliment.

Richard a l'air de se réveiller, il prend un air concentré et je peux presque entendre la machinerie de son cerveau analysant ce que Ned vient de lui dire. Si Sir Michael consent à lâcher la maison, une demeure digne d'un vrai gentleman, il sait maintenant que son devoir est de la laisser ni aux Lacoste, ni aux Sturgis, Dieu merci, mais à son fils égaré depuis longtemps, Colin Watts, son héritier, qui, voilà quelques minutes, a eu la bonne idée de s'unir à Serena Cobb, fille adorée d'un nouveau milliardaire.

Cependant, comme les deux hommes le savent, la question de la maison ne sera pas résolue rapidement.

Sous un soleil radieux, l'ambulance emportant Sir Michael à l'hôpital de Godminster arrive toutes sirènes hurlantes pour déposer d'abord Lady Elizabeth à Court Place.

— Michael a insisté pour que je vienne, explique Lady E d'une voix de stentor (elle est très sourde) à un auditoire ahuri. Il m'a dit que ce n'est pas tous les jours que j'assisterai à une réception aussi somptueuse que celle des Cobb à Court Place.

Je comprends le point de vue de Sir Michael. Des

dizaines et des dizaines de magnums de champagne californien bio sont mis à rafraîchir dans le Lar. Le personnel – autour d'une cinquantaine de personnes –, les demoiselles d'honneur, tout l'entourage de la mariée et même les chiens de Court Place ont été coiffés, maquillés, bichonnés aux frais de Cath Cobb qui a décidé que le maximum de produits, depuis le champagne jusqu'à l'huile d'olive et le gâteau de mariage, proviendraient des différentes propriétés familiales.

Oui, vraiment un mariage à ne pas rater.

J'ai d'abord été surprise par l'attitude de Lady E qui ne semblait pas émue par le fait que son mari ait fait un fils à Gwenda. Mais Ralph m'a fait remarquer qu'elle n'en savait probablement rien. Pour elle, Sir Michael a eu un malaise cardiaque et Gwenda est venue s'asseoir à côté de lui. Mais les deux événements n'étaient pas liés.

Dès que j'ai entendu Gwenda dire « Mike », je me suis rendu compte, comme toute l'assistance, que Sir Michael et elle avaient dû, lors d'une chasse vingt ans auparavant, se livrer à une partie de… il court, court le furet… À l'église, atteint d'une subite douleur au côté, il a dû penser que Gwenda était venue lui annoncer sa paternité.

Observant les jeunes mariés, je souris intérieurement. Colin Watts est le portrait craché de son père, aucun doute à ce sujet.

Finalement, Ralph et moi arrivons jusqu'à Cath. Un exploit, alors que j'ai besoin de retirer mes escarpins trop hauts, dégrafer ma jupe trop serrée et m'abreuver de champagne. Le sourire de Cath est aussi superbement appliqué que son maquillage. Je lui souris en retour, l'embrasse et la serre dans une étreinte signifiant « c'est-un-jour-tellement-magnifique-que-je-n'ai-pas-de-mots-pour-le-qualifier ».

Mais, à cet instant, un truc bizarre se produit. Plus bizarre encore que l'apparition de Gwenda dans une tenue à mourir de chic. Plus bizarre même que le malaise de Sir Michael, après la révélation publique du secret le mieux gardé de Honeyborne.

Cath Cobb trébuche et tombe.

Je crie « À l'aide ! » en essayant de la rattraper. Pas étonnant que cette pauvre Cath se trouve mal avec tous ces préparatifs, ces émotions, ce stress, ces histoires de clochers qui sortent au grand jour. Même pour elle, trop c'est trop. Et, tout d'un coup, un peu tard il faut dire, je me rends compte qu'elle ne s'est pas étalée comme une crêpe par terre. Pas du tout, elle se fend d'une profonde révérence. Et pendant un quart de seconde, l'étonnement me saisit. Pourquoi Cath Cobb, qui n'est pas même citoyenne britannique mais américaine, me fait-elle une courbette dans les règles de l'art ?

Je ne suis ni riche, ni célèbre, ni titrée. Je ne suis même pas mince. Même pas bien habillée. Je ne suis pas un pilier de cette communauté. Je ne suis pas membre du groupe des femmes qui fleurissent l'église (d'ailleurs, on ne me l'a jamais demandé), je ne suis pas inscrite à l'Institut des femmes, je n'ai pas engagé mes pois de senteurs ou mes confitures de groseilles à maquereau dans les concours annuels (et ne le ferai probablement jamais). Je ne soumets pas aux yeux des juges locaux mes patates nouvelles, mes courgettes du jardin et mes bouquets d'oignons artistement ornés de brins de persil et de liens de raphia. Je n'ai jamais créé mon propre chausson à la saucisse, ni fabriqué un quatre-quarts à l'ancienne ou essayé de confectionner un cheesecake. Je n'ai jamais concocté de condiments maison, de chutney ou de crème au citron, pour la bonne raison que les enfants n'en mangent pas. Bref, je ne suis pas le genre de maîtresse de maison parfaite qui met des cache-couvercles en dentelle sur ses pots de confiture et écrit à la main les étiquettes de ses bocaux.

Je n'ai même pas été chez le coiffeur pour le mariage.

C'est seulement lorsqu'une élégante silhouette, tout de satin ivoire vêtue et de parfum luxueux inondée, passe à côté de moi, que je réalise que Cath ne salue pas en moi la nouvelle reine de Honeyborne.

La révérence ne m'est pas destinée.

Elle est pour la duchesse de Cornouailles. Camilla ! Camilla, duchesse de Cornouailles, est là. Et la princesse Michael de Kent dans une tenue indienne. Et son barbu princier de mari.

Alors tout se met en place. C'est à cause de la présence de Camilla que Cath ne voulait pas que tout le village assiste au mariage. Pour cela qu'elle a donné une réception quelques jours avant la cérémonie, priant les Ashburton, Melplash, Wingfield, Hitchens et autres à ce que Ralph a appelé « la fête des petites gens ». Un geste qui peut s'avérer une erreur fatale. Et même une insulte. Mais, évidemment, elle ne pouvait pas le deviner. En tout cas, la conséquence de tout cela est que Gwenda Melplash n'a pas été conviée au mariage de son propre fils alors que des membres de la famille royale l'ont été.

Aïe, aïe, aïe !

Et pire encore. Gwenda, qui a appris à Serena à monter à cheval et à chasser à courre, n'a pas été invitée à voir son élève se rendre à l'autel.

On peut imputer à Gwenda plusieurs défauts – causticité, attachement aux chevaux et aux maris des autres, habileté à subtiliser les poneys –, mais on ne peut pas l'accuser de voir un animal souffrir ni de se faire insulter sans réagir.

La princesse s'avance, tel un navire toutes voiles dehors, et Richard s'incline. Quand il se redresse, son visage est rouge de bonheur. Ralph et moi, nous nous éloignons discrètement de peur que notre présence puisse distraire les Cobb de leurs obligations vis-à-vis des grands d'Europe. Ils ont l'air tellement contents !

Et ensuite, alors que nous nous laissons aller au plaisir de cette fête parfaite, excitante, distinguée, un bruit d'hélicoptère se fait entendre dans le ciel.

— Vraiment à l'heure, commente Richard avec nonchalance. Ça doit être le prince Harry qui se pose sur l'héliport, près de la Grange aux dîmes.

— Le prince Harry !

Mirabel, Posy et moi, nous nous exclamons de conserve. Mirabel dépose le bouquet de mariée dans les bras de Posy mais je le récupère. Je le mettrai dans un vase dès que nous serons de retour à la maison. Dès que nous serons de retour sur la terre ferme.

Ralph et moi attrapons une flûte de champagne et nous nous esquivons. Inutile de faire de longs discours élogieux aux Cobb sur notre joie d'avoir été invités, sur la féerie de la fête, la perfection du service, l'originalité de la tente, la magie des arrangements décoratifs dans le verger dont les cognassiers sont entourés de petites tables couvertes de fleurs prévues pour le déjeuner.

Tout ce qu'on pourrait dire serait redondant. La magie de l'événement parle pour elle-même.

— La princesse Michael ! La duchesse de Cornouailles ! Mazette !

Impressionnée, je vais pour rafler une autre flûte sur le plateau d'un serveur quand je m'aperçois que j'ai encore la précédente à la main. Alors, je pose la vide et décide de m'en tenir soit à un verre de ginger-ale au citron, soit à un jus de mandarines fraîchement pressées.

— Mimi darling, tu es si facilement bluffée, s'exclame Ralph. Les héliports sont comme les piscines, les salles de gym privées et les systèmes d'alarme sophistiqués. Seulement pour les « parvenus ».

Il faut que j'avale un truc. Où sont les canapés ? Je repère un serveur tout mignon avec des boucles noires rebelles et quelque chose d'impudique dans le dessin de la bouche et prends deux rondelles de polenta surmontées de mozzarella croustillante et de pesto que j'avale en une bouchée.

— Je suppose qu'ils sont venus en voiture depuis Kensington Palace, dis-je à Ralph. Ce n'est pas la porte à côté. Quel succès pour les Cobb !

Après une autre razzia sur les plateaux des zakouskis, j'ajoute :

— Comme tous les gens qui vivent sur un héritage et non sur de l'argent gagné, les Kent doivent sûrement se préoccuper de faire des économies.

— Qu'est-ce que tu sais de l'argent hérité, Mimi darling ? rétorque Ralph. À propos, nous sommes mariés depuis quatorze ans et, si j'en crois mes relevés bancaires, à ce jour ta dot n'est pas arrivée.

— Très drôle ! Au fond, c'est presque un soulagement que les Cobb ne soient pas si parfaits. Jamais je n'aurais cru qu'ils soient si assoiffés de monarchie.

— Tu es injuste. Les Kent sont sans doute des amis de longue date. Et Camilla était leur voisine quand ils vivaient dans le Gloucestershire. De toute façon, j'adore quand les membres de la famille royale sont là.

Et il ajoute, alors que je suis en train de déguster une sublime datte enroulée dans du parme :

— Oui, j'adore. Depuis que Richard a laissé tomber sa chasse pour devenir psy, grimper dans l'échelle sociale est le seul exercice qui me reste.

Rose

Dans la chambre de Cath et de Richard, entièrement décorée par Nicky Haslam.

Tandis que j'admire le papier peint à la main de Gournay, Serena saigne dans la salle de bains.

Je l'ai trouvée en haut où je me suis isolée pour appeler Virginie sur son portable. Histoire d'être rassurée, je suppose. Et pour lui dire d'oublier ses projets d'installation dans la maison de Hutton. Cette fabuleuse résidence, voisine de la mienne, n'est plus sur le marché. Le vieux Sir Michael a enfin trouvé un héritier.

Finalement, je ne trouve pas que cette journée de mariage se soit si bien passée. Toute cette agitation avec Gwenda, puis Sir Michael dans l'ambulance et maintenant cette pauvre Serena. Avec, pour couronner le tout, les projets de Virginie pour transformer la maison de Hutton en un Petit Trianon, avec agneaux, colombes et moi, qui tombent à l'eau, je suis à cran.

Autre chose. Le spectacle de Sophy, son fils Noah accroché à sa poitrine, plongée en grande conversation avec Jesse Marlon, n'a pas amélioré mon humeur. Finalement, j'ai réussi à le coincer dans le jardin clos où il m'a tout expliqué.

Petit récapitulatif :

À son avis, « Soph » comme il l'appelle est très fragile et très émotive.

— J'aurais pu te le dire.

— Oui, en tout cas, elle en a déjà bavé…

Il se tait. Puis reprend :

— Il y a environ un an, elle et moi on s'est mis ensemble, enfin c'était pas sérieux, enfin si, mais je ne voulais pas partager sa yourte, juste être amis. Ça ne marche pas les relations entre les habitants des éco-villages et je ne voulais pas que ça s'ébruite. Mais elle est devenue folle et le lendemain elle a déclaré à la police qu'elle avait été agressée, sexuellement agressée, ce qui était de la foutaise, mais quand les flics sont venus à Spodden's Hatch elle a changé totalement son histoire et laissé entendre que ce n'était pas moi mais Colin Watts et que ce n'était pas une agression mais un viol.

Une lumière s'allume dans ma tête :

— Noah, dis-je doucement.

— Oui.

— Alors Noah est ton fils et un jour…

L'air chevaleresque, Jesse Marlon regarde au loin, comme s'il contemplait l'avenir.

— Un jour Noah sera l'occupant de Godminster Hall, en fait le propriétaire.

— Oui, jusqu'à ce qu'il ait lui-même un fils à lui.

Assise sur le lit des Cobb, loin de ce mariage de fous, dans cette chambre où tout est tranquille, je réfléchis.

Le père de Noah est donc Jesse Marlon. Qui, pas

une seconde, n'a violé Sophy. Si Jesse Marlon est sexuellement très entreprenant, il est seulement coupable de ne pas être tombé amoureux de Sophy Mills à la seconde où elle est devenue folle de lui. Et d'avoir couché avec elle quand rien ne le forçait.

Enfin ! Ce n'est ni la première ni la dernière fois que ça arrive.

Mais pourquoi a-t-elle prévenu Lulu ? Et cafté au sujet de Ceci et de Spike ?

Une possibilité... Quand Sophy a vu Jesse Marlon avec moi, sous son nez et celui de Noah, elle a voulu se venger en avertissant Lulu, en l'accusant de viol dans l'espoir que Ned et Lulu le déshériteraient et qu'il resterait cloué à Spodden's Hatch pour toujours pour s'occuper de Noah.

De toute façon, je ne saurai jamais la vérité.

Je quitte le confort du lit à baldaquin pour aller regarder les photos de famille exposées sur la cheminée. Je m'attarde sur un cliché de Cath, assise sur le lit, vêtue d'une chemise de nuit en broderie anglaise, juste après la naissance de Florian, son quatrième bébé, avec ses autres enfants autour d'elle. Elle est resplendissante avec une coiffure ressemblant à une extraordinaire pièce montée. C'est râlant. Six mois après avoir mis au monde Ceci, j'avais encore l'air d'une Walkyrie.

Où en est Serena, toujours réfugiée dans la salle de bains ? Je crie :

— Serena chérie ! Arrête de te faire du souci ! J'ai saigné pendant que j'attendais Ceci. Ça n'a rien d'exceptionnel. Et ça ne veut sans doute rien dire. Mais c'est affolant, je sais. Après la fête, on t'emmènera à

Godminster pour un scanner et, tu verras, tout ira bien.

Pauvre Serena. Elle m'a dit qu'elle a commencé à saigner avant la messe. Ce qui explique qu'elle soit arrivée en retard à l'église. À ce moment-là, l'hémorragie était légère. Mais maintenant, son état s'est aggravé et elle souffre de crampes.

Je pense à elle, toute seule dans sa robe de mariée. Elle n'a rien dit ni à Colin ni à sa mère de peur de gâcher la fête. Après tout le mal que Cadi s'est donné et toutes les exigences de la mariée – colombes, tentes indiennes, arcs de triomphe, membres de la famille royale et tout le bataclan – c'est trop triste.

Soudain, un autre incident désastreux se produit.

Sans qu'on ait frappé, la porte s'ouvre violemment et Lulu et Celia s'engouffrent dans la chambre de Cath. J'ai l'impression d'être une lionne défendant mon lionceau.

À Lulu, je demande :

— Qu'est-ce que tu veux ?

Plus gentiment, je dis à Mrs Bryanston :

— Il y a une autre salle de bains au bout du couloir.

Serena fait son apparition, les traits tirés, prenant sur elle, blanche sous son maquillage, prête à jouer Juliette sur son tombeau

— Je descends, me dit-elle avant de remarquer la présence de Lulu et de Celia.

Elle leur fait un bref bonjour sans s'arrêter et va rejoindre ses invités.

— Serena n'est pas bien ? demande Lulu.

— Cette idiote n'aurait jamais dû se marier, persifle Celia Bryanston.

Et la vieille dame, qui en a vu des vertes et des pas mûres en son temps, passe une tête dans la salle de bains où, d'un seul coup d'œil, elle évalue les dégâts.

— Et surtout avec lui, ajoute-t-elle. Tout à fait inconvenant.

Quel horrible vieux chameau ! Lulu et elle font vraiment la paire ! Cela dit, la grande nouvelle du jour lui a sûrement échappé. Elle ignore encore que Colin n'est pas de si basse extraction. Non que la naissance soit si importante. Mais, en fait, elle l'est.

— Allons, fait Celia Bryanston, de mon temps, on attendait trois mois, pour être sûr que le bébé était bien accroché.

Quelques heures plus tard, nous titubons jusqu'à la maison. En passant par le Magasin pour prendre de quoi dîner. Je vais faire quelque chose de simple : trois soufflés au fromage et une salade.

Pierre et moi sommes soulagés d'avoir quitté Court Place. Il est quatre heures et demie. Une demi-heure plus tôt, Serena et Colin ont fait semblant de partir pour leur voyage de noces, en réalité ils ont foncé au service prénatal de l'hôpital de Godminster. On aurait dit des cadavres ambulants. Lulu et Celia ont été rapatriées d'urgence à Godminster après que Cath et Serena, qui étaient dans le belvédère, les ont entendues déblatérer sur les jeunes mariés. D'après ces deux garces, il n'y aurait pas eu de mariage si Serena n'avait pas été « en cloque » et s'ils se sont passé la bague au doigt c'était plus pour frimer, recevoir des cadeaux que par amour. Le tout dit à haute et intelligible voix, Celia étant sourde comme un pot avec une voix aiguë et Lulu ne mâchant pas ses mots. Finalement, après un bref aparté entre Richard et Ned, le problème a été réglé.

Mimi, Ralph et les enfants sont partis à la même heure, Ralph affirmant à Mimi en montant dans la Subaru :

— C'était somptueux mais je ne vais pas changer d'avis : rien ne vaut de belles funérailles.

Les autres invités ont continué à faire comme si tout s'était bien passé, un mariage anglais à la campagne tout simplement parfait.

Dans le Magasin, Mrs Hitchens s'en donne à cœur joie, encaissant des paniers pleins de crème épaisse, gants Marigold, produits de nettoyage Astonish, bouteilles de bière Badgers, lait, fromage, œufs, chocolat et autres denrées localement produites.

— Vivement que ça devienne le magasin de la communauté, dit-elle à son auditoire captif qui attend pour payer.

(Mrs Hitchens a ressuscité depuis qu'elle a appris que la Poste ne recevrait plus de subvention. Elle s'est déclarée en faveur du plan de Cath pour en faire une coopérative.)

— Plus tôt sera le mieux pour moi, ajoute-t-elle. Si je n'étais pas restée plantée sur mes deux jambes, j'aurais été à Court Place avec les invités chics.

Bien qu'elle n'ait pas quitté son magasin un instant, elle est une des premières à connaître les conséquences extraordinaires de l'apparition de Gwenda. En attendant notre tour, je l'entends fournir les détails les plus savoureux à Debbie, la tenancière du pub :

— Finalement, le secret est éventé. Ç'a dû faire un choc à Sir Michael, non ? Pas surprenant qu'il ait décidé d'avoir une crise cardiaque plutôt que d'assister au mariage au bras de Lady E.

L'air stupéfait de Debbie enchante Mrs Hitchens car c'est la preuve qu'elle est la première à annoncer la nouvelle qui fera le tour du village à la vitesse d'un feu de brousse.

Elle conclut :

— Bizarre que le fils de Sir Michael n'ait jamais… enfin, que ce soit Colin Watts, non ? Ça sera tout pour toi, Debbie ?

Mimi

— Pardon, biquette, tu disais quoi ? demande Ralph.

Ralph a pris l'habitude de m'appeler « biquette » car, à son avis, j'ai atteint le stade « dodu et juteux » de la féminité qui se situe entre « la cabrette et la chèvre ».

Il est distrait par une boîte pleine de mouches posée sur la table de cuisine, près du iPod de Mirabel, de plusieurs sections du *Saturday Daily Telegraph,* du beurrier en céramique Emma Bridgewater, d'un gros carré de soleil et d'une carafe galloise remplie d'un bouquet de perce-neiges tardifs et de gracieuses jonquilles.

— Je suis au bon endroit, voilà ce que j'ai dit.

Tout en parlant, je soulève le couvercle de l'Aga et glisse la bouilloire sur la plaque chauffante.

— Tu sais, c'est cette horrible phrase que répètent les gens qui vont aux Alcooliques Anonymes. Et c'est ce qu'a dit Clare quand elle est venue ici pour me faire part de sa décision d'emménager dans le Suffolk et non pas dans le Dorset. Elle va rénover une immense propriété avec manoir élisabéthain et un jardin clos, pourvoir à ses propres besoins alimentaires et écrire un livre de recettes sur les légumes anciens anglais, si tu vois ce que ça peut être. Genre chou frisé et fèves.

Je me garde bien d'ajouter que si Joe réussit enfin à entrer à Ponsonby Prep, jardin clos, potager et livre de recettes attendront des jours meilleurs. Tout le monde, même les femmes en veine de retour-à-la-terre-bio comme Clare, a son point faible.

Au mariage, je n'ai pas mangé grand-chose – quelques canapés debout mais ça ne compte pas – et il me faut patienter encore deux heures avant de préparer mon célèbre plat de pâtes au pistou, pignons de pin et bacon. Rien que d'évoquer le livre de cuisine de Clare me donne faim, par simple association d'idées !

Je coupe deux épaisses tranches de pain aux céréales de Court Place que je recouvre de généreuses couches de beurre et de miel. Et pour faire descendre le tout, des litres d'un thé pas trop fort.

En attendant que l'eau frémisse, j'attrape un chiffon en lin et commence à faire briller la surface argentée de la théière. Je ne résiste pas au plaisir de me pencher et d'admirer le reflet de mes yeux pétillants et de mes joues roses. Ce qui m'amène à me souvenir de la dernière fois que j'ai vu Clare.

Rose et Ralph ont été surpris de sa visite mais j'avoue que je ne suis pas rancunière. Entretenir de vieilles querelles, les nourrir, les envenimer, ce n'est pas mon genre. La vie est trop courte. Et la vie conjugale, trop longue.

Et, pour être juste, Clare s'est finalement bien conduite. Aussi, quand elle m'a téléphoné, je lui ai proposé de passer. Elle est venue, sans Joe, voilà une quinzaine de jours. On s'est assises ici, dans la cuisine. Dans mon territoire. Elle m'a dit qu'elle était désolée, qu'elle ne s'attendait pas à ce que je lui pardonne ou que je veuille voir l'enfant, mais qu'elle désirait, autant que faire se peut, repartir sur de nouvelles bases. Surtout, elle m'a promis-juré qu'elle ne demanderait plus jamais rien à Ralph.

C'est alors que je me suis surprise moi-même. Clare avait l'air si éprouvée, si effrayée, si coupable, qu'il m'a été impossible de la haïr. Apparemment, Richard lui avait parlé de mon… intervention. Après mon évanouissement au pique-nique vénitien, elle en avait été malade de honte et avait fait mille excuses à Ralph, s'en voulant d'avoir violé leur pacte et s'engageant à ne plus jamais l'importuner.

Oui, mon cœur était plein de miséricorde, même quand elle m'a parlé, avec son nouveau petit ton supérieur, des cours de psy qu'elle suit au même endroit que Richard. J'ai donc mis fin à ses souffrances :

— Clare, ne t'en fais pas. Mais ne recommence pas. En tout cas pas avec mon mari.

Mais je n'ai pas mentionné son plan indigne pour se faire engrosser une deuxième fois par Ralph. Par conséquent, elle ne saura jamais si j'étais au courant ou si je trouvais le sujet trop méprisable pour être abordé.

J'avoue que j'étais fière de me comporter comme une authentique Fleming et non comme la descendante d'une lignée de paysans irlandais querelleurs.

Une idée d'une folle générosité m'a même traversé l'esprit. Pourquoi ne pas proposer d'élever Joe si Clare et son mari passent sous un autobus ? Mais l'offre n'a pas franchi mes lèvres.

Cependant, j'ai prévenu Clare que je n'avais pas l'intention de révéler à mes enfants qu'ils avaient un demi-frère. Après tout, Posy (si ce n'est pas le cas pour les autres) croit que Ralph et moi nous nous sommes « mariés » trois fois pour produire Cas, Mirabel et elle. Quant aux aînés, ils seraient horrifiés d'apprendre que leur père s'adonne à des actes reproductifs.

Ils sont trop jeunes.

Une chose que je lui ai cachée, en revanche, c'est que je suis toujours enceinte.

Oui, j'ai caché à Clare que je n'ai pas subi d'avortement. Que c'était au-dessus de mes forces émotionnelles. Qu'avant d'aller en salle d'opération, au scanner, quand j'ai vu le cœur de cette petite chose qui battait de toutes ses forces, je n'ai pas pu. (Je dois dire que l'équipe s'est montrée très compréhensive.)

Mais j'ai dû expliquer à Ralph pourquoi je pesais soixante-neuf kilos. J'ai plongé en revenant du spa où la svelte Lulu n'avait pas arrêté de lorgner sans vergogne ma silhouette arrondie. Que Ralph ait appris à ne jamais mentionner mon poids, c'est une chose, mais que Rose, à qui rien n'échappe, ne dise rien était plus surprenant. (Bien sûr, Mirabel, ma plus sévère critique, a trouvé que je devenais « porcine », mais je lui ai fait comprendre qu'en absence de chauffage central je devais prendre la précaution de m'enrober pour l'hiver.)

Alors je n'y ai pas été par quatre chemins.

— Ralph, je garde le bébé.

Après avoir titubé en se prenant la tête à deux mains et en grognant des choses indistinctes, comme si on lui avait demandé, lors d'une partie de charade, de mimer un fantassin à qui on retirait une balle du crâne, il s'est repris. Relevant le menton, il a déclaré :

— Bien joué, Mimi darling. Tu finis toujours par obtenir ce que tu veux.

Ensuite, il a semblé presque content (c'est-à-dire sombrement résigné).

Mais, cette fois-ci, après la catastrophe de Clare, il avait une belle dette envers moi. C'était donc mon tour de prendre l'avantage, bien qu'il n'ait pas été question de gain ou de perte. Mais d'amour et de compromis. Je crois sincèrement – et c'est plus que bizarre – que Ralph aurait accepté le bébé même sans en être le père. J'avoue que j'ai failli prétendre qu'il était de quelqu'un d'autre – histoire de remuer le couteau dans la plaie et de me venger –, mais j'ai décidé que j'étais trop mûre et trop responsable pour un tel mensonge. Ça aurait été indigne de moi.

Donc la vie a viré au rose, enfin presque. En tout cas, elle est bien plus rose qu'il y a quelques semaines. Comme l'a dit Ralph dont le sang écossais se manifeste parfois – en soupirant quand il s'agit d'argent, domaine dont je m'occupe le moins possible :

— Ne t'en fais pas, Mimi darling. Espérons que le *Dominus providebit,* que le Seigneur pourvoira… à grand débit.

Ralph disparaît au premier étage pour reléguer sa jaquette au fin fond de son armoire jusqu'à la prochaine occasion redoutée. Quand il revient, il est en pantalon de velours côtelé vert et pull bleu marine, avec une casquette en tweed et ses grandes cuissardes vertes.

J'adore les uniformes fonctionnels, les blouses blanches de médecin, les vestes de chasse, les tenues camouflage, tout ce qui annonce clairement l'activité, le rôle ou le but des gens.

— Et toi, l'es-tu vraiment ? dis-je en mordant dans mon toast.

— Suis-je quoi, ma chère épouse ? demande-t-il en fouillant distraitement dans la boîte à mouches avant de la fourrer dans une poche de son Barbour.

Il est évident qu'il ignore ce dont je parle mais que, dans l'état actuel des choses, il évite de me contrarier.

— Dans un bon endroit, je répète.

Au fond, si je n'avais pas enduré tout ça, je ne serais pas ici. Je suis presque reconnaissante de tous ces malheurs des derniers mois qui me permettent de profiter aujourd'hui du contraste entre le long et sombre hiver de l'âme et les hautes terres ensoleillées. Je comprends ce que Clare a voulu dire quand, en me quittant, elle m'a pris la main, affirmant : « Mimi, ce jour est un cadeau. C'est pourquoi cela s'appelle le présent. »

— C'est une expression de Richard… ou de Clare ? demande Ralph après un instant d'hésitation.

Je trouve Ralph courageux de prononcer son nom, pour montrer que nous avons *avancé* et que l'histoire de Clare est *derrière nous*. Aussi loin que possible en tout cas. Mais moi, je n'en ai pas envie. Pas envie non plus de parler de Richard et de psychothérapie. On verra ça plus tard, quand j'en aurai la force, que je serai à nouveau mince, c'est-à-dire dans des années si j'en juge par mes performances précédentes.

— Je viens de t'expliquer ce que ça signifie *Dans un bon endroit*. C'est-à-dire que tu es heureux. Alors, oui ou non ?

— Bien sûr que je suis heureux, dit Ralph.

Il ne pourrait jamais prononcer une phrase comme « Je suis dans un bon endroit » sans souffrir mille morts. Trop jargon pour mon puriste de mari.

Au fait, désormais tout est limpide. Il voulait que je me fasse avorter parce qu'il était terrifié d'avoir engendré l'enfant de Clare, un quatrième enfant qui ne serait jamais le nôtre, dans un acte de folie dû à un moment de panique financière. Terrifié des conséquences morales et légales qu'il n'avait pas pesées avec suffisamment de soin et qu'il se reprochera toute sa vie.

Je me tiens devant l'Aga, ma main sur son rail argenté, prête pour mes exercices « à la barre ». D'abord, première position. Ensuite seconde position, suivie d'un grand plié et de petits dégagés.

Depuis des mois, je songe à mon avenir. Un avenir où je serai très riche grâce à la gamme « Agacise » de Mimi Malone : des manuels d'exercices, de DVD, de livres de recettes, bref tout un mode de vie autour de ma chère cuisinière Aga. J'ajoute sur-le-champ un chapitre dédié aux exercices et recettes pour femmes enceintes et – oui ! – un livre sur les petits pots Aga qui sera mon best-seller.

Un jour Agacise me fera gagner tellement d'argent que je pourrai acheter à Posy, sinon un autre poney, sinon une licorne, du moins un petit agneau.

Soudain, j'ai une chose urgente à faire. Je saisis le carnet des anniversaires, près de l'Aga.

Je le feuillette rapidement, survole les mois, Mirabel, Cas, Ralph, Calypso, mes beaux-parents, mon frère Conrad et ses quatre enfants, sa sainte femme autrichienne, Trumpet… jusqu'à ce que j'arrive au mois d'octobre.

Là, je marque d'une croix au crayon la date de notre futur quatrième enfant et le cinquième de Ralph, mais inutile d'insister.

Je referme le carnet et le range à côté du livre de recettes de Sarah Raven.

Je souris à Ralph qui m'a regardée faire d'un air perplexe, tout en songeant que les hommes ne sont pas tous des guerriers, tout comme les femmes ne sont pas toutes des mères nourricières. Les hommes aussi ont le droit de dire non. Ils devraient pouvoir voter, à défaut de mettre leur veto. Tout comme il faut être deux pour faire un enfant, dans l'idéal, il faudrait être deux, pas un, pour le garder.

Puis Ralph me murmure quelque chose à l'oreille, des mots qui font fondre mon cœur. Il me donne une petite tape sur les fesses et s'avance vers la porte ouverte.

Il s'arrête, comme s'il allait dire quelque chose.

Mais il se reprend et, après m'avoir fait un salut de la main, il traverse le perron couvert de chèvrefeuille, s'enfonce dans les prés verdoyants piqués de boutons d'or, de primevères, de pâquerettes, traverse les champs d'asphodèles, descend à la rivière comme mû par une force masculine irrésistible que je ne comprendrai jamais, pour saisir le soleil couchant sur le Lar.

Remerciements

Mes remerciements vont à Sir Anthony Acland, à Clare et James Birch de Doddington Hall, à Sophie et Johnnie Boden pour être passés par là une seconde fois ; à Hector Christie, Gus Christie, Oliver Claridge pour m'avoir familiarisée avec les « locaux », les éoliennes et autres problèmes ruraux ; aux résidents de Tinker's Bubble dans le Somerset et surtout Mary et Joe pour l'hospitalité dans leur éco-village ; à Edward Faulks ; à Henrietta Green pour son aide avec les fromages traditionnels ; à Nicky Marks du Raj Tent Club ; à Taki pour Gstaad ; à Johnny Standing ; et pour ce qui est de l'editing et de la publication, des tonnes de remerciements à Juliet Annan de Fig Tree pour ses brillants conseils et ses tendres avis ; à Jenny Lord, son assistante ultra-compétente ; à Peter Straus, mon agent à Londres ; à Melanie Jackson, mon agent à New York ; et à Trish Todd de Simon & Schuster ; et mille mercis aussi à Katherine Stroud, ma publiciste, à mes éditeurs Sarah Day et Sarah Hulbert de chez Penguin et à Roger Field pour la relecture juridique. Et voilà !

Composition et mise en pages réalisées
par Text'oh! - 39100 Dole

Achevé d'imprimer par GGP Media GmbH, Pößneck
en avril 2012
pour le compte de France Loisirs,
Paris

N° d'éditeur : 67879
Dépôt légal : mai 2012

Imprimé en Allemagne